一本爱情小说……

霍君 著

亲爱的树

山西出版传媒集团　北岳文艺出版社

BEIYUE LITERATURE & ART PUBLISHING HOUSE

·太原·

图书在版编目（CIP）数据

亲爱的树 / 霍君著. —太原：北岳文艺出版社，
2019.6

ISBN 978-7-5378-5896-0

Ⅰ.①亲… Ⅱ.①霍… Ⅲ.①长篇小说-中国-当代
Ⅳ.①I247.5

中国版本图书馆 CIP 数据核字（2019）第 066532 号

| 书　名:亲爱的树 | 策　　划:续小强　刘文飞 | 书籍设计:张永文 |
| 著　者:霍　君 | 责任编辑:赵　勤 | 印装监制:巩　璠 |

出版发行:山西出版传媒集团·北岳文艺出版社

地址:山西省太原市并州南路 57 号　邮编:030012

电话:0351-5628696（发行部）　0351-5628688（总编室）

传真:0351-5628680

网址:http://www.bywy.com　E-mail:bywycbs@163.com

印刷装订:山西人民印刷有限责任公司

开本:787mm×1092mm　1/32

字数:271 千字

印张:10.5

版次:2019 年 6 月第 1 版

印次:2019 年 6 月山西第 1 次印刷

书号:ISBN 978-7-5378-5896-0

定价:48.00 元

目录

楔子

那支夹在指间的摩尔烟孤独地燃烧着。摩尔烟的孤独来自小童的遗忘，嗯，她一定是遗忘了它。它确信。所以，它诚心要引起小童的注意，让她关注到它的存在，就冒着被抛弃被指责的危险，用它的热灼了一下那两根纤细的手指。

呀——

一个轻轻的呻吟后，摩尔烟的目的达到了。眼前的镜子仿佛不是镜子，而是一眼深深的井。猝不及防的痛，让小童陷在井里的目光，蛙儿般倏地来了一个跳跃，上了井沿儿。一小段滑行之后，发现了那支指间的摩尔烟。

显然，摩尔烟的抗议来得不是时候。很快，它遭遇了厄运。小童将大半截没来得及燃烧的摩尔烟摁在烟缸里。摩尔烟燃烧的希望在宝石蓝色的烟缸里跳跃了几下，沉寂了。

没有了摩尔烟的牵绊，小童重新把目光撂在镜子里的那口井沿儿上，毫不迟疑地跳了下去。

里边有一个女人。短发，细细弯弯的眉毛，两只形状饱满充满审慎情绪的眼睛。因为年轻，和岁月有关的痕迹像一只爬行动物，离着女人还有一段距离。此刻，女人安静着，什么都没有做。没有任何背景的衬托，像一个被拉近了的镜头，整个画面被一个巨大的头像占据着。巨大头像上那对眼睛又夺回了小童的注意力。它们究竟在思考什么呢？

倏忽间，头像上眼睛的神态就变了。由审慎转向了阴郁。好浓好浓的阴郁，致使小童的目光无法进入它，无法看透它。只是这么浅浅的观望，小童已经觉得自己被阴郁熏染了，有了一种莫名的痛感。痛感是游移的，很快入了骨髓，入了灵魂。噢，不。小童的目光不自觉地向后撤去，发现镜子里的女人变化了的不仅仅是眼睛。女人的短发也成了长发，编成两根麻花辫垂在肩膀上。拴住辫子穗儿的是两根红头绳。

不一样的眼神，不一样的修饰，连散发的气息都是不一样的。这么说来，她们根本就是两个不同的人。

可是，她们的五官竟然惊人地相似。

你，是小童？还是小同？

或者，小童就是小同的转世？

就是这样了。

小同，一切都是你故意安排的，对不对？1975年10月8日你的死亡日，是我的出生日；你叫小同，我叫小童。你的灵魂守候着我成长，等我慢慢长大，等我渐渐成熟。你认为可以了，就选择了某一个契机。这个契机就是你故事的一个入口，你让我走进去，了解你，读懂你，看清你。然后，还原事件的真相。你相信我能做到，所以才有了这么多年的坚守。

可是，你为什么要选择我呢？

小童翘起的手指很自然地向着两片唇移动，两片唇也做好了迎接的准备。到了唇边，才发觉指间是虚无着的。

我的摩尔烟呢？

一　神秘的树林

　　一辆黑色沃尔沃轻灵地滑出报社大门，然后，像一条墨斗鱼，融入大街上由喧嚣汇成的河里。这辆车是小童过生日时男友送她的礼物。她说我可以自己选颜色吗。他说当然。她说我要黑颜色的。他说为什么不是红色或者白色。她说我喜欢黑的厚重、黑的大气。

　　握着方向盘的小童，两道细眉间凝着一坨庄严的神圣。眼神儿，则是决绝的。这样一副表情，和她的黑色沃尔沃，和她一头清爽的短发，和她浑身精炼的牛仔装，倒是很相配了。

　　车子向着郊外驶去，渐渐把这座燕山脚下的 D 城甩在了身后。看着黑色沃尔沃离去的身影，D 城像一位慈祥的母亲，把和天气一样温暖的眼神送出去很远很远。

　　放在副驾驶座上的手机响了。小童的右手从方向盘上腾出来，安抚响着的手机。

　　你在哪儿？

　　去采访的路上。

　　采访谁？

　　一个志愿者。

　　嗯，我没事，就是想你了。

嗯，挂了。

小童很奇怪，第一次向他撒谎，居然如此流畅。她要去的目的地，是他的老家，离城五十公里的一个小村子。但是她从来没有听他说过那片神奇的树林，从来没有。如果真的有那么一片神奇的树林，他怎么会不跟她说呢？那天，坐在办公室的她，如往常一样打开邮箱。邮箱里躺着一个神奇的传说：20世纪70年代，一个美丽的女人因行为不检点，被人发现后，自觉再无颜面活在世上，在某一天的夜里吊死在一片树林里。一个女人的死去并无稀奇，稀奇的是那片树林。自从女人死后，人一近了树林，树上的枝叶便哗啦啦地摇动起来，发出呜呜咽咽的哭声。尤其让人不可思议的是，村人想砍伐树木以求安宁时，那哭声就尤其悲惨。而且，白杨树的树干上眼睛般的疤痕处，还会流下泪水来。从此，再无人敢走近那片树林。让人安慰的是，几十年来，会哭泣的树林并没有横生事端，伤害村里的任何一个人。为了小村的安宁，为了家人的平安，村里及四周村庄的幼儿从记事起，就开始被大人们训诫，千万不要靠近那片神秘的树林，树林里可有女鬼呢。女鬼绿眼睛，长舌头垂到脚面子上，专门吃小孩子。邮件最后强调：这是一个真实的传说。

小童就笑了。自从报纸开辟了《D城民间传说》栏目，她见过各种各样的传说，但是在传说后边缀上"真实的传说"，还是第一次。诱发她笑神经的是传说的发生地，竟然是他的老家。如果真的存在这样一个真实的传说，第一个向她讲述的，恐怕不是这封邮件吧。

周六，是他来她家的日子。是他们相聚的日子。那天，他的儿子会被他的前妻接走。

晚上吃饭时，她说了那个神奇的传说。思绪在传说里，目光在盘里的一块排骨上，暂时忽略了桌上唯一的听众。暂时的忽略结束时，她看到他安静地沉浸在她的讲述里，一口米饭噙在嘴巴里，咀嚼肌停滞着。脸上的表情不是聆听的享受，或是惊讶，或是质疑，而是愤怒。她的讲述进行不下去了。她不理解，一个传说而已，怎就会惹怒了他呢。筷子上的排骨知趣地跌落在盘子里。

他马上意识到了自己的表情使用不当。一番艰涩的吞咽过后，一嘴巴的米饭顺着喉管儿涌进胃囊里。然后，他对她说：你又不是小孩子，这样的话也信呢。

这不是传说吗？

痴儿——一个笑的前奏发出后，他的脸上已经掬着一小捧笑容了。歉意，甜腻腻的话儿都紧紧地跟过来。跟过来的，还有筷子上的排骨。

宝宝，乖，张嘴。

不过是一个不愉快的小插曲。她这样想。但是很快，她发现不愉快的小插曲只是做了个短暂的休憩，打了一个盹儿，夜幕刚刚降临便精神饱满地寻上门来。

他像过去的每一个周六晚上那样，认认真真地为他们的幸福做铺垫，尽管早上，他们已经幸福过了。早上，由于饥饿几天的原因，幸福完成得过于仓促，只是草草填饱了肚子。因此，晚上一定要从容些，每一个细节都做得很到位，很用情，很努力。尤其是今晚，可能太过投入了，在铺垫阶段就已经大汗淋淋了。铺垫，是为着精彩的演出。然而，演出还没开始，作为男主角的他就谢幕了。这是没有过的。

他充满了愧疚感，今天太累了，明天吧，宝宝相信我。她善解人意地笑笑，没事儿，真的。他拥住她，手臂像两根藤条般紧紧缠绕着，她有些窒息。但是，她清晰地感受到了一股奇怪的气息，穿透他的肌肤，浸入到她的五脏六腑。

不安。他在不安吗？

他带着不安，她带着他传递给她的不安，各怀心事地睡去了。他的手臂依旧缠在她身上，把她缠绕成一只肚囊里的小袋鼠。

大约半夜两点多的样子，他忽然醒来，拼力地摇着她的小身子：

他们都是扯淡的，宝宝千万别信，传说不能当真的！

再拼力地摇：

宝宝，求你了，千万别信，好不好？

说完，咚的一声，将白胖胖的身子挺直地放倒在床上，重新睡去。

留下一个惊惧的眼神儿，在她的眼前某一个虚空的位置定住。她狠狠地掐了一下自己，确定不是在梦中的，确定自己是醒着的，确定刚才发生的事是真实存在的。一种惊恐和陌生的情绪，向着她漫过来，一下子把她卷走了。这个和她同床共枕的，这个深爱她的，她也深爱的男人，她有点弄不懂了。

树林，神秘的传说，一定和他有着千丝万缕的联系。

那个叫芝麻村的小村子并不难找，小童依靠车上的导航仪，很快就见到了它的真实模样。透过玻璃窗子，小童用一种温暖的眼光打量它。嗯，温暖的眼光。它生养了她深爱的男人，这里的一草一木、一砖一瓦，甚至半空中掠过的燕子，都属于她爱屋及乌的范畴。但是，她不会进入它。不会留下来过的痕迹。

她绕过芝麻村，向着村后驶去。传说里的树林是在村后的。

田里一片生机勃勃，因是午饭时间，生机勃勃间少见几个人影儿。这正是小童需要的。因生机勃勃才是矮矮的，小童的视线就没有了遮挡，能放出去很远。目光大约走出去两三里地的样子，被一片黑乎乎的林子挡住了。

它，果真是存在的。

确定要走近它吗？确定有这个勇气吗？一棵又一棵的白杨树站在一起，就成了一片林子。每一棵白杨树都极尽可能地粗壮着，极尽可能地蓬头垢面着，好像几个世纪都没有梳妆打理过的样子。树下未褪尽嫩绿的杂草，伸展着原生态的腰肢，在逼仄的空间里尽量扩大自己的地盘。年老体弱的杂草，大概不堪生长的重负，只留下没有生命迹象的枯藤，隐没在蓬勃得有些过分的嫩绿之间。不管是树，还是杂草，完全一副没有人来打扰过的样子。在四周尚且矮小的有章法的勃勃生机的映衬下，这片树林尤显怪异和另类。一股深度的荒凉和诡异交融在一起的网，将树林牢牢地罩住，使得树林独自寂静着，不食人间烟火。忽然，树叶子和杂草摇动起来，发出哗啦啦的声响，朝着黑色沃尔沃扑过来。小童浑身的毛孔都张开了，发出惊恐的求救信息。冷静，千万冷静。她鼓励自己。

拿了耳朵仔细地听，仔细地辨别。是树在哭泣吗？

哗啦啦……哗啦啦……不是呜呜咽咽之声。

树叶摆动碰撞的声音。难道刮风了吗？小童将目光投向更远处，果然，刚才还静若处子的麦苗儿，正得意地扭动着纤纤细腰。噢，真的是风呢。小童轻轻地吁出一口气。

她觉得有信心有勇气从车上走下来。她谨慎地开车门，关车门，尽量把声音控制到最小。她怕惊扰了树林。轻着脚步接近它，心里默念：亲，我不会伤害你的，千万别哭，别吓我。

近了。更近了。白杨树尚显得稚嫩的叶子发出的哗啦啦的声响，听得愈来愈真切了。哗啦啦……哗啦啦……像是掌声，欢迎她的掌声。奇怪的是，小童心里原本的畏惧感，不知何时溜走了，等她寻找时，早不见了踪影。取代畏惧感的，竟然是一种莫名的亲近感。

二 偶遇丑男人

　　小童有一种预感，接下来，她的命运将紧密地和神秘的树林联系在一起。初次的探访虽然没有任何收获，但那是她刻意不想这么快就有收获。她没有进入芝麻村，没有向了解神秘传说的小村人进行主动式的打探。她对传说的真相是心存芥蒂的，于她，或许不知道是一种更好的选择。她怕和深爱她的那个男人——方远有关。她的第六感觉告诉她，虽然她放弃了介入真相的主动权，但是和神秘树林有关的故事，正一步一步靠近她。她听到了它铿锵有力的脚步声。

　　脚步声没有方向，东南西北，哪一个方向都不是。所以她注定无法躲避。那声音好像是从地心里发出来的，它想何时现身就何时现身。它看得到你，你却永远没有能力捕捉到它。

　　该来的且来吧。

　　采访结束了吗？方远的电话追了过来。

　　结束了。

　　在哪儿，报社还是家里？

　　家里。不放心就过来检查一下吧。

　　他嘿嘿地笑笑，说宝宝累了，我给宝宝叫一份外卖送过去，好不好？她说，不好，就让你过来。他为难的口气，你知道我现在过不去的，在给儿子做饭，儿子一会儿就放学了，你知道的，乖呢。她任性了，那我去你家里吃饭。他的口气更为难了，儿子没有心理准备呢，好宝宝……

声音被切断了。她不想听下去了。此刻，她不愿意再做那个理解他的女人。

很多很多次，她都不愿意再做那个理解他的女人。她承认，他是深切地爱着她的。正是这份深切的爱，使她一次又一次陷入迷茫，她不确定，真的和他分手了，还会不会找到像他一样爱她的男人。可是，顺延这份感情，是有条件的，她要理解他。他暂时不能给她一个婚姻，怕儿子受不了，影响学习。他保证，儿子考上大学立马就和她结婚。因此，他和她只能暂时过着周末约会的日子。名不正言不顺，和他相恋快两年了，她还没有见过他乡下的父母。他从来没有提出过，她也从未要求过。那份名不正言不顺的感觉是搁在心里的。

除了名分，除了从周一到周五不能一起过柴米油盐的日子，该有的，他都会让她有，该做的，他都会做到。工资卡，从他说爱她离不开她那一天，就郑重地交到了她手上。他说，我是你的，我的一切都是你的。

另一个城市的小童的母亲，却不愿意去理解方远。她的每一通电话都是颇具破坏力的：小童哇，醒醒吧，那个男人根本没有诚意啊。小童哇，你都三十出头了，等不起啊。小童哇，人家是领导干部，无论多老都是香饽饽，你行吗？小童哇……

亲爱的老妈，你听好了，不是他不想娶，是我不想嫁。你们家的小童没有那么贱，低三下四地等着人家！

可不就是这么贱嘛，可不就是这么低三下四地在等嘛。打开衣柜，小童摘下混迹在衣服堆里的一副假头套，对镜戴在头上。魔幻般，镜子里现出一个幽怨的长发淑女。方远说，他更喜欢她短发的样子。为了他的喜欢，她的一头长发便成了爱情的牺牲品。假发可以视为抗议，亦可以视为一个女人的矫情。反正我情绪欠佳了，就要打扮成你不喜欢的样子。

黑色的沃尔沃泊在楼下。小童不想碰它，它和他有关。每次过不去"理解"这道坎时，她都故意冷淡它。让它寂寞吧，孤独吧。看着被她抛弃的沃尔沃，心里多少会生出一些快感来。仿佛抛弃的不是一辆车，而是他，那个叫方远的男人。

脚步向西。习惯了向东，没有理由，不知道为什么。向东，是一种惯性，是一种模式。今天，小童想打破旧有的模式的壳了。也许，壳一打破了，会意外地钻出一只毛茸茸的小鸡来呢。

很快，意外来了，不过，不是毛茸茸的小鸡。看来，一切都是天意。从地心里发出的脚步声，给了她又一个猝不及防。

每一次的向东行走，什么理解与不理解，统统都被推到了门外边。从里边反锁上门，小童想享受脑子里空空荡荡的感觉。总会有倒霉的龙爪槐的树叶被她随手揪下来，一片片地含在唇间，一片片地被两片淘气的唇吹走。含着吹着，脚步融进更远的东方。直到走倦了，走乏了，反锁在门外的情绪，便乘虚而入了。它们撞开了那扇门，填充了空荡荡的空间。进来了，小童才发现，理解的份额不知何时变得强大了，"不理解"可怜地缩在角落里。等到软着身子软着心情回到家里，甩在沙发上的快要被打爆的电话，则成了理解占领整片地盘的最好凭据。偏偏这一次的向西行走，不行了。在神秘树林的带领下，种种思绪异常强悍，左赶不走，右赶也不走。一大片乱糟糟的景象。这时，那个意外横空出世了。

对不起，压您脚了。真对不起！

一辆车帮上写有"D城环卫"字样的三轮车停下来。头戴环卫工人标志性黄色帽子的人，屁股慌张地脱离了车座位。

您瞅瞅，脚压坏了吗?

黄帽子边说边顺过来眼神儿。

三轮车为什么停下来，刚才一个声音说压脚了，是压她的脚了吗？垂下目光去检查自己的鞋子，果然左脚上的李宁运动鞋留有新鲜的污渍。一小股火气噌地蹿上了头顶，熊熊燃烧，她抬起眼睛，拿了目光去捕捉不长眼睛的人。

你！

目光刚好撞上黄帽子顺过来的眼神。

小同？是你吗，小同？

一张丑陋的脸布满万分的惊恐。由于惊恐，加重了整张脸的丑陋。

是我，我是小童。

小童在记忆里努力地搜寻，这个准确地叫出她名字的人，难道她认识吗？

小同，你是来索我命的，对不对？我知道你一直恨我，我不好，我该打，你瞅着，我打给你看！

丑陋的老男人真的左右开弓，在自己棕色的两片脸颊上，狠力气地抽打着。并且，泪水一行行地涌出来，随着抽打的动作，飞迸起来。打着打着，一条脏分分的身子又扑倒在小童脚下：

小同，您大人大量，留下我这条烂命，过两天就是清明节了，我保证给您上坟去。保证，我保证……

马路上流淌的车辆和人，已经把注意力投到了这边。小童拿出逃离一堆粪便的心情和速度，让自己在最快的时间里远离。跑着跑着，小童停下来。她认为她有必要停下来，梳理一下丑男人刚才的言和行。

他知道她叫小童，而且，她是一个死去了的小童。假如丑男人的神经是正常的，唯一的解释就是，丑男人认错了人。那个死去的人和她的相貌相似，而且，更为巧合的是，和她一样也叫小童。另，丑男人一定做了对不起他认识的那个小童的事。

天下真有这么巧的事吗？

迎合着小童的疑问，神奇的传说闪了闪腰身，以达到吸引小童注意力的目的。

是啊，神奇的传说。传说里的那个女人，到底有着怎样的一个名字呢？

远远地朝着西方的尽头望去，那辆带有环卫标志的三轮车，已经不见了踪影。丑男人和它一起消失了。刚要转身，身子被一双手臂钳住，一动不能动。

救——

却是方远。

坏宝宝，打扮成这个样子跑哪儿去了，你想急死我啊？

他的语气是急躁躁的，神态是急躁躁的。额头上渗着两颗汗珠儿，很晶莹，很剔透。小童有一点感动，在她和儿子的天平上，到底她的分量重了一些。可，小童也清楚，她的感动是不彻底的。如果没有那个神奇传说的横空出现，如果没有他的一系列不正常的反应……过去的每一次"不理解"发生时，他太知道她只是要一要小情绪，大可不必不顾一切地抛下儿子的饭，以及饭后对儿子作业的监督和指导，完全可以躲进卫生间里，用一通又一通的电话搞定。实在不行，气定神闲地等到儿子进入了梦乡，再偷偷地溜出来。

于是，小童这样解释方远这次对她的过度关注：神秘传说引发的焦虑综合征的延续。

被男人牵着往回走。小童的心思却是在丑陋又奇怪的环卫工人身上，他到底有着怎样的过去，他的过去又有着一个怎样的与她名字和相貌都相似的女子。她想去探究，想去了解。探究的过程一定会花费大量的时间和精力，她需要被这个过程占据，需要投入地做一件事情，把她全部非工作时间挤压得没有一丝盈余。

让她腾不出手来去触碰那个神秘的传说。

三　五角钱的诱惑

　　五角钱，对于 20 世纪 60 年代初十岁的小女孩小同来说，是什么概念呢？是一大把花头绳，是半口袋的糖果。小同仿佛已经拥有了那五角钱，并且她正在跑向买头绳和糖果的路上了。五颜六色的花头绳将会令漂亮的小同多么招摇啊，它们被编结成两只美丽的蝴蝶，一落在她的头上，那蝶儿就有了生命，薄薄的羽翅轻颤着，一副欲飞不飞的样子。这样的小同背着花书包，行走在连接学校和家门的那条土路上，就不再是行走了，是像蝶儿那样飞着上学的，飞着放学的。那时，她骄傲极了，才不会羡慕同学小芳的新花裤儿呢。不仅不羡慕小芳，全村的人谁都不羡慕。在小同看来，全村是一个很大的概念，是等同于全世界的。还有她嘴里的糖果，会馋得村里的小伙伴眼珠子都瞪掉了。不能让弟弟和妹妹发现，把糖果藏起来，她要独自一人享受。不，也不能完全一个人享受糖果的甜，或者可以考虑分给小芳一块。不，是一块中的半块。一整块，她会舍不得。小芳是她的好朋友，吃了糖果的小芳，会和她的关系更近。娟子算啥呢？最近，娟子总是有意无意地在讨好小芳，想和小芳成为好朋友，把她孤立起来。一小把炒黄豆，几截在灶炕热灰土里烧熟的粉条，小恩小惠地讨好着小芳，而且还是当着她的面。明摆着要把小芳从她身边夺走。不就是

13

一次老师考生字她没让娟子抄么，哼，小气样儿的。小同决定了，给小芳糖果时，也要当着娟子的面给。当然了，不能告诉小芳买糖的钱是小芳哥哥给的。就这么简单。小同跟着前边的男人走着。男人是她家的邻居，叫老土，同学小芳的哥哥。本来小同是有些怕老土的。怕有三个原因。一个是老土的丑陋，比小同大八岁的老土，长相和他的妹妹小芳一点都不像，两只眼睛不仅仅是大，而且是无限度的大。因为它们两个无限度的大，强硬地挤占了其他器官生长的空间。冷不丁看上去，好像那张脸上只长了两只眼睛。更让人不舒服的是，眼睛边缘和面部肌肤的界限很是模糊不清，像一枚没有啃食干净的烂桃核。二是老土身上的赖气。也未见老土和谁打过架，或是欺负过谁，所以老土有的还不是霸气。那种赖气挂在老土的眼角眉梢上，挂在一举手一投足上，挂在露了黑棉花套子的棉裤脚儿上，挂在他说话的语气上。是颓废到极致的慵懒。整个绿豆村人，甚至老土的家人，都放任了老土的赖气。仿佛有着赖气的老土才是老土。放任的同时又蔑视，没有一个人把灵魂都沾染着赖气的老土放在眼里。老土的赖气就显得格外各色，格外寂寞。老土的父母曾经想改造老土，让他像村里其他半大小子那样，参与生产队的劳作，为家里挣几个工分，也是想证明一下给村里人看，他家的老土是行的。没有两天，老土就被队长一脚端回了家，继续过他高兴时才背着筐打草拾柴火的日子。这样一个老土，这样一个不可救药的老土，就像一只跳到人脚面上的癞蛤蟆，不咬人但是会恶心人，会吓人。三是什么呢，是老土那两道蚂蟥般的眼神。那两道眼神打在小同身上，吱吱地往皮肉里钻。小同家和老土家的中间隔着一道篱笆墙，稀稀拉拉的篱笆墙不时地让猪啊狗的钻成一个一个的窟窿。小同家的茅厕是就着篱笆墙围成的。有一次小同去茅厕，发现篱笆墙的那边，有一双贪婪的眼睛，正透过窟窿盯着自己。是老土。小同慌忙拎了裤子，跑走了。小同很疑惑，一个人的眼光为什么可以那样呢? 在她当时的头脑中, 还没有"贪婪"这个词。她只觉得在那样眼光的注视下, 浑身发冷, 头皮发麻, 所以小同跑了。之后小同再去老土家找小芳, 就有意躲着老土。

最让小同不舒服的是那天晚上。小芳说她爸妈和弟弟去姥姥家了, 晚上叫小同和她去做伴。犹豫了一下, 小同还是去了。她不想跟小芳说她讨厌老土, 她怕小芳不高兴。晚上睡觉时, 小同和小芳都已经钻进被窝里了, 老土还赖着不走, 说是给她们讲故事。老土都是十七八岁的人了, 故事臭得不得了。他说, 从前有座山, 山上有一座庙, 庙里有一个老和尚, 老和尚在干啥呢, 他在给一群小和尚讲故事。老和尚说, 从前有座山, 山上有一个庙, 庙里有一个老和尚, 老和尚在给一群小和尚讲故事。老和尚说……在老土的车轱辘故事中, 小芳酣然入睡了。小同一点也不觉得好笑, 也无丝毫睡意。她希望老土早一点离开, 莫名的恐惧感重重地侵袭着她。小同不知道老土要干什么, 不明白老土一边讲没意思透了的故事, 一边为什么还要摸她。老土粗糙的手锉一样在小同的脖子上、胳膊上锉来锉去。小同真的不明白, 别人的胳膊有什么好玩的。这个死老土。小同不敢打断老土, 诸如呵斥老土停止讲故事, 停止在她身上锉来锉去。她不敢。她怕老土, 她从来没有如此地惧怕过一个人。小同紧紧地闭了眼睛, 假装像小芳一样睡去, 甚至打起了香鼾。后来, 老土终于停止了无休止的讲述和抚摸, 恋恋不舍地拔起赖气深重的身子, 扑扑踏踏地离去了。小同清醒的耳朵捕捉着老土的脚步, 听见它们并没有消失在老土睡觉的东屋, 而是穿过堂屋向着院子里蜿蜒而去。一会儿, 脚步声隐在了夜色里。哗啦啦的声音响起, 伴着从嘴里打出的哨音。能发出声音的人、动物, 及至一片树叶, 都枕着夜的静, 酣然睡着。老土制造出来的声音, 显得张扬而又跋扈。一泡尿水也和老土一样, 赖气十足, 拖拖沓沓地绵延了很长时间, 才偃旗息鼓了。脚步声复又响起, 再次穿过堂屋，逶迤着进了东屋。小同才打开小小的胸腔，长长地嘘出一口气。小身子一松懈，便被睡眠侵袭了。

现在，小同居然跟着老土在走。小同太想让自己像花蝴蝶一样漂亮，太想嘴巴里咀嚼着香甜的糖果。父母从来没有给过她那么多的钱，而老土一下子就答应给她五角钱。老土到底让她干什么呢？老土那么神秘，反复叮咛她不要告诉别人。老土是隔着他们两家之间的那道篱笆墙说的。那时，她正从肩上卸下一筐草，忽然听到有人喊她的名字。寻了声音，却是老土的一张脸正从篱笆墙的缝隙中露出来。见吸引了小同的注意力，老土故意左右环视了一下，见无人，细了声调，我有五毛钱，你想要吗？小同是质疑的，为啥不给小芳呢？老土两颗无限度大的眼睛闪耀了一下，淬出来点点的火星儿，才不给小芳呢，她没你长得俊，谁长得俊我给谁。这话儿不用老土说，小同知道自个儿比小芳长得俊，她不光比小芳长得俊，也比娟子俊。走在街上，收获最多的就是大人的夸奖，这小丫头长得真俊。她还知道，娟子所以努力疏远她，不光是老师考生字她没让娟子抄，更重要的原因是娟子没有她长得俊。和娟子走在一起，娟子最生气的就是大人们把赞美送给她，而忽略了娟子。所以，老土的这个说法，小同是相信的。可是老土说，他不能在这里把钱给她，他要带她去一个地方，在那个地方才能给她钱。当然了，如果小同不想要五毛钱，也可以拒绝，可以不去。

眼下，地里正是挂锄的时候，再加上大中午的，难见几个人影。小同尾随老土来到一片玉米地的前边。小同急切地问老土到底把她带到哪里。老土一指玉米地，对小同说只要小同跟他进去，他立马给小同钱。假如小同临出来时跟父母说了，他们肯定不会让小同来的，并且还会去质问老土。小同没说，是由于老土再三叮咛她不要说。她想得到那五角钱，她也怕老土，老土不让说的话她说了，老土肯定不会轻饶了她。小同和老土已经在玉米地里很深的地方了，前后左右没有

16

一个人影。老土止了步子，开始行动了。他先脱下带补丁的蓝褂子，小心地铺在地上，然后抱起小同把她放倒在蓝褂子上，老土的身子压了下来。小同不明白老土要干什么，她眼里满是疑问，张嘴刚要说话，就被老土捂住了。老土的脸上没有了神秘感，横丝肉里露出一丝杀气，他叫小同不要闹，否则一毛钱也拿不到。事情就这样发生了。小同一点也不觉得好玩，她觉得老土在她身上脸红脖子粗地折腾的模样怪怪的。原来，可怕的老土还有这样一副平常见不到的面孔。尤其两颗大到没有限度的眼珠儿，呈现出强劲的凸起状，一忽悠儿就要从眼眶里脱落的样子。有风吹过，宽大的玉米叶子唰啦啦地抖动了几下，老土吓了一跳，匆匆忙忙地提了裤子。

在小同看来，老土和她玩的游戏还不如摔泥巴有趣。那是小猪小狗们干的。每次小同去猪舍里添猪草，都会发现小猪做这种事。可恶的老土居然也模仿小猪。小同看见模仿完小猪的老土又缀满了杀气。他在吓唬小同，说这事她要是说了出去，就掐死她。小同鼓起勇气跟老土说，要是给钱，就不说出去。老土摸了摸口袋儿，又拍了一下脑门，诈诈唬唬地说忘了带，下次一定给。

有了第一次，就有第二次、第三次。小同深深地陷进五角钱的阴影里了。后来，小同说不要钱了，以示不再跟老土去玉米地了。小同明白了老土的用意。也许老土根本就不想给她什么钱，从一开始就只想做小猪的事。那还有什么意思呢？小同准备放弃了。小同的心里很灰暗，花头绳买不到了，糖果也买不到了。想象中的计划一个也没有变成现实。让小同跟老土又在一起的原因是，老土果真让小同看到了那诱人的五角钱。五角钱瓦解了小同刚建立起来的意志。她又一次去了。就在这次，他们被打猪草的村妇看见了。村妇没有惊动他们，急火火地把这件事告诉了小同的父母。当小同拿了五角钱当中的二角钱回家时，刚走到院子里的粪堆旁，就被等候在那里的父亲一脚踹倒。小同悲惨地发出了一声长长的"啊——"

四　寻找丑男人

下班途中，小童的沃尔沃在马路上缓缓地像黑色的流苏一样滑动。头戴小黄帽，身着黄坎肩的环卫工人，散落在各自的岗位上。他们能见的，是一片纸屑、一只塑料袋、一截烟头、一摊狗狗的粪便。马路上流过来流过去的人和车，完全可以忽略不计。他们一个一个地接受着小童目光的检阅。这是一场单方面的检阅，被检阅者是毫不知情的。他们懒得看清车里的人，以及车里人使用的检阅目光。

越是接近出现丑陋男人的那条马路，小童的目光越是严谨和仔细。那条马路是回家的马路，每天，她都要经过它。之前怎么就没有发现过这样一个人呢？小童想了想，很容易就有了一个答案。这个答案让她对自己有了一种轻蔑感。嗯，轻蔑。他们是一个群体，一个不管春夏秋冬都头戴小黄帽、身穿黄坎肩的群体。她不屑于弄清群体里的这一个与那一个有何区别，有何不同。经过了检阅，小童明白这一个和那一个是有着明显的区分的。尽管他们的目光都职业化了，但职业化不过是一张薄薄的贴膜，遮挡不住背后的或淡然，或滞涩，或达观，或木讷。不自觉的，小童的脸儿有些微微地发烫了，为着之前的那份轻蔑。

这一个，那一个，都不是丑男人。沿着遇到老男人的地点，黑色的流苏向西流动。那是丑男人消失的方向。向西的尽头是一座立交桥，所以说是尽头，是因过了那座桥便是城外了。桥东是城市，桥西是农村。它从中间割开，成为 D 城向西的尽头，乡村向西的开始。

看着立交桥上亮起的灯盏，小童想，也许丑男人根本就不在这条马路上。整个 D 城要有几百名环卫工人，每一个都检阅过来，很是需要一点时间的。忽然间，小童就对寻找丑男人丧失了兴趣。为什么一定要找到他呢？一个和自己毫不相关的故事罢了。然而，放弃了寻找丑男人，下一刻她要干什么呢？在家里上网、看电视，然后等待和方远相会的周末的到来吗？那样的日子，她过了将近两年。在等待中过的日子，她曾经以为是幸福的。他爱她，她愿意为他付出几年的等待。

为她，他放弃了和另外一个女人的婚姻。但是，儿子是他的，他坚持留下儿子。于是，他答应了前妻提出的条件。儿子不完成中学的学业，他不能再次走进婚姻。每个周末，儿子跟着妈妈。还有三年多，距离小童要的那个婚姻。自己，真的还有信心等三年多吗？就算没有妈妈不间断地提醒和瓦解，她和方远的爱情，真的还经得起三年多时光的考验吗？

又是那个神秘的传说。它就这么轻易动摇了自己对爱情的信任吗？莫名的烦躁又绑架了小童。

不想立即回家。不想守着那份孤独和寂寞。小童把车泊在马路边栽植的观赏树下，看着立交桥下发生的一切。在晦涩的灯光下，一些身影在游动，一些身影在静默。它们为着什么在游动，在找人？又为着什么在静默，在等人？尤其那些静默的影子，等人该是焦躁的，但他们却是娴静的。噢，看清了，有的静默者身下还铺着破旧的棉垫。身下的棉垫，是用来睡觉的吗？如此，棉垫上的人是无家可归的吗？

一个特别的人。他坐在地上，面朝着东方，小童的这个方向。微笑。而且，很灿烂很动人地微笑。那样的微笑，在一头凌乱长发的陪衬下，颇具几分艺术特质。小童有一个小小的惊骇，难道他看到她了吗？这个微笑是给她的？两三秒钟后，小童很快否定了自己。除非他的眼睛具有穿透性。小童凭借着车窗的掩护，迎上男人的微笑。

从表面看，他的笑没有具体的目标，可以笑给小童看，可以笑给路边的灯盏看，可以笑给 D 城的夜色看，可以笑给天上的星星看。谁看他，他就笑给谁看。他到底因何发笑，谁都无法破解。也许，在他心里，有一个美好的梦。他在笑给他的梦看。看不出男人的实际年龄，四十岁、五十岁、六十岁，还是七十岁？破旧的绿大衣，沧桑的容颜，纯净如婴儿的微笑。怀里好像有一个什么东西，小童凝了神，细细地辨别，好像是一个画板之类的东西。

一座微笑的雕塑。小童痴痴地看着，体内莫名的烦躁受到了冷落，知趣地退去了。看着看着，微笑的雕塑动了。他从地上站了起来，保持着微笑的姿势，向右侧移动了几步，到了一顶帐篷跟前。那的确是一顶帐篷，尽管破败，尽管陈旧。也的确离着雕塑男人刚才坐的地方只有几步之遥。雕塑男人离开了坐的地方，小童才意识到他的身后是个桥墩，粗粗的桥墩上挂着一条锁链，锁链的一头拴着一辆三轮车。好熟悉的三轮车，小童想起来，那是环卫工人专用的三轮车，那晚的丑男人，正是骑着这样一辆三轮车。

走近破旧帐篷的雕塑男人，伸出脚来，踹了踹帐篷。没有反应，他又踹了一下，脚上加了力量，老土，我饿了！

帐篷哗一下，气势汹汹地打开了。从里边钻出来一个人。小童惊诧地张开了嘴巴，因为，她在第一时间认出来，从帐篷里钻出来的，正是她寻找的丑男人。因为他太丑，所以容易让人过目不忘。

丑男人把自己咆哮成一头老狮子，把鬼都给老子招来了，你还有脸饿！我让你饿，我让你饿……手也跟着动作起来，劈手从雕塑男人的怀里夺过类似画板的东西，不是类似，就是一个画板，狠狠地掷在地上，两只脚踩踏上去。雕塑男人不干了，他收起天使般的微笑，一弓腰，头深深地扎下去，像垂死一搏的老牛，对着丑男人的肚皮撞过去，喊了一句：赔我媳妇！

丑男人四脚朝天了。小童以为他会爬起来，向撞倒他的人发起反攻。他没有。一颗头转动着，环视着聚在周围看热闹的人，骂了一句很脏的话，躺着没动。见没了热闹可看，几个围观的人边回着同样脏兮兮的话，边散去了。仿佛已经适应了那样的话语方式，老男人并不过多计较，依旧躺着，和检查画板的雕塑男人说话。

我没把你媳妇儿踩坏了，你狗日的倒是把我撞坏了。我要是死了，看谁还管你，你个没良心渣儿的。哎哟……摔死我啦……

在丑男人的哎哟声中，雕塑男人打开画板，一页一页地翻动着里边的东西。随着翻动的深入，天使般的微笑重又出现在雕塑男人的脸上。

你媳妇没坏吧？

雕塑男人并不理会丑男人，将合上的画板紧紧地搂在怀里。微笑着踱到桥墩旁边，坐下来。大概对刚才的检阅不放心，瞅了瞅不远处肚皮朝天的丑男人，把怀里的画板放在支起的腿上，开始再一次更加细致地查看。同时，又提防着丑男人，因此，看一小会儿，眼神儿就从画板上挪开，关照一下丑男人。但是，看着看着，他就完全沉浸在画板里，不出来了。

好幸福的眼神。画板里的媳妇，究竟是怎样一个女子呢。小童痴痴地想。

手机响。不用看，肯定是方远打来的。

宝宝？吃过饭了吗？

果然是。声音压得很低，不是躲在厨房里，就是躲在厕所里。或

21

者阳台，或者……反正不在儿子的身边就对了。

宝宝，等儿子做完作业睡了，我去陪你，好不好?

这个男人可真够辛苦的。儿子睡了过来陪她，早上在儿子醒来之前，再赶回家给儿子做饭，在儿子跟前制造出一副不曾离家的假象。

不用了，你陪儿子吧。我挺好的。没事儿，我挂了。

小童也压低了语气。她担心扰了桥下的人，引起他们的注意。

宝宝，你在哪儿，没在家吗?

小童的语气引起了方远的疑虑。

不在家，我还能在哪儿。好了，陪儿子吧，真挂了。

五　初识耻辱的模样

　　晚上，小同没有吃饭。围坐在饭桌上吃饭的家人没有一个人来叫她。她一个人瑟缩在西屋的炕沿儿上，小身子弓着，两条腿儿顺着炕沿儿垂着。一只脚套着鞋子，另一只脚光着，五根脚趾头拘谨地合拢着，不敢随意乱动一下。小同不知道那只鞋子去了哪里。她没有想到，平日里沉默的父亲不但踹了她，而且还把她从地上拎起来，头倒悬着，像捶打一口袋粮食那样捶打她。鞋子就是在那样的捶打中脱落的。捶打中，她看到了一个倒置的世界，树是倒的，人是倒的。倒着的母亲，倒着的弟弟妹妹，倒着的每一个家人，他们对父亲的捶打无动于衷。母亲的表情是惊恐的、绝望的、哀怜的。她瘦得只有一副骨架的身子，如同一棵被虫蛀了的庄稼，一阵风就要倒下去的样子。母亲宁愿倒下，也不愿意制止父亲的捶打吗？来住娘家的姑姑，袖着两只手，眼睛里一副怒其不争的模样，嘴巴里小声嘀咕着，也该打两下了。弟弟则是幸灾乐祸的。他八岁的成长史，伴随着父亲无数次的捶打。仿佛少了父亲的捶打，他就不能成长。今天，弟弟终于目睹了期盼已久的父亲对别人的捶打，终于可以沦落为一个纯粹的看客。那小子，自然是满眼满心的喜不自禁。妹妹，小同也看到了六岁的妹妹。她牵着母亲的衣襟，黑黑的大眼睛里盈满了亮亮的泪水。她见惯了父亲对哥哥的捶打，习以为常了，头一次看见父亲捶打姐姐，被吓到了。也许她在想，这一回遭到捶打的是姐姐，下一回说不定就是她了。但不管出于什么原因，围观的人只有妹妹的表情是小同需要的。小同隐约还记得，妹妹是弯了腰的，好像从地上捡拾到了什么。现在想来，应该是她的鞋子吧。

妹妹并没有把鞋子还给她。她知道为什么。众目睽睽之下，妹妹没有勇气背叛一个集体的疏离。没错，是一个集体的疏离。父亲朝她飞起那一脚的瞬间，这个集体的疏离就开始了。原因呢？小同努力地想，原因呢？和老土有关吗？

集体的疏离是可怕的。比父亲的捶打还要可怕。

只有十岁的小同不知道，比集体的疏离和父亲的捶打更可怕的东西，慢慢地朝她涌过来。她不知道它的威力，辨不清它的真实面目。没有关系，会有人来告诉她。他们会剥开它的外壳，露出里边真实的容颜，告诉小同一旦和它结缘，小同就不再是过去的小同了。

她是刚刚被父亲捶打过的人，所以，即使很饿，也不能主动凑到桌前吃饭。要等着来叫，即使父母不叫，打发了弟弟妹妹来叫也是可以的。叫是一个台阶，有了这个台阶，下不下是她的事。小同是有着小骄傲的女孩，家人给她下了台阶，她也未必就去吃饭。挨饿，是对小尊严的维护，是对父亲捶打的抗议。让她失望的是，没有一个人来叫她，没有一个人给她铺设台阶，就让她干巴巴地悬着。大大小小的头凑在堂屋的一张方桌上吃饭，桌子小，人多，显得头很密集。都在投入地吃着碗里的饭，没有人说话，咀嚼声在一片沉寂中显得格外巨大而杂乱。好像吃饭是一件很痛苦的事情，不得不吃，不得不完成的一个任务。尤其是母亲，她的心思更不在吃饭上。母亲背对着小同，但是小同从母亲的后背上，读出了母亲的表情。母亲的绝望更加彻底了，深度的绝望爬满了后背。它们大概过于沉重，母亲羸弱的身体显然背负不动，因此整个背部微微地颤抖着。

　　饭吃完了。母亲撑着颤抖的身子收拾碗筷。后来，小同想，碗筷不过是母亲手里的一个道具。母亲需要借助它们，来达到逃避的目的。因为母亲知道接下来会有一个可怕的询问发生，而她无法面对，更无法参与。参与那个询问比观看小同的捶打更让她无法接受。询问是从姑姑开始的。确切地说，姑姑不是询问，而是训诫。她什么都没有问小同，从头到尾，都是她一个人在说话。天色已经很暗了，无人去点灯窑里的煤油灯。姑姑将脸凑近小同，让小同看清她脸上使用的表情。姑姑脸上是什么表情，小同抓不住，它们总是随着姑姑的嘴巴跳来跳去。姑姑将唾沫星子溅了小同一脸，每一颗唾沫星子都不叫唾沫星子，而是叫"丢人"。小同的小脸上，便密密麻麻地排满了丢人。姑姑直到把嘴巴里含着的丢人，全喷在了小同的脸上，才罢休了，气喘吁吁地直起了身子，为下一个人的询问腾出位置来。

　　询问的是叔叔。不是父亲。以小同那时的年纪，她还不能理解父亲和母亲的逃避。询问必须要有，然而，舍得捶打小同的父亲，却没有力量开始一个询问。他选择了和母亲一样的逃避。

　　叔叔的询问很简洁，也很直接。和姑姑的话语方式完全不一样。

　　叔叔问小同："他压你了吗？"

　　小同答："压了。"

　　叔叔问："到底压没压？"

　　小同重复一遍："压了。"

　　叔叔的问话就结束了。更深重的夜色将保持着一个坐姿的小同围裹起来，给她一个依靠。它对她满含着同情。不自觉的，小同的泪就流了出来。不是悲伤的泪水，不是委屈的泪水。是耻辱的泪水。这一刻，她明白了。父亲的捶打因老土压她而起，母亲的绝望因老土压她而起，姑姑喷出的丢人因老土压她而起。那是一个耻辱的动作。

从家人的态度上，小同知道问题的严重性了。在确定小同被老土"压"了之后，叔叔把老土暴打了一顿。小同家和老土家还隔着篱笆热热闹闹地打了一架。他们每个人都在捋胳膊挽袖子，瞪着血红的眼珠子，一副把对方吞了的势头。小同躲在角落里看着眼前的这场战争。她明白，这场战争因她和老土而起。小同家的观点是老土欺负了小同，而小同才是个十岁的孩子。老土家的观点是老土没有欺负小同。说着骂着，老土家的观点就变成了"欺负"了怎么着，你们凭什么打了我们的人。

　　小芳和小同也断交了。早上上学的路上碰到，小芳恶狠狠地朝着地上吐了一口唾沫——呸，不要脸，和我哥搞流氓！

　　谁和你哥搞流氓？娟子把耳朵凑近小芳，却把眼神儿丢在后边的小同身上。一脸的窃喜，一脸的幸灾乐祸。

　　冲上去，狠狠地扇小芳两个嘴巴子，扇娟子三个，不，六个嘴巴子。小同满胸腔的愤怒像小蛇一样游移，一直蹿到十根指尖儿上。十根指尖儿像被火点燃一般，火辣辣地疼到心里。

　　一个十岁小女孩的忍耐力，如同被拉到了极限的橡皮筋，稍稍再加一点力量，就要绷断了。

　　绷断的一瞬间发生在放学。喜欢上学，喜欢听老师讲课的小同，每一节课都听得心不在焉。坐在低矮破旧的课桌后边，一对目光捉住课桌上用铅笔画下的太阳不放，不敢四下观望，不敢触碰同学的眼神。唯恐一个张望、一个触碰会惹来同学的不屑和鄙夷。梳着和母亲一样头型，在齐脖颈短发上扎了一个歪马尾的陈老师，用手里的教鞭啪啪地敲打着黑板，有的同学咋不认真听课呢？小同知道陈老师在说她。可是她不能确定陈老师是否知道了她的事情，她怕一抬头，从陈老师的眼睛里读出异样。因此，她不抬头，坚决不抬头。幸好，陈老师念在她平时是个好学生的分上，没有过度追究，只在讲完课时，踱到她身边，伸出沾染着白色粉笔面儿的手，摸了摸她的额头。突然，陈老师用手指着坐在小同前边的一个男生，又是你吧！

不是我……我啥也没干……该男生委屈极了。为了证明他是真的委屈，嘴巴最大限度地咧开来，小眼睛使劲地眨巴了几眨巴，挤出来几星泪花儿，雾气昭昭地挂在睫毛上。

坚持到了放学。等同学差不多走光了，小同才绕过一排排低矮破旧的课桌，小身子孤零零地向着学校大门口移动。说是大门口，其实很小。一个人站在门口，再伸出一条手臂，门口就满登登的了。每天放学，大门口就会变成一只瓶子塞，人塞在门口，怎么都拔不出来。离着门口一段距离，小同就看到本该空荡荡的门口，被一个人占据了。就是那个动作：屁股顶在门框上，手臂用力地朝前够，占满了整个门口。是前座儿男生。

小同很快想明白了，他是要报复她。因为她，他被陈老师无辜地训斥了。对他，小同的心里有一点点的歉疚，所以，她走近大门口时，轻着声音对他说，让我过去一下。他不动，一动不动。看架势，小同走过这道大门有些困难了。身子没动，嘴巴却动了，他说，有能耐跟老师告状去呀，你个臭老土！

小同愤怒了。她早就想愤怒了，只是一直没有勇气，没有力量。就那样像一头小狮子般从大门口冲了过去，冲开了前座儿男生的手臂，并且把前座男生差点带了一个跟头。

前座男生岂肯罢休，拿出男子汉的气势，反过来去追打小同。小同索性甩了肩上的花书包，勇猛地和前座男生厮打起来。在厮打中，她不再是小女孩小同，而是一头真正的小狮子。一袭重拳击打在前座男生的鼻子上，瞬时，鲜血飞溅。

六　明天是清明节

把副刊的稿子打印出来，送审。小童蜷起右手的手指，刚要敲副主编的门。门却开了，走出来同事小鱼。小鱼的小脸儿现出了微醺，两小朵红晕精灵般落在两颊，轻轻颤着薄薄的羽翼，做准备飞翔状，也可解释成疲倦之后的小憩。

姐？几丝儿惊诧飘过小鱼的眼底。

这期的稿子。小童晃了晃手里一沓打印纸。

进了副主编的办公室，小童将稿子放在副主编的办公桌上。办公桌后边，一张黑色皮面的椅子。椅子上坐着的是报社的副主编，女副主编，四十出头的女副主编。永远是一头短短的花卷样的头发，闪耀着焗油膏和染发剂的光彩。小童不喜欢这颗头。她知道，这颗头也不喜欢她。从见第一面时，她们就彼此不喜欢。没有原因，没有为什么。但她们却彼此假装喜欢，把真实的情绪掩在心底。小童的假装喜欢，是因为她是自己的上司，自己不想得罪她。妈说，得罪了女人，就等于得罪了小人。得罪了女上司，就等于死路一条。妈还说，女人对付女人，从来不会手软。所以，小童只在心里悄悄地蔑视着副主编，蔑视她没有文学修养，却要拿出文学大师的姿态，对她组好的稿子品头论足。这个稿子咋能上咱们报纸呢？难道没有上乘的稿子了

28

吗？我对你寄予了很高的希望，这样工作可交代不了啊！如此，小童辛辛苦苦组好的一期稿子就作废了。你有脾气吗？没有。她是你的领导。您放心吧，下次不会让您失望了。小童把一腔子的愤怒按压下去，让谦卑不情愿地生长出来。接下来，便是小童的加班加点。

小童知道，副主编过去对她是不喜欢，现在对她是憎恶。借着工作之便，暗中收拾她。自从两年前，小童认识了方远，拒绝了副主编给她介绍的男朋友。这就是女上司的高明之处，明明是不喜欢小童，却硬要装作喜欢和疼爱的一副嘴脸，关心小童的私人生活。副主编给小童介绍的男朋友，不是别人，是报社的小鱼。小鱼也不是D城人，年龄上还要小着小童两岁。小鱼是要闻部的记者，长着两片薄薄的唇。小鱼一说话，两片薄薄的唇就灵巧地跃动，看着它们，小童总会想起母亲烙的薄饼，塞满了童年的胃口，有一种腻腻的感觉。那是两片缺乏真诚的薄唇。小童抗拒它们。左也为难、右也为难的时候，方远出现了。

也是从那时起，小鱼和小童的同事关系也疙疙瘩瘩起来。明明自己不欠小鱼什么，每次见着小鱼，小童都会有一种亏欠的感觉。有人给小鱼介绍女朋友，当着小童的面，小鱼会说，我这没房没车的，人家会看上我吗？居然暗中拿话磕打小童。是啊，小童不是开上了沃尔沃嘛。小童也没说什么。让小童刮目相看的是，小鱼年纪轻轻的，突然就坐到了要闻部主任的位置上。无论是资格，还是能力，小鱼都不是最优秀的。力挺他的，是副主编。

后来，小童发现端倪了。也许，别人早就发现小童的这个发现了，只是这样的发现不适合相互传递。副主编喜欢在唇上涂抹一种淡粉颜色的唇膏，为了保持唇部的颜色，副主编不断地修补。唇部颜色丧失，有多种渠道。吃饭、喝水、接吻，等等。副主编唇部颜色的丧失，应该相对单纯一些。起码接吻是排除在外的。那样一副正在走向衰老的唇，谁会有兴趣吻呢！小童的想法就受到了挑战。一次，小童去请示工作，门敲了，等着里边应了，进了副主编的办公室。小鱼正在向副主编汇报工作，大概小鱼的工作方案很是让副主编爽心吧，副主编的眼神兴奋得有几分迷离。小童看出了因为自己的出现，副主编在努力压制着迷离，不让它们从眼睛里溢出来，拉过来几片领导的严肃和矜持做掩体。但迷离还是从掩体后边淌出来点滴，被小童捕捉到了。扫了一下副主编的唇，小童保证，她绝对是无意识地扫了一下。副主编唇上的粉红色不见了，裸露出来的是一个中年女人的苍白。那是不太可能的，小童认为。但是，小童顽皮了，她想用顽皮来证明事实的不可能性。有几次，眼见小鱼刚从副主编的办公室出来，小童立即就以各种各样的工作为借口，敲响了那扇刚刚合拢的门。两片原生态的唇，来不及经过修饰。几次之后，小童不敢了。她知道，这是一个危险的游戏。

这一刻，小童又见到了那两片苍白的唇。不过，今天，它们苍白得不够彻底，苍白的底色上残存着星星点点的粉红。一副残败的景象。

主编，这期的稿子。

小童将厚厚的一沓打印纸放在副主编的眼皮底下。心里忐忑，这门敲得真不是时候，等着挨收拾吧。

嗯。副主编动了一下下巴，算是对小童的回应。看来，这个即将衰老的女人，没有心情收拾自己，说不定还沉醉在刚才的意犹未尽里。小童转身要走了，身子已经侧转过来。

小童——

副主编叫住了小童。小童停止了继续侧转，回过身子来，用正面的表情对着副主编。小童承认，她面对的是一张风韵犹存的脸，曾经年轻的副主编，是美丽的。

去做做皮肤护理吧，女人这个年龄该学会爱惜自己了。

什么意思？她在说自己老了吗？小童有的是词儿来对付这个半老徐娘，然而，她却不能。她是她的领导，所以，她们的对话是不平等的。她可以转弯抹角地让小童不舒服，作为下属的小童，除了在心里狠狠地诅咒她，还能怎样呢？管人家文化素养高和低呢，坐在这个位置上，足见她的神通广大。

谢谢主编的关心，我会学会爱惜自己的。对了，主编，一会儿我出去一下，上次的采访要补充一下，跟人都联系好了。

没有什么采访需要补充。报社的空气太稠密了，小童感到一阵窒息，她需要立刻离开报社，去透透空气。

和她的沃尔沃向西。想念雕塑男人的微笑了。以往，心情不好，小童都要给方远打一通电话。电话那头的抚慰，像一棵参天的大树，靠上去，心里就有了踏踏实实的感觉。

被雕塑男人唤作老土的丑男人不在，拴在桥墩上的三轮车也不在。还不到下班的时间，老土还没有回来。小童很奇怪，为什么就认定老土下了班，一定要回到这里呢。

雕塑男人在。雕塑男人的微笑也在。在的，还有那个脏兮兮的帐篷。

留着乱蓬蓬长发的雕塑男人在画画。嗯，他的确在画画。他大概对自己的画很满意，因此，他的微笑看上去格外灿烂。白白的牙齿，在春天温暖的阳光下，闪烁着耀眼的光芒。

有人将脖子伸向他的画。他说了一句什么，那人一边欣赏着一边摇摇头。昨晚，和老土打架时，他说赔他媳妇。那么，他是在画他媳妇吗？小童就要打开车门了，就要走到男人跟前，亲眼看一看男人的画作了。她对他、对它，充满了好奇。

那个叫作老土的丑男人回来了。他蹬着写有 D 城环卫标志的三轮车，撅着屁股，车子在他屁股底下吱吱扭扭地叫着，回来了。小童就收回了自己的身子。

老土一扳三轮车的手闸，车子在雕塑男人身边停下来。下了车，从车斗里拎出来一个纸卷，给你，欠了你狗日的！

雕塑男人仿佛见着了宝贝，赶忙把纸卷揣进边角已经露出棉花套子的绿大衣里。是一卷画画儿的纸张。小童看清了。

老土又从车斗里拎出来一只塑料袋。然后，弯腰去了帐篷里，再出来时，手上多了一张四条腿的小桌子，桌上是一面小菜板。不论小桌子还是小菜板，颜色是统一的黑乎乎。从塑料袋里掏出来一条肉，捉了小菜板上的菜刀，一刀一刀地切下去。

老土，炖着吃啊？

老土，改善啊？

桥下游动的那些身影，依旧挂着夜晚时的浓重的鬼魅。他们熟悉这里的一切，熟悉老土，熟悉雕塑男人，熟悉桥下的每一根桥墩。

那些从游动的身影里发出来的声音很大，所以小童听得到它们。

给你妈上坟用的！老土恶言相向，然后继续在那条肉上做文章，把肉仔细地分割成块状。切完了，又进了帐篷，出来时，手里拿了几只白瓷碗，将分割成块状的肉码放在碗里。再次进了帐篷，再次出来时，手里拎了一只小煤气罐儿。再再次进了帐篷，再再次出来，左手是一只塑料水桶，右手是一只炒菜的铁锅……老土把自己忙碌成了一只蚂蚁。时间不长，桥下便有了袅袅的炊烟气息。老土要干什么，炖肉吗？不像。一二三四，一共四碗肉，被老土放在锅里蒸。老土说"给你妈上坟用的"，忽然，小童头脑一片豁然。打开手机，在功能表一栏里搜到了"日历"。果然，明天是清明节。曾经，每年的清明节，父母亲都要回到乡下，给逝去的爷爷上坟。奶奶总是提前买好一条带皮肉，切成方方正正的块状，摆放在碗里上锅蒸到半熟。然后，几碗半熟的蒸肉以及其他一些祭品被父母亲带到爷爷的坟前。几碗肉被爷爷"吃"过后，又被父母亲原封不动地带回来。奶奶把它们重新加工后，放在锅里炖得烂烂的、香香的，变成活人的盘中美餐。

老土的几碗肉，也是用来祭祀的吗？两座城市相隔数百里，有相近的风俗应该也是情理之中的。

这个又老又丑的男人，真的是去祭祀和自己同名的死去的人吗？

初次相逢的那个傍晚，她听他说过的。

明天是星期四。还不到她和方远度周末的日子。

七　耻辱变成一枚标签

　　小同走在街上，总有半大小子叫她"老土"，然后窃窃地笑。她好像成了个带标签的人，标签上写着"老土"两个字。而这两个字，代表着耻辱。每一个人都是前座男生，他们一样的口气，一样的眼神，一样的轻蔑。她的小拳头太小了，力气太弱了，面对这样一个庞大的群体，她打不过他们。打倒一个前座男生，会有许多个前座男生站起来。况且，她已经丧失了愤怒的资格。别人的嘲笑，别人的蔑视，她只有承受。昨天前座男生的母亲领着前座男生，找上小同的家门。前座男生的母亲，指着前座男生鼻子上残留的血迹，厉声对小同的母亲说，女孩子家家的这么厉害，长大了谁敢娶啊。

　　这是一语双关的话，小同的母亲当然读得出来，但是又不能迁怒人家。羞愧难当的母亲，一条枯瘦的身子在肥大的衣裤里哆嗦着，头上的几片草屑惊慌失措，不知道该逃往何处。前座男生、前座男生的母亲，包括小同在内的所有人，都认为小同的母亲要打小同一顿。因为小同母亲的目光落在了炕上的笤帚上。结果出人意料，母亲并没有抄起笤帚疙瘩，让笤帚疙瘩落在小同身上。她把哀怜而又隐忍的目光转向前座男生，一扬手，拽下来搭在门上的看不出原有颜色的毛巾，在洗脸盆里沾了些浑浊的水。然后，用濡湿了的毛巾去擦前座男生的鼻子，等一会儿我狠狠揍她一顿，给我大侄子报仇，我大侄子受委屈了。

母亲简直是低声下气了。前座男生并不领母亲的情，将鼻子厌恶地扭向了一边，拿了一根手指对着墙角的小同，妈的，到学校见！便跑走了。前座男生的母亲见儿子跑走了，也忙着给自己找了个台阶，在后边呼喊着尾随而去。

你——

母亲用眼神剜了一眼小同，只说出了一个"你"字。身子在宽大的衣裤里摇晃了一下。小同想去扶一下，她怕母亲会倒下来。可是，她没有动。她不想动，也无法动。母亲的眼神儿好有力量，那根本就不是眼神，而是两把刀子。它们剜在她的身上，好痛好痛，胜过街上所有蔑视的眼光。小同读懂了母亲眼中的含义：她没有脸和别人打架，没有资格给别人给家人带来任何的麻烦。母亲的高明之处在于，不会像别人那样喊她"老土"，嘴上什么都不说，让眼睛说话。是的，眼睛是会说话的。既然连母亲都认为她是一个不要脸的人，那她一定就是个不要脸的人了。

下午，小同不想上学了。不全是因为前座男生的恐吓。她不想看见小芳，不想看见娟子，不想看见陈老师。曾经，她是那么喜欢坐在低矮的课桌后边，用手指点着书上的字，跟着老师有节奏地、朗朗地读。现在，她的喜欢就像一只气球里的空气，被一只看不见的手挤压干净了。瘪瘪的，空空的。

背着草筐，从家里走出来。她不知道家人是否注意到了她，反正，没人询问她，没人阻止她。街热得发烫，热度透过布鞋底儿，传递给小同的脚掌。她将一颗头垂下来，一脚掌一脚掌地往西量。向着村西的方向。这个时候，是街上最清净的时候。只有知了趴在树枝上，拼命地抗议太阳的毒辣。一只小蚂蚁和小同走了个碰头，慌慌张张的，就要擦着小同的脚边而过时，小蚂蚁发现了小同身后拖着的那截短促的影子，便追逐过来。好有趣的小蚂蚁。小同把步子放得更慢了，让短促的影子笼罩着小蚂蚁。

咳——

有人很大声地咳了一下。咳声出现得很突然，仿佛是从滚烫的土地里钻出来的。受了惊吓的小同抬起头，却是老土横在她的前面。

小同，我有五毛钱，跟我走啊！

天，该死的老土居然也在嘲笑她。那张丑陋的脸上尽管还残留着叔叔暴打的痕迹，竟是一副胜利者的姿态。是啊，他压了她，欺负了她，他当然是高兴的了。一切的根源都是因老土而起，没有他的五毛钱的诱惑，她小同也不会遭到所有人的歧视。多想像打前座男生那样，勇敢地、不顾一切地和老土打上一架。哪怕打不过，被老土打死。小拳头都攥紧了，大脑已经把战斗的命令传达下去了。关键时刻，父亲的捶打、母亲的哀怜、叔叔的询问、姑姑的训话，如天兵一样降落在小同跟前，阻隔了她冲上战场的路。于是，她怯懦了便不顾小蚂蚁的追逐，背着草筐，逃遁了。

村外有一片麻地。孤单单的小身子，背着草筐，在麻地里徘徊。宽阔的麻叶把太阳的毒辣过滤了一遍，泼劲就弱了很多，小同感觉到了斑斑驳驳的凉爽。麻秆好高好高，几乎高出小同好几颗头的样子。黑褐色的纺线娘娘，嗡嗡嘤嘤地围着麻果飞舞。好多的纺线娘娘啊。小同还记得去年这个时候，她和小芳一起到麻地采麻果吃，捉纺线娘娘玩。纺线娘娘好有趣呢，捉到手，用一小片席篾儿扎在纺线娘娘的背部，然后用手捏住席篾儿的另一端。这时，纺线娘娘开始"纺线"了。打开两片翅膀，奋力地飞翔，嗡嗡，嗡嗡，像母亲纺线时纺车发出的声音。纺线娘娘真傻，纺了半天，一两线都没有纺出来，还那么卖力气。终于，纺线娘娘纺累了，就在席篾儿上歇息一会儿。只要席篾儿另一头的手一动，纺线娘娘立即放弃了歇息，又勤奋地纺起线来。现在只剩下小同一个人了，头上那么多的纺线娘娘，她一点儿捉它们的心情都没有。捉纺线娘娘是件很快乐的事情，她不该拥有快乐。

忽然，从麻地深处传来了响动。她循着声音过去，猛地，小同愣住了，她看到了什么？几个村里的小孩脱了裤子，光着小屁股，正在干老土和她干的事。她想跑开，可是已经来不及了，小孩们发现了她。两个淘气的小男孩正在向她靠近，他们坏笑着，口中嘟哝着说："老土，过来，让老子骑骑!"他们还一边用手指拨拉着小小的鸡鸡，向小同示威。"你们臭不要脸!"泪流满面的小同转身跑掉了，在她身后，是几个坏孩子的哄笑声。

压断小同继续活着勇气的，依旧是母亲。

是很少有人主动结束自己生命的年代。人低贱得像一颗颗草籽，但是，人习惯了自己的低贱。低贱，反而生出强大的生命力，没有谁轻易蔑视自己的生命。孩子，每家每户都不缺，每家每户都会跑着好几个，甚至七八个、十来个。他们在一个低贱的氛围中成长，被忽略，被不重视，却葱葱茏茏像韭菜一样蓬勃。少有心理抑郁症，少有想不开。但是，小同抑郁了，小同想不开了。一个十岁的小生命无法承载命运的重负。母亲一定不知道，一个小女孩是有着心理承载极限的。

晚上，母亲收工回来，做一家人的饭食。和母亲一起收工回来的，还有父亲和叔叔他们。父亲和叔叔收工回来，会把身子放在炕上歇一歇，或者蹲在街上，几个人凑在一起说闲话。母亲则不行，上完了生产队的工，紧接着上家里的工。每家的男人都是如此，每家的女人都是如此。谁让你是女人呢！做女人，就不能抱怨。小同是蹲在灶边给母亲烧火的，吃了饭，又刷了锅碗瓢盆。但是，她所做的一切都是微不足道的，根本不能排解掉母亲心中的烦躁和压抑。母亲太压抑了，艰涩的日子如磨盘一样驮在身上，已经快被压弯了腰。小同又横生枝节，小孩子知道什么，所有的耻辱都要由大人来承受。

这样，在一个母亲不发泄怨气就要发疯的晚上，她重重地落下了手中的笤帚。小同不明白母亲为什么打她。她惊恐地查看着刚洗过的碗是否干净，刚刷过的锅是否留有残渣。她实在看不出自己有什么不对的地方，便拿起了笤帚扫起干干净净的地。母亲的脸气得发白，她大吼："黑灯半夜的，你扫地干啥!"

小同跑了，在母亲的笤帚第二次落下之前跑了。

八　跟踪老土

　　早上四点多，老土的帐篷就有了动静。比以往早了一个小时。

　　桥上的大型货车，一辆接着一辆，发出疲惫的呜呜声。尽管如此，老土还是轻了自己的一副手脚，尽量小地发出声音，怕是扰了另一张钢丝床上的人。另一张床上的人，发出的鼾声沉醉而又香甜，令桥上奔走的货车心生妒忌，呜呜声更加疲惫了。早上还是很凉的，老土摸索着穿上了一件羽绒服，这是去年外甥给他的。

　　就要走过另一张钢丝床了，老土忽然委屈起来。委屈让他生出了愤怒，妈的，你是我老子啊，凭啥你要睡在这里，凭啥？要不是因为你狗日的，也不至于没人租房子给我。所以，他为着刚才的谨小慎微不值了，故意加重了步子，弄出很大的声响来。和衣而睡的打鼾人，身上搭着的是一条旧被子，头下枕着的，是白天抱在怀里的画板。老土弄出的动静，并没有奈何打鼾人的睡眠。它依旧香甜，依旧沉醉。他在为什么而沉醉呢？白天时，他新完成了一幅画，这幅画是他画过的最满意的一幅。他相信，他画好了，他的女人就快回来了。眼看着离幸福越来越近了，他怎么能不甜蜜呢。说不定，在梦里，他看见了自己的女人。女人没有丝毫的改变，依然是他娶她那时的样子。两道弯弯的眉毛，一对总是升腾着水雾般的眼睛，还有她的麻花辫，明明是乖乖地垂在胸前，却有一种跳跃的感觉，让人忍不住想伸手去抓。就是这个样子。他的媳妇，他的女人，永远是这个样子。

嘿嘿……打鼾人终于笑出了声音。

呸，做梦娶媳妇了。老土将一口带着黏度的唾沫，吐在打鼾男人的脸上，然后，出了帐篷。用钥匙打开拴在桥墩上的锁链，蹬上三轮车，向东，直奔他的卫生段儿。老土的卫生段儿就在小童居住的那条街上，一共三个电线杆的长度，大约有六十米的样子。立交桥渐渐地被甩在了身后，连同货车疲惫的呜呜声也慢慢融入 D 城的安宁中。偶尔，会有一两辆车很轻地掠过去，不知道从哪里来，要到哪里去。比起白天时的喧嚣，它们的存在太微弱了，不足以惊扰了城市的安宁。那些和老土一样的环卫工人，还没有从不同的方向赶来，老土难得地享受了城市未被他们叫醒之前的静逸。但老土显然不是为着享受难得的静逸早起，也显然没有享受城市静逸的那份心情。手里的扫把，一下一下地落在地上，没有了往日的沉稳。它是不安的、焦躁的。它想快点结束三根电线杆之间的清扫，却又是一副犹犹豫豫的模样。

树下狗狗的便便，又没有悬念地出现了。一看便便的粗细程度，老土便知道是哪条狗狗肚里出来的。这个是腊肠狗的，这个是英牛犬的，这个是藏獒的。妈的，回头我从老家拉点棒子骨来，把屁股眼儿给你们塞住，让你们到处拉！老土愤愤然，手下并没有停止，将一截一截的狗屎扫进一只长柄的土簸箕里。

一个多小时后，老土的三根电线杆卫生区便干干净净的了。蹬上三轮车，老土把垃圾拉到距离最近的垃圾中转站，然后，空着车往"家里"走。路上，D 城的环卫人，穿着标志性的黄坎肩，蹬着写有环卫标志的三轮车，已经像棋子一样罗布在街道上了。D 城伸了伸懒腰，长长地打了个哈欠，吐出一口隔夜的浊气。烟火的气息，从路边卖早点的小店里袅袅娜娜地飘散出来，刚开始矜持着还有几分淑女的模样，为着稍后的火爆和泼辣预热。

来两个烧饼！老土伸长了脖子，探向小吃店。

没熟呢，等会儿。正在揉面的伙计扔出来一句话。

刚他妈的揉面，得等到没日头也吃不上。等，等你爹个生日！

老土屁股下忽然用了气力，三轮车加了速度，他的目光逮住了一个煎饼摊。

多少钱一套？

一个鸡蛋还是两个鸡蛋？

一个鸡蛋。

两块五。

咋这贵，涨钱也不通知我一声。

您……要还是不要？

我说不要了吗？真是的。

摊煎饼的便动作起来，手里的小铲子几个漂亮的抹、刮之后，一小摊面糊糊就变成了一个平滑的圆。一只鸡蛋掂在手里，刚要打破，被老土的话拦住。鸡蛋悬空愣了两三秒钟。

这鸡蛋，咋这小，也算是一个？

两三秒后，鸡蛋并没有再理会老土，以粉身碎骨的悲壮化成了煎饼的一份子。

葱花，要吗？

要。

香菜要不？

要。

辣酱要不？

要。

一张冒着热气的煎饼就伸到了老土的眼前，老土接了煎饼，将一张两块钱的纸币递过去，别找了，我有事等着走呢。伸过来的那只手却不缩回去。那是一只沧桑的坚定无比的手。

老土只得又摸出来五毛钱，拍在那掌上。

左手扶着车把，右手凑近了嘴巴，老土吃煎饼。煎饼很热，老土只能小口小口去啄，啄着啄着就近了立交桥。老土不再啄了，将剩下的半个煎饼托在手上，进了帐篷。打鼾人还没有醒，继续着他的美梦。老土把剩下的半个煎饼放在打鼾人的"枕边"，开始鼓捣昨天准备好的祭祀用品，把它们仔细地装进一只脏且陈旧的帆布袋子里。背在肩上出了帐篷，看了看三轮车，确定已经锁好了，又抬头瞅了瞅天，星星正在一颗接着一颗地隐退，不像要变天的样子。这才放心地撒开两条腿，快步地走了。向着东方，车站的方向。

车站里已经是人来熙往了。走过检票口的窗子，老土径直来到短途班车停放的院子。班车的挡风玻璃下，大都放着一块牌子，牌子上写着要到的各个乡镇的名称。老土一辆一辆地看过去，寻找着能载着他到达目的地的那辆车。终于找到了，用手点着"西瓜镇"三个字，向车上扶着方向盘瞌睡的司机发问，是到西瓜镇的？司机点了一下头，瞌睡的眼睛无动于衷，一点儿睁开的意思都没有。得到了确认的老土扶着车门上车，边寻找座位，边小声嘟囔，我老人家还是认得字的，认得字的。找了一个大座，先把肩上的帆布包安顿好了，人再坐下去。

东西不能占一个座儿啊。打盹儿的司机好像长了后眼。

老土只得将帆布包抱在怀里。两片嘴唇一开一合，动了几下。司机睁开眼睛扫了一眼反光镜，将老土的小动作收在眼里。从口型上判断出来，丑陋的老男人在骂他。司机咧了咧嘴角，这老小子。

陆陆续续的，上车的人多了起来。夹在上车人里的，有一个带着茶色墨镜的短发女子。

是小童。

最后一排是通座儿，可以坐四个人。上边已经排了三个人的屁股，小童很礼貌地对着那三个屁股说，您几位可以挤一下吗？三个松散的屁股，就紧缩了一下，腾出可以容纳小童的一个位置来。小童道了谢，坐下来，头靠在椅子背上，两束目光透过茶色玻璃片，搭在老土从椅子背上露出来的半个后脑勺上。如此辛苦的跟踪，她可不想前功尽弃。老土还摊了一只煎饼吃，到现在，她的小肚皮还在饥饿之中呢。

车子发动了，缓缓地驶出车站的院子，向着太阳升起的方向而去。冷不丁，小童想到了一个非常重要的问题，西瓜镇，是方远老家芝麻村的那个镇。老土要去的也是西瓜镇，他的故事会和芝麻村有关系吗？那个神秘的传说？她爱的那个男人方远？为了方远，她千辛万苦地回避着神秘的树林，才有了这个千辛万苦的跟踪。如果这个千辛万苦的跟踪，和那个千辛万苦的回避有着某种关系的话，她宁可半途而废，宁可放弃。小童就要站起身了，就要喊停车了。灵魂深处发出一个声音，不会这么巧吧。关键时刻，这个声音制止了她。她想，是啊，怎么会那么巧呢。她此行的目的，不过想接近一个和自己相像的女人的故事。

小童自己不知道，那个制止她的声音，是神秘传说铿锵有力的脚步声幻化而成的。它潜伏在小童的灵魂深处，关键时刻，向小童发出指令。只是小童没有察觉，不知道而已。

在西瓜镇下了车，小童故意和老土拉开了距离，远远的，让他在她的视线范围之内。老土背着帆布袋，下了镇上的公路，向南进了一条通往一个村的小马路。小童看见，路口的指示牌上写着"绿豆村"三个字。幸好不是芝麻村，和神秘的传说没有关系。可是这里，离着芝麻村好近的样子。不去管它，只要和方远没有关系就好了。小童的心情，一下子松懈了。一声小小的轻叹，都是因为在乎那个男人。

一个又一个的坟头，从还没有拔节的麦苗儿里冒出来。今天是它们的节日，一律换上了新的外衣，盛装出席一场泪雨纷纷的宴会。

　　哪一座坟头是老土的终极目的？老土并没有如小童预料的那样，在哪一个坟头前停下来，而是一路蹒跚着进了村子。

　　小童的跟踪只好停止了。坐在田埂上，把两只脚探进绿油油的麦苗儿里，忽然，小童甩了一下短发，呵呵地笑出了声音。她在笑自己的异想天开，笑自己骨子里的文艺气质。她曾经以为那个多愁善感的悲天悯人的有着奇思妙想的自己，被生活这只熔炉炼成水，然后蒸腾得所剩无几了。没想到，它们在她貌似干练的外表下蛰伏着，暗中遥控着她的思维，为着一个凄美或是凄惨的故事而来。除了蹒跚的老土，除了一座又一座的坟头，哪里有那个和自己外貌相似的、有着同样名字的女人的故事？或者它是存在的，但它是存在于人的记忆里的。那是一个她看不见的地方。她对这里是陌生的，会有给她讲述故事的人吗？

　　从口袋里摸出手机，小童给副主编打电话，说稿子赶了一半了，马上结束。然后，站起身来，深深地吸了几口新鲜的空气。一个短促的咯，从小童的胃囊里冲出来，噗地破掉了，像一朵美丽的气泡。

　　吃了一肚子的氧气，饱饱的了。小童拍了拍肚皮，准备回城了。不经意地，一个转头，见老土从绿豆村出来，手里推着一辆手推车。

九　亲爱的树

　　小同一次一次地沉向坑底，又一次一次地浮上来。她的头脑非常清醒。清醒着的头脑告诉小同：自己没有死。这个大水坑让小同学会了游泳。在会游泳之前，小同只能在浅水处做一些狗刨儿的动作。看着小芳还有其他的一些小伙伴在深水处打水仗，小同羡慕得不得了。她手脚并用，拼命地拍水，无论她怎样努力，身子就是浮不起来。小芳看她的怪样子，笑得上不来气。过了一会儿，小芳跟小伙伴们嘀咕了几句什么，她们暂停了打水仗，合力推来一根沤在水里的木头。一根木头连同几颗小小的头滑到了小同跟前，小芳说：小同，骑上吧。小同有些迟疑，我不会水。伙伴们说：我们保护你。小同问：保证不会淹着？伙伴说：保证。在得到了确切的回答后，小同小心翼翼地骑上了大木头。伙伴们分散在木头四周，推着木头缓缓地向坑中间游去。小同好不威风，她感觉自己就像坐着一顶大红花轿，一顶在水中行走的大花轿。小同是多么得意啊。小同想快乐地大叫，还没等她叫出声，坑里的水就铺天盖地地灌了进来。她来不及想，一连咕咕地喝了好几口水。一时间，大木头没有了，小伙伴没有了，有的只是满眼满耳满口的水。求生的本能让小同猛劲地踢腾着两条腿，她在有力地朝下踩水。她踩啊踩啊，忽然，感觉堵住她口鼻的水没有了，她可以

45

呼吸了。小同睁眼一看，原来她浮出了水面。哇，我会游泳了！小同大声地喊叫着。小同的喊叫使几个吓傻的不知所措的伙伴们缓过神儿来。大人们总说大难不死，必有后福，大概就是这样的吧，小同当时想。想起这件往事，小同嘴角不觉动了动。不知什么时候，小同发现自己在水面上保持了仰泳的姿势。自己小小的身躯在水面上漂漂浮浮，宛如一片落叶。真是无聊透了。死到底是怎么一回事呢？小同想试验一下，是不是比活着更有趣些。活着，一点儿也不好玩。

一排柳树在水坑边默默地探着头，柳条晃来荡去地摇摆着，借着月光，在水面铺成的镜子前梳洗打扮。小同漂过来，细小的身子把柳条的倩影弄得斑斑驳驳。柳条一点儿也不生气，依旧款款摆动着，发出细小的沙啦啦声。它们在和她说话吗？小同凝神去听。果然，它们在说：小同，你好；你好，小同！天，它们居然知道她叫小同，一定是听过去小伙伴喊她记住的。不自觉的，小同把浸在水里的身子抽出来，上了坑坡，她想离说话的柳枝更近一些。几乎垂到坑坡上的柳枝，张开怀抱，让一条湿答答的小身子融进来。这是一条需要抚慰的小身子，它们用柔软的手臂拥住她，让暖意融化掉初秋季节里冰冷的绝望。渐渐的，小同感觉到了那份暖，它透过肌肤，向着她内心深处挺进。所过之处，坚硬的绝望像一根三分钱的冰棍，慢慢地开始化成水。

它们成了她对人世间的唯一的眷恋。小同不想死了，因为她不能确定死了之后，还能不能享受到如此动人的拥抱。以及，她死了，它们会不会难过。她不想它们难过，一点儿都不想。

从此，她不再孤独。因为，她有朋友了。

于是，小同爬上柳树，一一地拥抱了它们。

小同彻底地变了一个人。独自去上学，独自打猪草，独自来来往往，独自在一个离人群很远的世界里。很少发出声音，不得不说话时，尽量使用最简洁的"嗯""是"或者"啊"。小同的变化在家人看来，没有什么可惊奇的。没有谁觉得不妥，一个不再和别人一样的女孩子，行为也是应该有异于常人的。内敛与沉默，是知耻的性格表现。没有谁来安慰她，当然也很少有责备。就像那天晚上她湿漉漉地回到家里，母亲一句"还不赶紧睡觉"就了事了。没人顾得上去问她干了什么，身上为什么是湿的。母亲永远忙着在油灯下纺线，给一大家子人做鞋补衣衫，父亲永远忙着借着微弱的灯光编织鸡笼什么的。有的时候家人甚至忘了小同的存在。一大家子围在桌上吃饭，吃到最后，才有人想起小同不在，问一句"小同呢"？然后几个长辈自觉地减少了在一个大号搪瓷碗里夹菜的频率。许久，家人才看见一只大草筐移进了院子。扒了几口剩饭，就着煤油灯写了作业，疲劳的小同睡着了。

小同做了一个梦。她又坐在了木头上。小芳和伙伴们推着她往前走。水草轻轻地划着她的小腿，痒酥酥的。快乐的小同有点晕，是幸福的晕。她张开嘴巴，想大喊几声，偏偏一口气憋在胸口，让她喊不出来。她醒了。奇怪的是，一波一波在水中的那种感觉依旧存在着。她摸了摸身边，除了睡着的弟妹们，什么也没有。小同以为自己还在梦里。她刚要合眼，却分明感到波动的感觉加重了，是什么东西在动。于是，小同好奇地抬起了头。饥饿离人们渐行渐远了，对小同的父母来说，渐行渐远的还包括小同给他们带来的耻辱。人性本来的东西便自然而然地蠢蠢欲动了。也许，他们很多次蠢蠢欲动过，唯有这次让小同看到了。小同看到了母亲在黑暗中泛着白光的屁股，她一个个爬过她的孩子们，在最小的妹妹旁边躺下。很快，父亲和母亲都响起了鼻鼾。小同睡不着，她在想一件事情。既然父母也在做那样的事情，一定不会是丑事。可是，为什么她做了会带来那么多可怕的后果呢？就因为她和老土是在玉米地里，而父母是在家里的炕上吗？男人和女人在一起会很快乐吗？是不是像她拥抱树那样快乐？

小同感到了真正的委屈。她无处诉说。树是她最好的朋友，她只有跟树诉说。小同抚摸着它们，依偎在它们怀里，听树叶哗啦啦地对她做出回应。她爱护它们，心疼它们，看大人们拿着大铲修剪树枝，她心疼得偷偷掉泪。每年的春天，父亲都会在院子及院子周围栽一些树苗。小同会每天为它们浇水，每天守护着它们，不让它们受到伤害。由于小同的缘故，她家的树也就比别家的树长得好。父亲便经常用手去试试树的粗细，有时，父亲会自言自语地说：再过两三年树就成材了。

院子里的树是在小同十六岁那年砍的。父亲要盖房子了，要和叔叔分家了。其实，小同一家五口和叔叔分开吃饭儿年了。娶了婶子的叔叔依旧和小同他们住在一所房子里，小同他们住在西屋，叔叔他们住在对面的东屋。婶子长得很好看，按照村里人的评价是，重眉重眼的，像戏里的人儿。眉毛黑黑的，眼睛黑黑的。自从婶子进了门儿，小同家就发生了些微的变化。首先是，叔叔不再和小同他们五口在一个饭桌上吃饭了，一个房子里的一个大家，分成了一个房子里的两个小家。然后是，叔叔说话的腔调和原来不一样了，不再纯粹是叔叔一个人的腔调。有时，明明是叔叔在张嘴，小同却感觉是婶子在说话。叔叔使用着婶子的腔调，使用着婶子的观点，使用着婶子的评判。小同听母亲背地里向父亲发牢骚，说叔叔越来越和婶子一个鼻孔出气了。过去一大家子围坐在堂屋吃饭，现在，不管夏天天气多热，两家人都会把桌子搬到各自的屋子里。纺线的母亲，大概怕被对面屋子里的人听到，将说话的声音压得低低的，只放出不满甚至仇恨的眼神，嗖嗖地朝着对面屋子投掷。父亲沉默着，一张模糊了年龄的黑脸，对着手里永远干不完的活儿，一点儿没有朝母亲抬一下的意思。

其时，小同和弟弟妹妹钻进了被窝儿，并且，熟睡的信息已经从弟弟妹妹的鼻孔中飘散出来。小同躺着，闭着眼睛，偶尔快速地将眼皮打开一条缝隙，借着灯窑里昏暗的煤油灯光，打量一下炕上和地下父母亲的表情。小同睡不着，她害怕每个夜晚的来临，所以，她的睡眠是艰涩和迟缓的。想来，已经有五六年没拥有过弟弟和妹妹那样纯净的睡眠了。

父亲收拾东西声，宽衣解带声。只剩下孤独的母亲摇着孤独的纺车。

时间滋养了小同的瞌睡，它渐渐丰满，渐渐强大。终于，小同沉沉地睡去了，醒着的，是蛰伏在一个十六岁女孩潜意识里的那份戒备。那份戒备，随着夜晚的来临变得精神抖擞。睁着一双警醒的眼睛，戒备守候着一个特殊时刻的到来。它不知道那个特殊时刻哪个晚上来，何时来，所以，它一刻不敢松懈。原本，那个特殊时刻出现在今晚，它是不抱希望的，然而，竟然就出现了。刚一出现，它就拍了拍小同睡眠的肩膀。轻轻的一掌，小同便醒了。

这一次，不是母亲一个一个地爬过他们姐弟，换成了父亲一个一个地爬过他们姐弟。爬过他们姐弟的父亲，在母亲身边停滞下来，却遭到了母亲的拒绝。母亲紧紧地抓住了被角儿，拒绝父亲的进入，她说，一边去，啥时把房子盖好了，啥时让你进来！父亲又做了一次努力，结果是，母亲把被角儿抓得更紧。父亲不再做努力了，只好顺着来时的路，一个一个地爬过他们姐弟，钻进自己的被筒子里。然后，发出一声沉默的叹息。

白天时，小同看见父亲又把头仰起来，看着院子里的树，还伸出手，在树干上比画着，自语：真可以当房檩了。

这是一句让小同惊恐万状的话，她知道父亲的话语含义，父亲要砍了树，用树干来盖房子。盖了新房子，他们一家五口就会搬走，再不会和叔叔婶子住在一起。

在小同心里，也是渴望着能有新房子的，有了新房子，从此不再和老土家做街坊了。五六年的时间里，小同的目光从不越过她家和老土家的那道栅栏，仿佛老土家的院子里摆放着一坨巨型的狗屎，只要望上一眼就会反胃口。有了新房子，才可以不用每晚和父母挤在一张炕上。她想有属于自己的夜晚，想有一个安静的睡眠。还有，远离叔叔婶子的视线，小同比父母亲的愿望更加强烈。嗯，是的。她对叔叔的景仰，对叔叔的亲近，全在几年前的那个询问面前止步了。没有埋怨，亲情的疏离，都是她自己造成的。她是一个有污点的人，不敢奢望什么，不敢拥有什么。能有的，只有承受。然而，自从叔叔娶了婶子，小同对叔叔的埋怨，便开始发芽了。她第一次见到婶子，婶子拉着她的手，抚弄着她的脸蛋，这就是小同吧，长得真耐人儿（很可爱）。那时，叔叔还没有把婶子娶进门来。突然有人这样重视自己，夸赞自己，小同感到无所适从。无所适从的同时，内心生出了感动和感激。然而，这份感动并没有维持多久，成为她真正意义上的婶子之后，忽然有一天，小同发现，婶子看她的眼神变了：审慎、检阅、怜惜、轻蔑。和周围的眼神协调一致起来。一定是叔叔，是他向婶子泄露了她的过往，打碎了她想保留得更久一些的感动。对叔叔的埋怨，也可以说是恨意，就是从那时开始生根了的。

所以，小同巴不得叔叔和婶子像老土家一样，早一天远离她的视线。可是，远离的代价是，父亲要砍树了啊。如果一定要让小同做一个选择，在树和新房子之间，小同宁愿牺牲掉后者。怎样才能阻止父亲的行为，给她的树留一条生命呢？小同很清楚，她自己的力量等同于一只小蚂蚁的力量，是完全可以忽略不计的。但是，她十六岁了，有足够的智谋了。只要她愿意，她完全可以使用她的智谋来达到某种目的了。于是，小同便"无意"制造了一个单独和婶子说话的机会，"无心"地提到了新房子，提到了盖新房子要砍院子里的树做材质。盖房子也是婶子期盼的，小同传递的盖房子的信息，是大家共同的一个愿望，让婶子走心思的，是小同父亲要砍院子里的树做材质。婶子不乐意了。盖房子的事情还没有公开拿到桌面上，怎么盖，两家怎么协调，还没有形成一个统一的方案。树长在一个院子里，但那是两家的财产，你凭啥说砍就砍呢，跟谁商量了？

婶子开始摔盆子打碗儿了，连三岁的女儿都不能幸免，成了婶子的撒气筒。任谁都可以看出来，婶子的终极目的不在盆子碗上，更不在小孩子身上，她发脾气是另有主题的。她就是要引起人的注意，她不高兴了，谁的言或者行惹到她了。这个"谁"除了小同一家五口，还会有谁呢？

母亲终于忍不住了，你婶儿，有话就说出来，盆子碗儿有啥罪过啊？

大嫂子，您管得有点宽了吧，我这不是没把手伸到您柜橱里，摔您家的碗吗？

你婶儿，照你这样说，我把手伸你家去了？

谁伸谁知道。

我拿了你家啥东西了？

拿了啥东西自个儿心里明白。

我不明白！

此时，屋子里的叔叔一挑东屋的门帘儿，露出一颗头以及面部表情来，院儿里的树是两家的，你凭啥想砍就砍呢？

你哪只耳朵听见我想砍树了，再说了，树是你哥栽的，就是砍也用不着和你商量啊。

母亲枯瘦的身子在肥大的衣服里剧烈地摆动着。她太生气了，她多希望父亲能站出来，和她并肩作战。可是，父亲没有，他的习惯性的沉默像一枚坚果。孤独而又绝望的母亲，忽然转移了愤怒的方向，她冲进西屋，一脚踢翻了父亲手里的活计，你个死窝囊废，人家都骑到你脖子上拉屎了，你都不吭气儿！父亲继续他的沉默，变化了的，是黝黑脸上的一块肌肉。它在突突地跳跃。母亲忽略了它，依旧陷在对父亲的辱骂里。

忽然，父亲抄起桌子上的一碗粥，那碗粥因为一场战争的开始，被延误了进入人类胃囊的时间。

啪——

碗和粥像一颗炸弹，穿过屋子的破门帘，落在堂屋的地上，引爆了。

都他妈的给我滚蛋！

跟过来的，是父亲的一声怒喝。

屋里，屋外，一片寂静。

小同没有想到，她的小计谋不但没有保护了院子里的树，还加速了它们的灭亡。一场公开家庭战争爆发后，父亲找来了村里几个德高望重的人做公证，拿出了一个盖房子的具体方案。方案确定下来没几天，父亲就开始砍伐院子里的树了。小同躲在茅房里，泪水一颗接着一颗地掉，再一次感觉到了自己的无能为力。她想冲过去，去保护它们，可是她没有这个资格，没有这个勇气。她，什么都没有。她还不如地上跑的那只小蚂蚁。

夜晚，小同独自一人坐在光秃秃的木墩上，默默地为树的亡灵祈祷。小同用它和树之间独特的语言沟通着。树的魂灵也在安慰小同，叫她不要伤心，虽然它们倒下了，可它们的子子孙孙还会郁郁葱葱地成长起来。树墩儿的话，小同听懂了。于是，她笑了。一抹红晕悄悄地爬上她的脸颊。

十　老土和神秘的树林

　　小童真的是疲惫了，一颗心想往楼上走，两条腿却无法做到和心保持一致，没有一千斤重，也有八百斤分量的样子。它们一起向小童施加压力，向小童抗议，它们要休息，不要工作了。关键时刻不给力，小童恨不得把两个叛徒从身上卸下来，扔进垃圾箱里。

　　方远，此刻在干吗？是和儿子一起吃饭的时间。他真是个好爸爸，儿子是他最好的借口，也是他最好的武器。当然，推掉所有的应酬，还需要勇气。他说，他厌倦了外边的热闹，不想再升官，为了儿子，为了她，不惜得罪任何人。她信，他正是这样做的。整个一上午，她没有接到方远的电话。他的焦虑，因神秘传说而引发的焦虑，暂时隐匿了。小童伸手摸了摸屁股，这一摸，吓了一跳，屁股后边竟长出了一截尾巴。它的名字也叫焦虑。这条焦虑的尾巴，是方远传递给她的焦虑的升华版。假如此刻，方远在她的身边，她不能保证自己不会把焦虑传递给方远，像过去的几天，他把焦虑传递给她一样。所以此刻，方远和儿子在一起吃饭是正确的。她需要时间来安抚那条焦虑的尾巴，需要时间来消化它。

　　嗯，到了。掏出钥匙，打开门，直奔卧室里的那张床。脑子里这样想着，身子却一动不能动了。支配身子的，是味觉和一副空空的胃囊。屋子里飘散着好香的饭菜味道，排骨豆角的味道、蒜香茄子的味道、羊肉冬瓜汤的味道，尽管它们混杂在一起，还是没有逃过小童的味觉，被准确地分辨出来。

妈妈——

坏宝宝，就知道喊妈妈，我可生气啦！

嘟着嘴巴假装生气的方远，两只手背在身后，仿佛被空降在了小童的眼前。

还没到周末吧？

但它是个特别的日子，你忘了？

小童一脸的疑惑。在小童一脸的疑惑中，一大束玫瑰绽放在小童的眼前。黄色的玫瑰，小童的最爱。

宝宝，今天是咱们相识两周年的日子，不会真的忘了吧？

饭也是你做的？小童没有接那束花，用下巴指了指发出饭菜香味的地方——厨房。

全是宝宝爱吃的。

我要是不回来，你不是白做了吗？

我有一种预感，宝宝会回来的。对了，宝宝，今天上班没开车？

儿子怎么办？

小童避开了方远的问题。

放心吧，儿子安排好了。

吃饭时，屁股下边那条焦虑的尾巴，搅得小童无法安心吃饭。她希望这顿饭吃得快些，再快些，怕自己没有定力，一个不小心让自己的尾巴露出来。她不想让方远看到她的焦虑，不想把焦虑传递给他。起码现在不想。因为，她还不知道焦虑的真相是什么。

宝宝，怎么了，是不是还在为那晚的事儿生气呢？一会儿，好好给宝宝补补功课，好不好？

方远到底抓到了小童焦虑的尾巴尖儿。小童的脸儿不自觉地绯红了，人家心情不好，大姨妈要来了呢。

是不是工作太累了，这回提前这么多天？方远放下筷子，环起手臂，将小童拥在怀里。宝宝，如果你愿意，可以什么都不做，我的工资还是能把你养活的。

小童把头抵在方远的胸前，发出低低的呜呜声。方远用充满肉质的手掌，轻抚着小童的后背，眼睛里闪烁着慈爱的光芒。宝宝乖，乖宝宝……小童的呜呜声更重了。此刻，眼前这个男人种种的好，铺天盖地朝着小童涌过来，毫无防范的小童，一下子溺水了。那天，"大姨妈"来了，来得突然，小童竟忘了提前做准备。一通电话打给这个男人，男人思忖了一下说，好吧。过了二十分钟，男人出现在小童跟前，从怀里掏出来一包卫生巾。等待小童打理完了自己，男人才给她讲述了买卫生巾的尴尬。男人说，当他鼓足了勇气对商店的服务员说来包卫生巾时，服务员在第一时间就笑了。男人说，你没见过给自己老婆买卫生巾的吗？服务员忍住笑，说您要啥牌子的。男人说，我也不知道，你看着拿吧。服务员说，要不要给您用一只黑颜色的塑料袋装起来？男人说，不用，这有什么难堪的。男人说，嘴上说不用，一出门就塞在怀里了，长这么大第一次买呢。嘿嘿。

以后，你还会给我买卫生巾吗？小童抬起泪眼。

会，给你买一辈子。男人用残留着葡萄酒香的唇，去吸吮女人脸上的泪痕。

可是，我怕有一天你会突然不在了……这句话像是一颗催泪弹，又引出了小童的许多眼泪。

男人把女人的话当成了撒娇，更慈爱，更深情，更怜惜地去吸吮女人脸上的泪水。女人知道，她不是在撒娇。她怕，那个时刻真的会到来。她的焦虑如这个季节里的农作物一样，正在疯狂地生长。她不知道以后还会发生什么，一点儿都不知道。有些事情不是她想或者不想的，冥冥中有一种神奇的力量在牵引着她，蛊惑着她，让她找出各种理由去完成。比如今天这个跟踪。

为什么要发生那个转身呢？偏偏就发生了，没有为什么。推着手推车的老土出现在那个转身中。

刚刚断掉的跟踪，被这样被一个转身衔接起来。

顺着田间的小路，推着手推车的老土向东而去。小童隐约可见，手推车上除了老土的帆布书包，还多了一副铁锹、一个小方桌。方桌很熟悉，像她小时候父母给爷爷上坟时带的那个。一个凄美的或者凄惨的故事离自己过于遥远，小童本没有了再跟踪的欲望。然而，当小童的目光穿透村子路边上林木的遮挡，越过老土，向着更远的东方望去时，小童的心忽地一下，有了一个轻轻的颤动。目光的尽头，是一片模糊的树林，尽管模糊，却在第一时间有了一种似曾相识的感觉。正是这种感觉，突然伸出了触角，对准小童的心窝，完成了一个击打。会是那片神秘的树林吗？

嗯。是它，一定是它。给小童确定答案的，是她的变得异常敏锐的第六感觉。噢，原来，芝麻村是绿豆村的邻居。那么，老土，会和那片神秘的树林有关吗？她在向第六感觉要一个同样确定的答案，刚才还得意扬扬的第六感觉沉默不语了，它拒绝向小童发出任何的信号。因为，它也有些迷乱，无法做出一个正确的判断。

会吗？会这么巧吗？？

和老土保持了距离，小童向东，向着神秘树林的方向进发。田埂上，生命力正旺盛的野花，朝着小童伸展腰肢，想牵绊住小童的目光，炫耀一下自己纯粹天然的美丽。见自己根本不在人家的注意里，只得把姿色交给清风去评判。小童多么希望老土和他的手推车能够停下来，和田野里的任何一个坟头发生关系，而不是一路向东。老土和神秘的树林有关系，小童并不忧虑，可是偏偏牵扯上了她爱的男人。她不怕一个凄美的故事从遥远的年代被拉近，看清它真实的容颜，怕的是那个故事里有方远的影子。而那一个方远，一定不是现在的方远，是陌生的，甚至是恐怖的。真的不希望被老土带进那个故事里，快停止吧，老土！

一面是拼命的逃避，一面是千方百计的接近。眼睁睁地看着老土离着神秘的树林越来越近，小童无限怅惘，无比惊慌。

在她的无限怅惘和无比惊慌中，老土接近了神秘的树林。越是接近，老土的脚步越是迟疑。但是，它们并没有停下来，缓缓地、坚定地、努力地、勇敢地朝前挪动。也许，老土怕自己意志力不够，担心自己的勇气会松懈，所以，他一直没有回头。

令小童目瞪口呆的事情发生了：随着老土的接近，之前微微摆动的白杨树叶，忽然间，加大了摇摆的幅度。老土越是接近，摇摆的幅度越大，叶片互相撞击摩挲，发出令人恐怖的哀鸣声。老土的双腿一软，瘫倒在地上。

小同啊，我给你赔罪来了。我知道你不会原谅我，我自个儿也原谅不了自个儿，所以，这些年我不敢来啊。小同，老土是个罪人，在这儿给你磕头啦……磕头啦……

白杨树的眼睛在往外喷发愤怒的岩浆，带着热度的岩浆如一帘瀑布，朝着老土倾泻而下。

瘫倒的老土，颤颤巍巍地站起来，从手推车上卸下方桌，卸下铁锹，卸下帆布袋子，又卸下一把镰。然后，从卸下的一堆物品里挑选了铁锹和镰，握在手里，面对着咆哮的树林。两颗大得没有边缘的眼睛，在经过一番审视和判断后，一个具体的方位确定出来。于是，左手握着铁锹，右手握着镰的老土朝着树林边上一丛密度超常的杂草靠拢。那一丛杂草和树林里其他杂草一样，有了几十年的积淀，盘根错节的枯枝，相互缠绕相互拥抱着。稍有不同的是，它们拥抱得更紧密。几十岁的腐朽，也感知到了春的善意，尽力让星星点点的绿意点缀在一片衰败里。对准那一丛拥抱紧密的杂草，老土挥动着手里的镰刀。一下，又一下。那丛紧密的拥抱被触动了，身子一抽一抽的，更加团结地拥抱在一起，和突然出现的破坏做抗衡。狠狠地一下，镰弹起来，割破了老土的手。鲜红色的血液喷涌出来，老土却不顾，继续他的砍伐。终于，那一丛杂草的紧密，一点一点变得疏松，一点一点被破坏掉。随着杂草的溃败，一个坟包裸露出来。

白杨树的哀鸣骤然更加响亮了。悲愤的岩浆帘像舞台上打的灯光，追随着老土，笼罩着老土，试图再次将他击倒。老土的身子被撕扯得飘飘忽忽，斑斑驳驳。衰老的体内好像生出了超强的能量，这股超强的能量支撑着老土，到底没有再次倒下。

老土开始用铁锹给坟培植新土。一锹土、两锹土、三锹土……几十锹土下来，一座新崭崭的坟就出现了。

那不是土，是新衣服。小童想，和自己无论长相还是名字都相近的她，愿意穿上老土的新衣服吗？她那么可怜，尽管有白杨在为她伤心，为她愤怒，终究无法抵挡老土的入侵。她会接纳老土的忏悔吗？

这个老土，有过对坟墓里的女人怎样的伤害呢？

还有方远，他对女人做过什么？

他和他，和他们参与了一个集体的伤害？

小童的心被一只无形的手狠狠揪了一把。她明白，那只无形的手叫焦虑。很多很多的问号，排着一列长长的队伍，又开始向着她的大脑进驻。没有选择的余地，慌乱着手脚赶紧插门。这一次，必须得插上。必须。她不想看到任何一个问号真实的容貌，于她，太残酷。她不愿意相信方远爱她，和神秘树林里的女人有关系。她相信方远对她说的那句，见到你的那一个瞬间，我就决定用剩余的生命来爱你了。

多么诗意，多么动人。他抚平了她心灵的创伤，给了她一个全新的爱情。

软软地靠在一棵粗壮的白杨上，小童呆呆地看着老土撅着屁股，搬来小方桌放在崭新的坟前，将帆布书包里用塑料袋包裹好的碗拿出来，揭开薄薄的塑料，四碗肉就完好无损地呈现出来。又从帆布包里摸出来几块糕点，连同四碗肉齐整地码放在桌子上。老土站直了身子，整理了一下身上的衣服，然后，再一次跪倒在地。闭着眼睛，一些模糊的词语从颤抖的两片唇中跌跌撞撞而出。

白杨树哀鸣声嘹亮……

眼前听到和看到的，不过是一个梦。一个幻梦而已。

小童想。

十一　青春的第一抹羞涩

　　小同十六岁那年的秋天，他们一家搬进了刚刚建好的新房子。新房子潮气很重，母亲搬家心切，每天撅着屁股，蹲在灶前烧炕。土坯炕烧干了，人可以睡在上边了，这个家就搬得了。那段时间，小同的任务很艰巨，每天要到地里去捡柴，确保母亲的烟火不断。其实，捡柴的任务母亲是分给她全部的孩子的，只有小同执行得最好。小同习惯了无条件地执行大人的分配，习惯了不攀比。弟弟妹妹和小同一样，也习惯了小同的任劳任怨。有了小同的任劳和任怨，就有了他们的投机和懒惰。分配活儿嘛，不怕，反正有小同呢。他们甚至也学着家长的口气吆喝小同：小同，你干这个，小同，你干那个。他们拒绝叫小同姐姐，他们亲历了小同被集体漠视、被她自己漠视的全部过程，所以，他们也要加入这个集体里来。不叫姐姐，就是对作为姐姐的小同的一种漠视。

　　刚刚收割过的土地，裸露着褐色的肌肉，懒散了一副神情晒太阳。没有什么柴可捡拾，但凡是能拾起来的，都被人拾走了。小同背着筐，徘徊在田埂上，她在等待天黑的来临。离着绿豆村几里之外的土豆村有一个新建的砖厂，砖厂里用打好的苇帘苫坯子，小同知道，那些苇帘是烧火的上好材料。要想得到苇帘，是需要冒一些风险的。

她静静地守着太阳，守得太阳都不好意思了，红了一张圆圆的脸，一步一踟蹰地隐遁而去。

夜色掩护着小同，小同开始了行动。跨过了一条沟渠是进入砖厂的铁丝网。砖厂是早有防备的，带刺的铁丝网就是防备的结果。沟渠里满满的杂草，不知道杂草下边是否有水。有水，就坏了呢。小同一步一步朝前试探着走，身子将杂草劈开一条缝隙。没有水。怎么会没有水呢？小同顾不得想这个问题，迅速弯下腰身，下半个身子隐在沟里的杂草中，上半个身子趴在沟边上，让两束目光透过铁丝网，观望着里边的动静。确定如果她不动，暂时就不会有其他动静发生后，小同卸下肩上的筐，发挥两只手的作用，奋力在铁丝网的下边刨土。铁丝网太低，只有在下边刨出一个通道来，才能让她的身子穿过去。好在，因少了人的踩踏，坡上的土是松软的，能够容纳一条小身子的通道，不是特别费力地就呈现出来。接着，再次确定周围没有动静后，小同的身子穿过了通道。然后，以超出小同自己想象的迅捷，将一袭坯子架上的苇帘利索地卷起来，从通道里输送出来。成功鼓舞了小同，又转回去，用同样的方式，再将第二个苇帘输送出来。

两大卷苇帘很重，小同觉得自己的身子快要向后仰过去了。为了保持住平衡，小同只得把腰弯得像一只小虾，摇摇晃晃地朝前走。行走尽管艰辛，但她的一颗心含着丰润的成就感。成就感仿佛是一只拐棍，支撑着她完成每一步的行走。小同还有一个小得意，临走，她没有忘了把通道复原，为下一次的光顾打好了伏笔。

就快要到新房子了。小同一家人的三餐已经在新房子里了，母亲借着烧炕，捎带着做了饭食。另外再在老房子里做饭，是浪费柴火的。不光吃饭，一家人大半的活动也都是在新房子里了，只有该睡觉了，才不得不去老房子暂时栖息一下。所以，小同猜想，这个时候在新房子里的，不光有母亲给她留着的剩饭，应该还有除了她之外的家

61

里所有成员。对，就这样背着她的成就感，让一家人看看。在那个瞬间，小同有了一丝炫耀的欲望。当然，她相信她的脸上什么都不会露出来。高兴、激动、兴奋的表情，由于长久不使用，已经萎缩了，瘫痪了。小同是一个只有一种表情的人，淡淡的忧伤像一件铠甲，一年四季穿在她的身上。那一丝炫耀，如何能攻破坚硬的铠甲，让人能捕捉到它的存在呢？

但它是确实存在了的。小同独自享受了它，独自感知了它。

站住，不许动！

一声吆喝忽然蹿了出来。紧随其后的，是两条人影儿。

无疑，小同被吓到了。身子突兀地一个直立，被身后筐上的两捆重物拽过去了，身子后仰，摔在地上。跌倒的同时，一个恐怖的念头锥子样刺进了小同的脑子，完了，这下给家里惹了大祸了……

别怕，小同，是我们两个——

小同稳了稳神情，原来是弟弟和妹妹。

我们两个瞅你背着挺沉的，来帮你呢。弟弟说着，动手来扶小同身后的筐，并嘱咐旁边的妹妹，来，你搭把手，我背着。

顷刻，小同明白了他们的动机，这两个人想截获她的劳动成果。小同不干了，噌地从地上站起来，一把推开了弟弟，让他远离了自己的劳动成果。小同的那一推，推出了长久积攒的愤怒，因此，它的力量是超乎寻常的。比小同高半个头的弟弟打了个趔趄。

走着瞧，死小同！

弟弟头一次畏惧了小同的气势，只得在嘴巴上抢占一点风头。

那晚，弟弟和妹妹遭到了母亲的数落：

这两个白吃饱的，还有脸吃饭！

小同把它当成了母亲对她的间接表扬。她认真地看了母亲一眼，发现母亲身上的衣服更加肥大了，鬓角的几根白发，被母亲的大声斥责惊吓到了，惊慌失措地舞动着。

第二遍炕泥刚一见干，小同一家人就到新房子睡了。小同的爷爷和奶奶搬回了老房子，填补了小同一家人的位置。叔叔娶婶子那年，爷爷和奶奶去村里另一户人家串房檐儿了，过了几年寄人篱下的日子。说好了，爷爷奶奶跟两个儿子轮流住的，一家住一年。爷说先住大儿子家，奶不同意，坚持先住老儿子家，说从小往大轮，日子会越过越富裕。爷爷大概也觉得奶奶的话有道理，就先在老儿子家住了下来。

小同姐弟的那盘土炕上就少了爷爷和奶奶。弟弟因怀了对小同的怨气，不想和小同睡在一个屋里，执意和父母亲睡在一起。弟弟还摆着一副嫌恶的嘴脸，谁和她一个屋啊。好像，和小同睡在一个屋里，是对他的一种玷污。弟弟拒绝和小同姊妹睡在一个屋子，父亲已经很生气了，还居然使用了那样的言语和表情，父亲一掌将弟弟拍在地上。早被父亲打疲沓了的弟弟，没有看清眼前的局势，就回了嘴：你不就是想钻我妈被窝嘛！

一语震惊所有的人，于是，小同姊妹和母亲很快见证了惊心动魄的一顿暴打。弟弟的成长，离不开父亲手掌的滋润，而这一次，父亲显然翻新了花样。不像是打自己的儿子，一张黑脸涨得红红的，每一个动作都虎虎生风，带着煞气。他不想听到弟弟的哭喊，将一块散发着异味的擦脚布塞进弟弟的嘴巴里，唯恐塞得不够结实，不够深入，用两根筷子狠了力气地往里捅。弟弟大概想干呕，却又呕不出来，只得翻出来一对白眼儿。

母亲一定是以为弟弟要死了，一声号叫，母狼一样扑过来，和父亲厮打在一起。

结果是，弟弟付出了一顿皮肉之痛后，依旧和父母亲睡在了一盘炕上。父亲和母亲进入了冷战阶段。母亲右眼的瘀青，随着冷战的深入，渐渐淡化，渐渐模糊不清。

这时候的小同有了一辆属于自己的纺车，每个晚上，小同要纺完了母亲给她搓好的棉花锯儿。比小同小四岁的妹妹小学还没毕业，每晚伴着纺车的嗡嗡声写作业，入睡。妹妹最小，对留在父母亲身边睡的不是她这件事情，看得比较淡。她在意的是另一件事情——她有机会和姐姐一起出现在众人的视野里时，会听到人说，还是姐姐长得俊。没有姐姐俊，让妹妹觉得很没有面子。写完了作业，妹妹拿来那面写有伟人语录的镜子，将镜子里的自己和纺线的小同做比较。越是比较，越是觉得自己哪一点儿都不比小同差。便生很大的气，气鼓鼓地瞪着小同，哼，凭啥人家那样说，凭啥！

小同独自纺着手里的线，右手摇着纺车，左手举着棉花锯儿。棉花锯儿真是神奇，像蜘蛛呢，肚里不停地吐出丝来。丝缠绕在纺车转动的锭杆上，一圈儿又一圈儿，缠绕成一个美丽的线坨儿。尽管小同纺出的线坨儿还没有母亲的那么完美，但她相信，总有一天，她纺出的线坨儿不会比母亲差。小同愿意将每一件事情做到最好，甚至是完美无缺。有时候，小同会产生一种幻觉，转动的线坨儿不再是线坨儿，而是她小同。所以，她要努力修复自己的残破，修复自己的不完美。看着纺出的线坨儿越来越润滑，弧度越来越优美，一丝快慰的感觉如同一颗硕大的晶莹的露珠，轻轻地在小同的心尖儿上滚动，痒痒的，酥酥的。

妹妹的举动和妹妹的愤怒，都远离了小同。所以，妹妹更加生气了，她爬起来扑过去，将小同身边的棉花锯儿抓起来，天女散花般扬到地上。小同猛然醒悟过来，奋力去接那些散落的棉花锯儿。雪白的棉花锯儿擦着小同的手臂，执意朝着土地扑奔。顾不得穿上鞋子，小同的身子顺着炕沿滚落下来，去捡拾雪白的棉花锯儿。就是在一刹那，小同忽然觉得身下一热。一股液体从体内涌出来，虫儿似的，沿着小同的大腿爬行。爬出了裤管儿，爬过了脚踝，又爬上紧挨脚踝的一个雪白的棉花锯儿上。棉花锯儿面对着陌生客人的突然造访，很快羞红了脸颊。

妈，小同流血啦！

妹妹的惊呼，招来了对面屋里的父母亲。

母亲一看就明白了，她用手势示意父亲回屋。母亲的那个手势，提醒了惊愕之中的小同，她明白了，从现在开始，她变成了像母亲那样的女人。不再是一个女孩儿。从此，她会和母亲一样，每个月都会有几天在茅厕里留下特殊的痕迹。小同的一颗心就兀自慌乱了。她不知道自己为什么要慌乱，不是因了恐惧，不是因了胆怯。到底因为什么，小同自己也说不清楚，反正就是慌乱了。心慌乱了，手脚也慌乱了。出现得太突然，所以，小同除了慌乱，一时不知道该怎样打理自己。好在，母亲又及时出现了。短暂离去的母亲，手上托着一条卫生带儿。小同熟悉母亲手里的东西，知道它的名字。很久以前，她就知道，它经常现身在家里的门后头。而且，小同还知道，它和茅房里的血水有着紧密的联系。仿佛门后的它是个见不得人的东西，尽管在滴答着水珠，却不能和别的衣物一样享受阳光的照耀。小同看得出来，托在母亲手上的这个还没被使用过，干干净净的，没有一星儿的污点。母亲挂在门后的卫生带，上边往往残留着未洗净的血渍。这一条一定是母亲新做的，那么，母亲是专门给她做的吗？

弄干净了自己，熄了灯，小同钻进了被窝儿。今晚，她可以不用纺完所有的棉花锯儿了，它们被母亲拿走了。母亲手里掐着棉花锯儿，身子消失在小同和妹妹屋子之前，对小同说，今儿早点睡吧。

把右手放在左胸上，慌乱还在。它不但在，还蹦来跳去的，搅得小同无法安睡。一双眼睛盯着夜色里的窗户纸，痴痴地想着心事。她想，过去的自己咋会那么傻呢。最初发现母亲出那么多血时，自己吓坏了，以为母亲生病了，生怕母亲会死掉。后来发现，每个月都要出血的母亲，身体并没有因为出血而受到损伤，活得好好的。后来叔叔娶了婶子，婶子也和母亲一样，每个月都会出血。也许，女人到了一定的年龄都会出血。如今，她也到了这个出血的年龄。以后的自己，会和母亲她们一样，每个月都会出血，每个月都会把洗好的月经带挂在门后。

母亲第一次出血时，也像她一样心慌吗？母亲她们是怎样的呢？

出了血，是不是就变成大人了呢？然后，像母亲和婶子那样，找个婆家嫁掉？

出嫁，自己也会出嫁吗？可是，自己是个和别人不一样的人，将来会有男人不嫌弃她，娶了她吗？母亲，会不会把她嫁给一个比老土还要丑的男人呢？

对未来深深的忧虑，加重了小同内心的慌乱。一颗心啊，慌慌张张的，没有方向，没有目标，左奔右突。小同将两只手叠加，想给慌乱的心一个镇静，结果却是徒劳的。此刻，她需要帮助，需要有人分享她的慌乱。有谁呢？

除了树。

于是，小同轻轻地爬起来，轻轻地穿衣，轻轻地穿鞋，轻轻地打开堂屋的门，把身子融进浓稠的夜色里。天上的几颗星星，努力地打起精神，用明亮的眼睛照耀着小同脚下的路。

小同朝着村西头的大水坑而去。在那里，有她最要好的朋友——垂柳。

十二　纠结的夜晚

　　也就是说老土和方远对同一个死去的女人，是有着某种渊源的。他们和她究竟是什么关系，他们之间又是什么关系？老土对死去的人充满了罪孽感，提起神秘的传说，方远也是失了常态。这到底是怎么一回事？

　　身后焦虑的尾巴不停地摆动，搅得小童无法安眠。夜，突然间被一只手臂，像拉一条橡皮筋般给拉长了。左右寻找，却又不见手臂的行踪，它是无形的。所以，小童没有办法阻止它，只有任凭了它的性子，想把夜拉多长就拉多长。索性，小童顺了无形手臂，鼓励它，给它加油助威，希望它拉扯的力量大些，再大些。然后，啪的一声，韧性被拉到极限的夜会突然崩断。嗯，崩断。夜要是崩断了，会怎样呢，正在睡着的人和正在醒着的人，会陷入另外一个空间吗？另外一个空间，一定是全新的，进入到那个空间的人，在进入的一刹那，过去的记忆全部被屏蔽了。所以，他们带着空白的记忆板，开始新的生活。重新认识周围的人，重新建立友谊，重新开始爱情。在那里，她还会遇到方远吗？

　　也许不会了。她和他会有各自新的生活轨迹，永远不会有交集。他们的相识相知相恋，只限于这一个空间、这一片土地。

67

都是那封邮件惹的祸。如果不是它的出现，她和方远的爱情将会按照预期的那样，波澜不惊地进行下去。即使偶尔有一些小风波，也不足以影响他们的爱情进程。

对真相的探寻，为什么没有停止呢？不是告诫自己要回避那片神秘的树林了吗？小童找不到一个合适的答案。她不是存心的，唯一的解释就是，那封邮件被赋予了一股神奇的力量，它出现的目的，就是为了引领她一步一步接近神秘的传说，然后，揭开传说的神秘面纱。

面纱还没揭开，她就朦朦胧胧地看到了方远的身影。方远，在这个一定不会美丽的传说里，你到底扮演了怎样的角色？

夜不仅是漫长的，还是冰冷的。小童缩紧了身子，两只手臂环抱住自己。

她不想失去方远。真的不想。他是她在这所城市里唯一的依靠。

他对她的作用是巨大的。他的及时出现，把她从副主编安排的尴尬中解救出来，更重要的，用他的爱情给她疗伤，让她的伤口渐渐愈合，结痂。他的医术是精湛的，尽管伤口的疤痕还在，但是，疼痛已经渐渐远离了。

疼痛。小童用手抚摸着胸口，嗯，那个疤痕就长在心里。她的指尖触摸到了它……

曾经有个另外的他。大学毕业，为了他们的爱情，她随着他来到D城。他长得像Rain，狭长的眼睛眯眯地笑，阳光而又帅气。她不叫他真实的名字，而是叫他Rain。她狠心地无视了母亲的泪水，狠心地无视了母亲托人给她找好的工作。很自然的，他们的爱情朝着婚姻的方向发展。Rain在家里是独子，婚房早早被父母预备好了。对小童这个未来的儿媳妇，Rain的父母也是称心和满意的。

Rain有一辆越野摩托赛车，周六周日经常带着小童出去郊游。他说，喜欢开车时的动感，喜欢风在耳边流动的感觉。她说，你的喜欢就是我的喜欢。于是，她坐在他的身后，双手紧紧地环绕着他，让自己的一头长发在风中飞扬。

她在后边大声问，去哪儿？

他在前边大声答，去我们的爱情殿堂。

然后，他们一起哈哈笑。

有一次，两个人爬山回来，路上下雨了，很大的雨。雨下得很突然，有些袭击的味道，两个人都没有防备。开始，赛车还是无所畏惧地勇往直前，和从天上泼下来的雨水博弈。后来，便被无休止的雨水给俘虏了，站到了开车人和坐车人的对立面，冷不防地熄火了。一条光溜溜的马路，无遮无拦，无处躲藏。Rain 把湿淋淋的小童从车上拎下来，塞进自己的怀里，弓着身子，这样既暖着小童，又能给小童遮雨。Rain 高大的身子一弯下来，两片饱满的唇刚好触碰到小童的唇，于是，四片唇便热烈地拥在一起。

过往的车辆，被雨中热吻的两个人所感染，从身边经过时，司机摁响了喇叭，向他们表示致敬。

那是怎样的吻啊，小童觉得自己被融化掉了，变成了液体的形态。然后汇入 Rain 的血管里、肌肤里、每一个细胞里。她的生命从此不再是独立的，而是依托在他的生命里。自从和他相爱以来，她的生命早就不是独立的了，只是，那一次，这种感觉尤其强烈。

谁会想到，那是上天安排的绝命之吻呢。

雨水忽然间地来，又忽然间地离去了，来也匆匆去也匆匆。少了几分愁肠百转，亦收敛了优柔寡断的性情。好在赛车不过是化油器进了水，经过简单的休整，Rain 又带上小童出发了。来时的那座小桥，经过雨水的清洗，以靓丽的姿容，面带着微笑，远远地迎候着归来的两个人。谁都会把那样的微笑解读成温馨，不会把它和邪恶联系在一起。可偏偏，它就是邪恶的。

一只野兔突然从桥下蹿上小马路，飞转着的车轮受了惊吓，想要急刹，已经来不及了，Rain车把一转，车身和车上的两个人，便飞起来，向着桥下而去。飞翔的过程中，小童被甩下来，跌进了河坡上的草丛里。她晕了过去，什么也不知道。邪恶的微笑动了恻隐之心，没有让她目睹Rain死亡的一瞬间。她醒来，他已经没有了任何气息。他的头歪向一边，大半个身子浸在河水里。

她去搬他的身子，想把他从水里拖出来。可是，他像大山一样，她的力量根本奈何不了他。

天啊，你快起来啊!

她发疯地喊着Rain的名字，起来啊，你给我起来啊……

过往的车辆有所动容了，它们停下来。有人开始帮着打电话。很快，救护车来了，Rain高大的身子被抬上了车。

大夫，你救他好不好? 小童的指甲深深嵌进随车医生的皮肉里。

我求求你们，求求你们! 在医院的急救大厅里，小童的头咚咚地触碰到坚硬的大理石地面上。

那个阳光帅气的大男孩，再也感知不到心爱女孩的悲恸。狭长的眼睛合着，表情安恬，没有一丝痛苦。

怕小童出意外，母亲从另外的城市赶过来。这时的小童，却意外地安静下来。她反复向母亲印证一个问题，爸爸当初的死去，一定是他和妈妈太相爱了，所以，遭到了老天的嫉妒，把爸爸给收走了。是不是? 这个老天，心胸太狭隘了，她一定是个被恋人抛弃的怨妇，所以，见不得别人的幸福。

母亲哭了，童啊，跟妈回去吧，万一有个意外，妈没法向你爸交代啊。

小童笑了，妈，他消失的只是躯壳，他的精神还在，我怎么能走呢。我要留下来陪着他，不然，他会孤独的。OK? 您放心吧。

小童的淡然，小童的故作轻松，越发让母亲心惊胆战。如果小童是哀哀凄凄的，如果小童是泪水涟涟的，这样才正常。为了守护小童，母亲在单位请了长假，寸步不离地盯着小童。

　　那段日子的母亲真是辛苦了。母亲重新给小童租了房子，搬出了小童和 Rain 的房子。就是现在住的这个房子。租房子时，小童听到母亲打给中介的电话，一再重申要有防盗网的。小童明白，母亲怕她跳楼。

　　可怜天下父母心，尤其是自己的母亲。辛苦地把她带大，到了儿女承欢膝下的年龄，女儿却为了爱情，鸟儿般飞走了。

　　当初，怎么就没有对母亲的这份亏欠感呢？一心一意地陷在对 Rain 的思念里，无视了母亲的焦虑和担心。

　　几点了？小童摸出手机看了看，午夜两点。于是，按捺住了给母亲拨一通电话的冲动。即使拨通了，该对母亲说些什么呢？

　　就让母亲睡着吧，轻轻地关上母亲那扇门，小童回到思绪的主干上来。

　　当初违背了母亲的意愿，固执地留在了 D 城，为了守着她的 Rain。小童曾经以为自己会一直坚持下去，为一个男人坚守会表现得非常完美。今生不会再有打动她的男人，换言之，她会拒绝再次被男人打动。可是，方远出现了。他瓦解了她的坚守，把她从坚守中解救出来。是的，解救。原来苦苦的坚守分量太重，它就像一只有形状的担子，压在她单薄的肩上，时间愈是久远，行走得愈是艰难。她已经快要走不动了。每天晚上，虫子一样趴在网上，在 QQ 里和 Rain 对话。她和他的 QQ 是一对情侣号码，她的上边只有他，他的上边只有她。密码是小童的生日。

　　今天工作累不累啊？

　　Rain 的小人头一动不动，没有反应。

　　上班的时候有没有走私想乖乖啊？

71

Rain 的小人头还是沉默着。

不说话，是不是？小童就登陆了 Rain 的 QQ，替 Rain 回答自己提的问题。

——要你抱乖乖。

小童就在 Rain 的 QQ 上打出一个拥抱的小图案，发给自己。

——要你紧紧地抱着乖乖。

再打出一连串的拥抱小图案。

——乖乖不要图片，真的要你抱，乖乖好冷。

Rain 的图像又静止不动了。

——乖乖真的好冷，你抱抱乖乖好不好？你说话啊！

Rain 彻底沉默了，始终用一种表情看着小童。无动于衷。

泪流满面的小童，抱紧了自己，将头埋进深深的孤独里。

第一缕沉重，是从那个晚上开始的吗？

Rain，一定是 Rain。他看到了她的违约，看到了她的舍弃，看到她为了另一个男人，剪掉了他喜欢的长发。所以，他决定惩罚她了。惩罚的手段很简单，给她和方远的情感之路埋设雾障。

这个想法刚一露头，小童就抄起一根棍子，把它打了回去。Rain 那么爱她，怎么舍得惩罚她呢，不是这样的。不是的。Rain，亲爱的 Rain，对不起。

小童的头像一只气球，被不断地充气，胀到了极限，还有源源不断的气体被输送进来。她等待"啪"的那一声炸响。

就在这时，一个人跳了出来。那个神秘传说里的，和自己长相相似名字相似的女人。

嗯，就是她。这个女人一定是有在天之灵，策划了一场又一场的相遇。相遇方远，相遇老土，每一场相遇都和她有关系。或许，就是为了让自己和她策划的相遇赴约，才收走了 Rain。

她究竟想干什么？

十三　小芳的烦恼（一）

小同十七岁，小芳也十七岁。小同一家在三队，小芳一家在四队。偶尔在街上遇到，她不在她的眼神里，她也不在她的眼神里，形同陌路。日子这样继续下去，或许连她们自己都以为，她和她不会再有交集。不会有共同的利益，也就不会发生任何的冲突，当然，更不会产生友谊。

生活偏偏不是这个样子的。许多的意外和突发事件，躲避在不可知的角落里，不知道何时它就会现身，打乱你的预想。

和青春有关，和成长有关。再艰涩的日子，也阻挡不住女孩子成长的脚步。浸泡在困苦环境里的女孩子，她们的青春像北方的春天，尽管来得缓慢，但，该来时还是来了。固执地让嫩嫩的芽苞绽开在人不经意抬头的一个瞬间。

小芳的父母亲看到了小芳枝头的芽苞，小芳的哥哥老土也看到了小芳枝头的芽苞。尤其是小芳的哥哥，他的内心满怀着喜悦。老土长到二十五岁，他的丑陋并没有减少一分，他的赖气也没有减少一分。相反，随着年龄的增长，身上的赖气越发地有恃无恐。光棍儿一条是他赖气加重的理由。别人家如他一般大的男子，早娶了妻生了子，热热闹闹的一家人了。上上下下的家里人，没有哪一个敢对老土有微词，用老土的话说，他是光脚的不怕穿鞋的。所以，他怀揣着他的歪理论，肆无忌惮地赖，肆无忌惮地讨人嫌。村里学校早就破败了，老土的存在，加速了厕所破败的进程。用手把女厕所围墙上的砖抠下来，将眼睛贴在洞穴上往里边窥视。一个小女生刚蹲下身子，就听身后有人说，屁股还挺白。惊骇得左右找寻，最终发现了墙洞后边的一对大到恐怖的眼睛。妈呀一声尖叫，提起裤子就跑了。女孩子们谁都不敢轻易上厕所了，许多家长找到学校来。家长找学校，学校只好找上老土的家门，劝老土的父母管好老土，否则就报告上边了，让上边把老土抓走。这一回，父亲站出来，想展示一下父亲的威严，不料反被老土捉了脖领子，鼻尖儿对着鼻尖儿地骂，把我生成这副德行，我还没找你算账呢，再闹屁，我砍了你狗日的，信不信？

其实，老土的父母亲也是做过很大努力的。他们知道能够安顿老土的最好方法，是给他娶来一个女人当媳妇。他们明着暗着放出话来，哪家肯将女子许给他们老土，可以丑，可以痴，可以呆。言外之意，只要是个女子就行。零门槛的条件，依旧没有产生任何的效果，没有哪个媒人肯说这个亲。时日久了，做父母的也对老土的婚事失去了信心。在不安中数着每一个日子，唯恐老土哪天一个高兴把天捅出一个窟窿来。他们了解，破罐子破摔的老土是有着惹大祸的潜质的。今天，居然敢扬言要砍了老子。父母亲就暗中商量，不行，就趁着老土夜里睡着，把他的腿给打残了，宁可一辈子养着他。

为了表示他们想管好老土的决心，两口子找到四队队长，把他们的想法和盘托出。四队队长思忖了一下，心里骂老土的父母不地道，明着是想修理儿子，暗着把难题像球一样踢给了他。他真要一点头，责任算是担上了。那都是队长的主意啊，没有队长，我们儿子会怎样怎样的吗？四队队长才不会中了这个圈套。但是，人家上门来向你讨主意，总不能让人空手而归吧。老土也确实是个祸根子，四队队长早就想治治他了，这倒是个机会呢。四队队长之所以是队长，把整个队的人管理得服服帖帖，是因为人都畏惧了队长的手腕。队长的手腕可不是肉质，是用铁疙瘩做成的。

今儿个敢趴女厕所，明儿个呢？

队长话语的深意，老土父母明白得很。明儿个，就敢耍流氓了呗。现在耍流氓可比不得十几岁耍流氓，挨一顿揍了事，那可是要要进监狱的。

老土的父母顺着一副眉眼不吭气。不吭气的意思是等着队长给他们出主意。

要我说腿还是给他留着吧，你们要是真舍得，我就给你们管管。

那敢情好，那敢情好……老土的父母亲感恩戴德了。队长亲自管理你家不成气候的儿子，是队长对你家最大的垂爱。自然只有诚惶诚恐的份儿了。

四队队长派了几个壮劳力，像掏一只鸟蛋那样，从老土的家，轻易就把老土掏了出来。然后，绑在四队场上一根木头桩子上。

有人给队长搬来一只木凳，队长就坐在木凳上，把左脚从布鞋中解脱出来，搭在右腿上，用手搓脚趾与脚趾之间的泥儿，边搓泥儿，边和老土说话。

咋就好道儿不走，非得往流氓道儿上走呢，啊？

老土的眼神上挑，看着天上往南飞的一群大雁。

定你个流氓罪，判你几年，信不信？

老土的眼神追着远走的大雁，没有落下来的意思。老土的父母亲夹在看热闹的社员里，早急出一头的汗珠子。因有言在先，所以，他们不敢上前帮腔。

老土对四队队长的无视是出乎四队队长的意料的，队长习惯了人们对他的顺从，对他的尊重。一个一无是处的老土居然敢公开挑衅他

75

的威严，队长的脸面挂不住了，心里的火像被泼了一桶油，腾的一下子，火焰就蹿了八丈高。

狗日的，没长嘴啊？

搭在右腿上的脚放下来，屁股也离开了木凳。四队队长走近了老土的身子，拿抠脚的手扳住老土的下巴。这时的老土，眼神儿扇动着飞翔的羽翅，落在队长的脸上，呸，你狗日的才没长嘴呢！

声音很大，在场的所有人都听到了这句话。老土的母亲骇得冲出人群，啪啪地抽打老土，你个畜生，还不赶紧跟队长认个错！

晚了，已经晚了。暴怒的队长正吩咐人，来点稀的，给他冲冲臭嘴巴，省得动不动就往外喷粪！

很快，有社员拎来了满满一桶尿水。尿水经过长时间的发酵，飘散着一股浓浊的臊气。另有社员钳住了老土的嘴巴，防止老土不张嘴，拿手捏了老土的鼻子。趁着老土张嘴的工夫，桶里的尿水倾泻而下，老土被动地大口大口吞咽着。

饶——命——

吞咽的同时，老土努力发出含糊不清的求救声。

停——

四队队长喊了停。老土一张嘴巴，刚刚灌进胃囊的尿水，又被喷发出来。眼泪和鼻涕跟着淌了一摊又一摊。吐够了，吐累了，老土衰败着一副眉眼，以衰弱的声音，央求队长。

下回不敢了，真不敢了。您饶了我这回，往后我待您比亲爹还亲。

你他妈有亲爹，我顶多也就是个干的。

这句话多像一根救命的稻草啊，它及时被绝望的老土母亲抓到了。这个一身肥肉没被艰苦的劳作消磨掉的妇人，再次扑奔到老土跟前，赶紧的，队长认你当干儿了，快叫干爹啊！

干爹——

老土乖顺极了。

竟然是这样一个结局。从此，老土到队上当起了场头，负责看管场上全队社员的劳动成果。场上的豆子、玉米棒子、花生、麦子，等等，老土负责它们的安全，不被贼人盗去。在别的队，这个活儿多是老弱的人来做，四队由老土来担任，看出来干爹对老土的照顾了。老土也算是尽职尽责，哪个爱占小便宜的社员，即便把东西藏在腰上，也会被他看出来。妇人们便开始讨好这个过去看一眼都恶心的老土，讨好的方式就是做出一副不讨厌老土的姿态，主动和他说话，主动和他玩笑。这是老土喜欢的，哪个妇人和他走得近，他就悄悄地给哪个妇人一些小恩小惠。这个妇人的小动作，老土也会睁一只眼闭一只眼。仅此而已，再无他。但是，老土已经很知足了，没想到手里一个小小的权力，给了他一个活得人模人样的机会。在较长的一段时间，老土乐此不疲了。然而，较长的一段时间一过去，老土又开始郁闷了。他发现在那些妇人眼里，还是不能把他与其他男社员等同的，她们和他们之间开着很粗鲁的玩笑，甚至动手动脚，拍拍屁股，捏捏奶子的动作很是稀松寻常。到了他这里就不行了，他的手刚一伸出来，妇人们就灵巧地闪了身子。妈的，一下都不让他摸。他就觉得妇人们嘴巴里说得讨巧的话，不是说给他的，而是说给他手里这个小权力的。因畏惧了干爹四队队长，老土又不敢明着造次，便暗中搞小动作，拿捏了姿态，放大手中小权力的作用。不想，即使裤裆里爬满了虱子的妇人，也宁可放弃老土的小恩小惠，不让老土的手染指自己的屁股。老土的心又寂寞了，寂寞的老土躺在场头享有的那一盘土炕上，想女人，越想越没有希望，越是没有希望越想。

"架子不小，还得给你送饭。"

妹妹小芳将两块棒子饼扔在老土的土炕上，转身就走。在小芳快要完成转身的一瞬间，老土睁开了眼睛。睁开了眼睛的老土，忽然被眼前的一道亮光闪了一下，人立刻精神了。亮光是他新的希望，正冉冉从妹妹小芳的身上升起来。

"妈，用小芳给我换个媳妇。"

老土的想法首先遭到了小芳的强烈反对，摔了筷子，哭得呼天抢地。让小芳悲痛欲绝的主要原因是，父母亲并没有极力反对老土的想法，也就是说，父母亲把老土的想法纳入了他们的考虑之中。自私的老土，狠心的父母亲啊，他们要一起牺牲掉她的幸福。

让小芳惊慌失措的是，哥哥老土开始把换亲落在具体的人家，具体的目标上，他在比对着哪一家符合条件。而，父母亲不时地搭一句腔，这个肯定不行。

他们集体把她推进了泥塘里，眼看着一点一点地下陷。不行，就弄个鱼死网破，反正她不会给老土换亲的，换来的女婿没一个好的。一方面抱定了誓死不从的决心，另一方面，小芳动了心思。如果给老土讨个女人来，自己就可以解脱了。这个心思只是动动罢了，小芳明白，哥哥老土的女人不好讨呢。

.

十四　小芳的烦恼（二）

坐在后门槛上，小芳百无聊赖地吃着手里的一碗饭。两只看不出原有颜色的鞋子，慢慢挪进小芳视线里。各有两个脚趾从鞋子里露出来，谨慎地动来动去。小芳的目光攀着鞋子往上爬行，爬过破旧的裤子，爬过破旧的蓝色大襟儿褂子。目光里是一颗蓬乱的头，剥开蓬乱，露出来一张女人的脸。由于肮脏，由于沧桑，看不出那张脸的实际年龄。但却是女人的脸无疑。女人的眼睛直勾勾地瞅着小芳手里的碗。

你是哪儿的？

安徽的。

咋到这儿了呢？

逃荒来的。

你，很饿吗？

很饿。

她一定很饿很饿，而且是经常很饿很饿，所以才那么瘦。整个绿豆村再瘦的人也瘦不过眼前的女人，她几乎没有肉，一张皮包裹着一个站立的骨架子。骨架子凸起的地方，给人一种要扎破包裹着的那张皮的感觉，非常不安全。小芳低头瞅了瞅碗里不多的玉米渣子粥，起身回屋，拿出来一块玉米饼子，递给可怜的女人。

女人捧了饼子，不忘连着给小芳鞠了几个躬，嘴巴里还咕噜着一些小芳听不太懂的话。

天就黑了，晚上住哪儿呢？

小芳忽然问了这个问题。她向毛主席保证，问的时候绝对是出于同情。话刚一落地，才想到哥哥老土的。

女人摇了摇头。将饼子的三分之二掰下来，放进背上的一只小口袋。小芳这才发现，原来女人的背上有一只小小的口袋。口袋里不多的东西将口袋撑出了凹凸感，外观和女人有几分相像。

我给你找个住的地儿？

女人的眼睛里发散出疑惑的光芒，疑惑的还有咬了一口饼子的嘴，暂时停止了蠕动。

小芳撂下粥碗，站起来往四队的方向走。走了几步，回头见女人依旧在原地迟疑着，便招呼女人，跟我来吧。女人尽管迟疑着，却挪动了步子，跟上了小芳。

那一刻的小芳没觉得自己正在做一件多么胆大的事情，讨饭女人的横空出现，给了她解救自己的机会。她只想紧紧地抓住这个机会，别让它跑了。这样的机会不是总有的，一定是老天怜悯了她，给她派来了一个讨饭的女人。所以，要快。所以，她自作主张了。

就睡在这里。小芳指了指老土身边空出来的土炕。

小芳的话同时吓到了老土和讨饭女人。正在土炕上假寐的老土，吧嗒一下，打开无限大的眼睛，你从哪儿弄个女鬼来？

讨饭女人也大约明白了小芳的意思，打量了一眼炕上的丑男人，用手抓紧了背上的小口袋，转身欲走。小芳的身子挡在门口，挡住了女人，对着炕上的老土说，你也不撒泡尿照照你自个儿，想找小同那样的当媳妇，人家谁干哪？这个怎么着也是个女人，你要是瞅不上眼，我可就放走了？

80

别，等会！老土哧溜一下从土炕上溜下身子，近了讨饭女人的身子，上下左右转着圈儿地看。讨饭女人更紧张了，收紧了瘦巴巴的身子，想从小芳的身边挤过去。

哥，今黑夜这个女人就是你的了。

边说，小芳边推搡了一把讨饭女人。讨饭女人抵挡不住小芳的推搡，身子往老土的方向踉跄而去。

我哥是场头，你跟了我哥，天天让你吃得滚瓜溜圆的，用不了一个月保你长得白白胖胖的。

小芳觉得这话不像是在安慰讨饭女人，倒是像在安慰她自己。心灵上得到了些许安慰的小芳，反手把小屋的破门关上了。

直到第二天，绿豆村的人才知道，村里出了大事。一个要饭的安徽女人，死在了四队看场人的小屋里。立即有人说，昨个傍晚看见小芳领着那个女人来着，咋一转眼就死了呢？这还用说，没出息的老土把人给折腾死了呗。

老土的干爹四队队长手再大也遮不住了，对老土，他也不想遮。这个惹祸的精，到了安全地方待着也好。警察给老土做笔录时，问老土要饭女人怎么死的。老土一脸的无辜，说好好的，睡一觉就死了，我还纳闷呢。一个年轻的警察飞起一脚，正中老土的心口窝儿。老土撅着屁股，捂着心口窝儿，依旧坚持刚才的说词儿，我真的没害她啊，老天爷看见了，你们问问老天爷吧。

听说你想媳妇儿都魔怔了，没和人家那个？

老土的两颗大眼珠子暴突着，恨不得从眼眶里弹出去，像子弹那样射杀冤枉他的警察。

我可没动她，不是我不想动她，是我动不了她，没本事动她。我的鸡鸡不给劲，咋扒拉都不给劲。我想放她走来着，后来一想黑更半夜的，她一个要饭的，让她上哪儿啊。她一瞅我是个废物，也放心了，刚一挨着枕头就睡着了。谁想她睡一觉就死了呢，她倒是享福去了，这不是把我给害了吗！

老土为了证明他是冤枉的，还当众脱了裤子，露出蔫头耷脑的一小截男根来。用手拍打，结果，越是拍打，男根越是怯弱，丝毫不见回击的勇气。

你们瞅瞅，就这，我还搞女人？

要饭女人的尸检结果下来，据说是死于心脏病。但是，老土并没有回来。究竟以什么罪入了监狱，绿豆村人谁也说不清。既然被判了刑，肯定就是犯了罪呗。老土的父母亲找到队长，哭天抹泪地让队长想想办法，咋说也是个性命呢。四队队长抠着脚丫缝儿的泥儿说，我打听了，监狱里边有吃有喝的，比在家还享受呢。让他里边待几年吧，你们两个也清闲清闲。

老土父母亲就回来了。不回，还能咋样？也是，让这个现世的宝儿在里边待几年也好，让国家教育教育，说不定比亲娘老子还要管用呢。

早上，小芳听见从小同家的方向传来一小阵的鞭炮声，那是庆贺的鞭炮声，是喜悦的鞭炮声。或许，父母也听到了，但是他们什么都没说，没有去确认鞭炮声的具体出处。他们只是哀愁着神情，无助又无奈。对老土，小芳的心里是有着几分愧疚的，毕竟老土的入狱，和她有着直接的关系。正为此事郁闷时，鞭炮声响起来了。每一个响声都落在小芳的心上，瞬间，一颗心便被炸得血肉模糊了。

小同家将欢乐建立在她家的痛苦上，或许，小同家早就在等着这一天了。每时每刻，小同家都在诅咒她家，从天而降的要饭女人，就是他们诅咒来的，上天被他们诅咒烦了，就派了一个要饭的女人。一定是。

小同！

一股仇恨从小芳的脚跟儿处往上升腾，打通了身上的每一处经脉，连辫子梢都被感染了，发出了愤怒的吼声。小芳一秒钟都不能等了，她要立刻见到小同，否则，她就要像鞭炮那样爆炸了。她明显感到了仇恨在她体内的裂变，由一个变成两个，由两个变成四个，由四个变成十六个。

　　于是，在上工之前，小芳跑到小同上工的必经之路，候着小同。

　　小同仿佛知道小芳的那个守候一样，小芳刚刚站定了身子，小同便扛着家什从新土坯房子里走了出来。

　　大约七年的光景了吧，小同和小芳互不往来，小同没认为小芳的那个等待是为着她而来的。在街上擦肩而过，也是偶尔发生的。小同知道老土入狱的事情，怎么说，也是村里的大事呢，怎么会不知道呢。但是，小同未见得就是欣喜的。老土入狱，能改变她什么呢，什么都不能改变。她不会因老土入狱而变得完整，所承受的耻辱不会因老土入狱而消失。相反，她的情绪和喜悦是相反的。老土，再一次被人们关注，成为人们热议的话题，她从人们的话语里读出了她的影子。她已经和老土分离不开了。

　　所以，小芳没能从小同的面部表情，甚至走路的姿势看出任何和喜悦有关的细节。小芳更加生气了。让她更加生气的原因是，小同身上的与众不同跟着岁月一起成长，就连她扛锄的姿势，都比别人多出几分优雅来。小芳不懂优雅，在她的头脑中积存的词汇里，没有优雅这个词儿。她用了另外一种称谓来替代它：妖媚。这种妖媚专门吸引男人，这种妖媚让女人看一眼就会心生嫉妒。呸，一个不干净的女人，竟然还如此妖媚，真是无耻。

　　看着看着，小芳就觉得小同身上的妖媚是有形状的，它像一朵喇叭花，娇娇艳艳地开着。那好吧，你走近吧，我亲手把喇叭花给你掐断了，看你还妖媚不！

小芳的手已经抬了起来，她在等待小同与她擦肩而过的那一瞬间。

近了，更近了。喇叭花带过来的妖媚之气，已经扑了小芳一鼻子。小芳忍着花粉的过敏，屏住呼吸，把全身的力量运到手臂上。

充满力量的手臂就要落下了，喇叭花的生命眼看就遭到威胁了。千钧一发之际，小芳停止了。

小芳发现随着小同一起与她擦肩而过的，还有一个人。

是那个叫连长的男青年。

十五　这一个周末（一）

　　宝宝，还在睡懒觉吧，我把早点买了带过去，黑米粥，外加一个茶鸡蛋。对了，中午想吃啥，我一块儿买了。醒醒盹儿，给你五秒钟的时间，赶紧想……

　　方远的声音从手机里温暖地传递过来。原来，天已经大亮了。原来，今天是周末了。

　　这个时候的方远把儿子送到了前妻家里，以小童以往的经验，半个小时之内，方远一定会拎着大兜小兜的蔬菜，出现在她的面前。其实，周末她也可以去他的家里。但她有睡懒觉的习惯，方远为了成全她的懒觉，就说，还是我来跑路吧。实际情况是，每次方远打来电话，小童的懒觉生命也就结束了。她会赶在方远到来之前，到洗漱间打理好自己的那张脸。小童的打理很简单，用眉笔在眉毛上轻轻地走两遍，再用小眉毛夹将散落的眉毛一根一根地夹下来，然后把眼霜挤在指肚儿上轻轻地在眼部周围打圈儿，让眼霜充分地滋润着眼部的肌肉。再然后，往脸上拍保湿水。小手掌拍在脸上，发出清脆的击打声。一遍不行，要拍两遍，卖保湿水的小姑娘说的。一下又一下地拍打，仿佛不是在把保湿水拍进皮肤里，而是把快要崭露头角的皱纹拍回到蒙昧状态。两遍保湿水拍打完了，整个的面部修理就结束了。不能打粉底什么的，那样就被方远看出来了。一张变得清清爽爽的小脸儿，在镜子里做最后的检阅，尤其是眼角和鼻孔部位，一丝的不洁都会破坏整体的完美。最后，扔在嘴里一块口香糖，咀嚼的过程可以放在被窝儿里。两三分钟后，吐掉口香糖，再次把身子放平展了，闭上眼睛假寐。十多分钟后，方远和他的大兜小兜就出现了。

方远将大兜小兜放在厨房里，轻手轻脚地进了小童的卧室。两片带着室外温度的唇，冷不防地贴在小童的唇上。

哇，你烫到我啦！

小童的两片唇小鹿一样逃窜。

往哪里逃！

方远的唇紧紧追赶。

快乐的逃窜，幸福的追赶，拉开了甜蜜周末的序幕。为了达成方远疼爱她的心愿，为了他们之间默契的逃窜和追赶，小童不去方远家里度周末的理由更充分了。她是一个细致的女人，每一个和爱情有关的小细节，她都不想让它变得粗糙起来。

可是，今天，整夜的纠结，掏空了小童的精气神。她没有起来打理自己的心情。更糟糕的是，此刻的她，一点也不想见到方远。因为神秘的传说，方远长出了焦虑的尾巴，上个周末晚上所有的不愉快就是证明。但是，经过一个星期的成长，她的焦虑尾巴的长度，远远超过了方远。周四的中午，她在餐桌上投入的哭泣，聪明的方远说不定已经感知到了什么。

不，你别过来了，一会儿有一个采访，中午不回来吃了。

小童不等方远给她的五秒钟想象结束，马上阻止了方远。

嗯，她第一次拒绝了周末的聚会。

一颗头经过了一个纠结的夜晚，仿佛发酵了，变得硕大无比。细细的脖子支撑起来，很是有些难度了。让脖颈费力地举着硕大的头，小童穿衣，洗漱。她要离开这所坚硬的房子，马上，立刻。因为，她刚才告诉方远她今天上午有事儿了，不是吗？所以，她应该不在家里的。

捉了门口鞋架上的钥匙，踉踉跄跄地下楼。唧啾一声鸣叫，沃尔沃落了锁，开了车门，启动车子，驶出小区。不向东，也不向西。有意避开这两个会出现老土和老土的帐篷方向。在一个丁字路口，向南而去。向南，一直向南，就像过去心里不愉快时一直向东。D城为什么这么小呢，几个红绿灯之后，就到了外环线上。没法再继续向南了，索性转弯，让自己和车子在外环线上游荡。八个车道的外环线好宽阔啊，稀少的车辆，让小童有一种行驶在高速路上的错觉。这是什么花，那是什么树，隔离带五彩斑斓，小童一个具体的名字都叫不上来。记得小时候，父亲带她到乡下的奶奶家，乡下的奶奶家西边有一小片树林。每到这个季节时，小树林里都会野花丛生：黄色的太阳花、紫色的小吊兰……它们手挽着手，肩膀并着肩膀，那么迷人，那么娇美。尤其是那紫色的小吊兰，形状像是父亲的小酒盅，小童就给它取了一个名字，叫紫盅儿。嗯，紫盅儿。有许多年不见紫盅儿了，它，可安好？肿胀的眼睛寻寻觅觅，在斑斓的花草中追寻紫盅儿的身影。一些穿着园艺制服的工人，弯着腰身修整花草。就是了，紫盅儿怎么可能出现在这里呢？即使崭露了头角，也会被精心的园艺工人给拔掉的。它是那么低贱，低贱到只配开放在记忆的角落里。这是一个越来越时尚的城市，和时尚不沾边的紫盅儿，怎么会有立足之地呢？她就是一棵紫盅儿吗？

这里不是她的家。她在这里生根的理由是爱情，如果没有了爱情，她将被这里抛弃。和紫盅儿一个下场，尽管她和它被抛弃的理由不同。

黑色的沃尔沃忧伤地滑行，在空阔的外环线上。

忽然，那座立交桥就出现了。原来，小童和她的沃尔沃整整绕了一大圈。桥下的帐篷，桥下的雕塑男人，渐渐在小童的视线里清晰起来。

她看到了侧脸的雕塑男人。依旧穿着破旧肮脏的棉大衣，坐在地上，勾着头，在腿上的画板上，全神贯注地勾勒着。嘈杂的世界远离了他，无法进入他的安静里。

没有老土的影子，此刻的他，该是还在他的卫生段上。

小童让沃尔沃安息下来，戴上墨镜，推开车门，下了车，悄悄地接近雕塑男人。

行人都是匆忙的，他们或许注意到了从黑色沃尔沃下来的女人，但不过是浅层次的注意而已。少有人去深究，去集中精力观望。在某一个地方，一个戴着墨镜的女人从一辆车上下来，这样的场景太寻常了。小童做出一副并不是有预谋的奔着雕塑男人而来的样子，问路，找人，等等，你想她哪种理由就是哪种理由，接近了雕塑男人，不过是一个无意。无意中关注了一下一个精神病疾患者。

呀——

当目光投注到雕塑男人膝盖上的画板时，小童惊愕得差点失声叫出来。

画上是一个女子：细细弯弯的眉毛，大小适中的两只饱满的眼睛，尖尖的下颚，垂在胸前的两根麻花辫子。

如果去掉两根麻花辫子，活脱脱就是一个小童！

噢，怪不得那天老土骂雕塑男人，是他天天瞎画，把鬼给招来了。明白了，神秘的树林里的女人，不仅仅和方远、老土有关系，还和雕塑男人有着密切的关系。

雕塑男人注意到了身边的小童，抬起头来，问小童，你看见我媳妇了吗？

他的抬头出乎小童的意料，出于自保，本能地朝后退了一步。显

88

然，男人并没有意识到小童的紧张，将纯净的期待投向小童。小童的紧张松懈下来，这个男人并没有认出自己来。短发，墨镜，是她的道具。凭借着它们，他没有发现她和画上的那个她是相似的。

谁是你的媳妇，她长得啥样子呢？小童回应他。

我媳妇在这儿呢。男人将画板上的画指给小童看。

——你媳妇叫什么？

——我媳妇叫小同。

小童蹲下身来，和雕塑男人保持了视线高度的平等。目光穿透墨镜，落在男人的脸上。这是一张怎样的脸啊！厚厚的泥垢面具一样罩在脸上，有多久没洗过了？一个月、两个月，还是一年、两年？它像一个羞怯的孩子，半掩在蓬乱的长发里。是有微风的，风儿刚好朝着小童这个方向吹拂。风儿里夹杂的，不光是春天的味道、尘土的味道，还有男人身上散发出来的腐臭味道。它们混杂在一起，强烈地刺激着小童的鼻黏膜。刺鼻的味道冲淡了雕塑男人身上的艺术气质。原来，有时候艺术气质也和初春的草色一样，只可遥看的，近了就没了。

你媳妇呢？

我媳妇走了。

为啥走呢？

生气了。

为啥生气呢？

就是生气了！

雕塑男人提高了声调，情绪略有波动。也许他想不起来了，也许他故意想不起来了。过去的记忆太苦涩，被岁月给冷冻起来了。他是个没有解冻能力的人，所以，无法获知心爱女人过去的种种。更准确地说，他不愿意拥有解冻的能力，在有意逃避一段不堪回首的经历，宁愿相信他的女人因为生气跑了。

你媳妇跑哪儿去了呢？

知不道。

那你咋不去找媳妇呢？

我媳妇自个儿会回来的。

是吗？

老土说等我把媳妇画得像了，媳妇就回来了。

你现在画得像了吗？

像了，我媳妇快回来了。

嘿嘿……男人笑了。露出一口排列整齐、光洁度很好的牙齿。遗憾的是，一些食物的残渣挨挨挤挤地瑟缩在齿缝里，使得牙齿的完美度大大打了折扣。你看，是不是越来越像了？男人说着，把画夹里其他的画展示给小童看。

有几十张的样子。小童伸出手，去翻动那些画。别给我弄破了啊——雕塑男人不停地叮嘱小童。翻到最后一张，雕塑男人小心地合上了画夹，然后，注视着小童墨镜后的表情。他在期待小童给她一个答案。的确是一张比一张好呢——小童很肯定地告诉他。

你等着——雕塑男人说着，起身抱着画夹进了破帐篷。当他再出来时，手上多了一只大袋子。将袋子拎到小童脚边，打开——露出一卷一卷的用旧报纸包裹着的东西。该不会和画像有关吧？小童这样想着，雕塑男人已经把手谨慎地伸进袋子里，同样谨慎地一小阵摸索、选择后，拿出了众多旧报纸包裹的卷状物中的一个。小童才注意到雕塑男人的手，这双手，竟然和面部，和脖子，和衣着是迥然不同的。它们出人意外地洁净着。雕塑男人用这双洁净的手，更加谨慎地剥去卷状物体外的颜色已经泛黄的旧报纸。

果然是画像！

画像是稚拙的，线条和轮廓像是出自一个初学作画的小学生，看不出像谁不像谁。小童的眼睛有意识地扫过印着岁月痕迹的报纸，刊头一小行数字像一颗颗蒺藜，狠狠地刺到了小童。

1975 年 12 月 29 日。

这些用来作画的纸张也和刚才在画夹里看到的不一样，它们不是专门用来作画的纸张，而是粗糙的白纸。笔也不是作画的笔，和她小时候写字用过的铅笔差不多。经不住岁月的侵蚀，铅笔画像已经很是有几分模糊了。之所以有了针刺的感觉，小童明白，是这个男人的坚持打动了她。

所有陈旧的痕迹加起来，小童推论出一个结果，男人画她丢失的女人，在 1975 年之后不会太久的年代就已经开始了。这个男人用几十年的时间，来画他的女人。从不像一直画到神似。他一定是深爱着他的女人的。因为爱，他给了自己那个希望，尽管那个希望永远无法实现。他是为那个希望而存在的男人。

噢，那个叫小同或是小童和小桐的女人！

我该走了，不打扰你了——小童站起来，和雕塑男人告别。

看见我媳妇，叫她来找我啊——雕塑男人使用着他独有的纯净的眼神，注视着小童并叮嘱她。

对了，你还没告诉我，你叫啥名字呢？

大壮，我叫大壮。

一个离着艺术很遥远的名字。小童朝着叫大壮的男人挥了挥手，走了。她必须走了，她怕撞上老土，然后被老土认出来。

十六 这一个周末（二）

一刻钟后，小童坐在了一家叫"恒等式"的理发店。她实在没有地方可去，开着车子经过它时，被"恒等式"这个奇怪的名称吸引，就暂时停止了游荡。整理发型，也是消耗时间的一个方式。人很多，小童就坐在一只长长的沙发上等候。理发不是目的，所以，她有的是耐心等候。有四五个理发师，清一色的年轻男性。其中一个把头发染成墨绿色的理发师，一边给手里的一颗女人头卷着发卷，一边把目光投在面前镜子里的小童身上。他只是偶尔地一瞥，做出不经意的样子。依旧戴着墨镜的小童，丝毫没有感觉到年轻理发师眼神搞的小动作，她沉浸在自己营造的思绪氛围里。雕塑男人，嗯，她更愿意称那个叫大壮的男人为雕塑男人。雕塑男人画像上的女人，芝麻村神秘树林里的女人，应该是同一个女人。不是应该，是肯定。都和自己的长相相似，都有一个小童或是小同和小桐的名字。那么，雕塑男人和方远一样，是芝麻村的。因为，按照乡俗，只有芝麻村的男人死了女人，才会埋到芝麻村的土地上。那片神秘的树林，是属于芝麻村的。如此推论，方远是和雕塑男人相识的。

震撼，是的，震撼。雕塑男人给小童带来的震撼，盖过了其他。这种强烈的精神活动融进她焦虑的尾巴里，之前的焦虑不再是纯粹的，变成了混合型。混合型的尾巴快速地成长，成长的速度超乎小童的想象，所以小童暂时逃离了黑色的沃尔沃。她想让自己轻松片刻，抚慰一下超负荷的思绪。临下车，把混合型的尾巴揪下来，扔在车上。在这间理发店，只是单纯地消费时间。

您好，请问您理个什么头型？

将无数个瞥从镜子里送给小童的墨绿色头发的理发师，操着一嘴巴的东北口音，站在小童跟前。

小童无动于衷。墨绿色头发的理发师只好又重复了一遍自己的话，并且提高了声音。

你在和我说话吗？

小童说完这句话，才发现自己那条混合型的尾巴，并没有老实地等在车里。便有一些小懊恼，之前不是在看理发师理发的吗？思绪何时被那条大尾巴攫住，竟然毫无察觉呢。

您的脸型小，建议您烫一下，蓬松的感觉，会让您走起路来更加飘逸，也可以说更加潇洒。

像一只自以为是的绿毛公鸡，居然对她使用很男性化的"潇洒"一词。就算我是短发呗，就算我是牛仔装呗。切！小童扬了扬细细的眉毛，决定把绿毛鸡当成"马桶"，好好"排泄"一下。

我怎么知道你们的烫发水会不会伤头发呢？

我给您用的是最好的，保证不伤头发。

什么牌子的？

欧莱雅的。

会不会是假冒的呢？

肯定不会。

万一呢？

没有万一。

你以为你们不会把劣质的烫发水装在欧莱雅的瓶子里吗？

你以为我们会这样做吗？

绿毛鸡被小童气笑了，放心吧，没问题的，来吧。他做了一个请的动作，而且姿势很优雅。小童真是佩服生意人的雅量，只得站起来，朝着绿毛鸡指定的位置走。

麻烦您把镜子摘了，好吗？小童躺在洗头的椅子上，被绿毛鸡提醒着。

真麻烦。小童嘴巴上不饶绿毛鸡，心里自嘲了一下。她早就把自己还戴着墨镜的事情忘了。

一串钥匙在手里掐着，手上又多了一副眼镜。小童转动头，我的包呢？

从始至终，我都没看见您拿包。绿毛鸡提醒小童。

不好！小童心里暗暗地一个惊呼。她想起来，出来时除了这串钥匙，她什么都没带。墨镜是一直都在车里的。没带包，等于她现在身上一文不名。

囧。小童此刻知道了这个词的分量。

停——

绿毛鸡以为水太热，烫到了小童，慌忙移开了喷头。同时，下意识地用另一只手去试探水的温度。

不是水的问题，更不是你的问题，是我自己的问题。明白吗？

黑着眼圈儿的小童，对绿毛鸡含着深深的歉意。

需要我帮您吗？绿毛鸡看着一脸倦容的小童。

不，你帮不了。肚子临时闹革命了，我必须马上去一个特殊的地方。

小童从椅子上坐起来，弓着腰，尽量做出痛苦状。绿毛鸡用一块干燥的毛巾裹住小童的头，来回揉搓了几下。那绺刚刚被打湿的头发，混在一个集体里，不那么显山露水了。

小童给绿毛鸡留下一个感激的眼神，匆匆地离去了。在心里给了"恒等式"，给了绿毛鸡一个承诺，哪天，她一定会来认真地理一次发的。

小童饿了，可是身上没有一分钱。回家吗？她出去采访了，怎么会回家呢？说不定，方远就在家里等她，她一回去，谎言就揭穿了。方远在做什么呢？他又给她打电话了吗？她一点儿都不知道。手机和包包一样，被她落在家里了。她保证，这一次，绝对不是故意的。什么都没有带出来，方远会怎么想呢？

一顿麻辣粉都成了奢望，好在，车厢里的汽油还是足够她跑的。小童开着沃尔沃再次远离了闹市区，一番寻寻觅觅之后，在一个僻静的角落里，安顿了自己和沃尔沃。把椅子放平了，身子后仰，躺上去，强迫自己进入睡眠状态。什么雕塑男人，什么麻辣粉，通通都睡午觉好了。睡觉，睡觉，睡觉……小童闭着眼睛，默念着这个词。念着，念着，悄无声息了，倦到极限的她，终于睡去了。

下午三点多钟，饥饿来敲睡眠的门儿。它很有力量，啪啪几下，小童就被吵醒了。一个短促的思绪调整后，小童发动车子，往家的方向驶去。该回家了，她采访回来了呢。其实，她完全可以再撒一个谎，赶在中午的时候回家，在方远给她做好的美食上肆虐一番。若方远不在，也可以取出些买饭的银子来。她忍住了。她觉得自己战胜了自己。

家里格外安静，小童在客厅里站了片刻，没有等来方远的浪漫现身。抽动了一下鼻子，没寻到任何烟火的气息。再环顾左右，亦没发现方远留下的任何痕迹。没有换下来的鞋子，方远的拖鞋在鞋架上慵懒地睡着；椅子上的靠垫保持着她摆放的样子，没有被挪动过的迹象。方远，没有来过家里吗？淡淡的失落感，像这个季节的小雨一样，飘飘洒洒地濡湿了小童。也是，你明确地告诉人家不在家里了，去采访了，人家凭什么要傻傻地守在这里呢。臭美啦，一个男人的世界是丰富多彩的，女人不过是他日常生活的一部分。说不定，人家巴不得你不在，然后一家三口团聚呢。手机，手机总不会也是无动于衷的吧。

手机在卧室的床上，很小的手机，却以很大的孤独凸显着自己，夺了小童的眼球。屏幕上没有小童意料之中的许多个未接来电，只是一条干巴巴的短信：

宝宝，儿子病了。我去医院了。

他早上送儿子时，不是还好好的嘛，怎么一个眨眼的工夫，就病了呢？要不要问问哪家医院，去看一下呢？

小童给自己从冰箱里取出一杯酸牛奶和两片面包，想着这个问题，然后一个轻叹：两年了，你见过方远的儿子吗？没有。方远的儿子知道还有一个她的存在吗？未必。

小童吃干净手里的面包和酸奶，给方远回了一条短信：

歉，走得匆忙，手机落在家里了，刚见信息。儿子咋样了，用我帮忙吗？

正如小童预料的那样，方远在回复给她的短信中说，儿子只是急性肠胃炎，有他照顾就可以了，小童只需把自己料理好，就算是帮他的忙了。

去你的吧。小童将手机掷在茶几上。手机完成了几厘米的滑行后，静止不动了。

十七　连长的心事

　　连长是三队社员，和小同一个队。十八岁的连长和十七岁的小同，成为三队社员的时间都不是很长。小同时间不长的原因，是因为刚刚长到可以成为社员的年龄。连长的情况有点不太一样，在成为绿豆村三队社员之前，在土豆村，已经有了两年的社员经历。之所以从土豆村的社员变成绿豆村的社员，是有缘由的。

　　连长生下来也不叫连长，跟着前边三个哥哥排下来，叫小四儿。小四儿还不懂事的时候就被送到了土豆村，当了姑姑的儿子。快四十岁的姑姑一鼓作气生了五个闺女，眼看身体残败，再无力气生孩子，便哀求自己的亲弟弟，将亲弟弟的小四儿讨了做自己的儿子。姑姑做了小四儿的母亲后，小四儿便不再叫小四儿，有了一个很时兴的名字——连长。姑姑存了私心，有了连长，很少回绿豆村与娘家人走动，想断了娘家人与连长的亲情，让连长一心一意在感情上只依赖自己。连长长到十七岁以前，的确是按照姑姑的意愿在成长，尽管小时候与伙伴的打斗中，已隐约知道自己的身世，但是没有影响在感情上对姑姑的依赖。

　　姑姑原本就残败的身体，在连长十七岁时，发生了一个巨大的转折。姑姑的肚子日渐长大，一天大似一天。姑姑还跟人玩笑说，怕是要生个老儿子呢。后来，姑姑的肚子实在太大了，大到夜里无法躺下休息，就一宿一宿地坐着。连长套上队里的马车，把姑姑拉到 D 城的医院。医院的大夫说，这病没治呢，你们回吧，该吃点啥吃点啥吧。连长边哭边吆喝着骡子，把姑姑又原封不动地拉了回来。

姑姑是坐着咽气的，临咽气时，拉着连长的手对连长说，咱家就你一个儿，有你吃的，就要有你爸吃的。儿啊，你可做得到？

连长拼了命点头，妈啊，我做得到，有一口吃的，也会给我爸。

叫爸的那个人，也就是连长的姑父，没有给连长实现诺言的机会。姑姑逝去没有几个月，姑父也病了。令人不解的是，姑父得的是和姑姑一样的病。肚子大了，更大了，大到不能再大时，人就死了。姑父临死时，也像姑姑那样，对连长做了一番交代。他说，儿啊，其实你不是我儿，是侄子呢。他说，儿啊，你五个姐姐也都嫁人了，我死了，家里就剩下你了。你回你亲妈那里吧，否则家里没人帮衬着你，挨外人的欺负。你亲妈那里哥哥多，别人不敢呢。你是个听话的儿，是不是？听话就回吧。

连长遵照姑父的遗嘱，回了绿豆村认祖归宗。认祖归宗后的连长，没有原来快乐了。原来的日子也是沉重的，没有时间想快乐或者不快乐，但是现在的连长感觉到了自己不快乐。不快乐的原因之一是想念逝去的姑姑和姑父。不快乐的原因之二是，在这个给他生命的家庭，没有一种让他感到亲近的氛围。相反，他和由父母、众多兄弟组成的他们，有着莫名的疏离感。疏离感是彼此的，来自他，也来自他们。所以，他和他们像是装在一个瓶子里的水和香油的关系，界限分明，不能相融。疏离感加重了连长对姑姑和姑父的思念。却又无处诉说，只得把思念和疏离感压得像一块饼子，搁置在心底，每天拼命地干活。由于干活出色，深得队长的青睐，刚刚十八岁便拿了十分。

拿了十分，并没有让连长的日子明亮起来。明天，对连长来说是什么呢？他懒得去想，不敢去想，没有兴趣去想。或者，他不该回来，一个人在土豆村过日子又怎样呢。像大多数土豆村的年轻人一样，娶妻生子，延续香火，然后慢慢老去。他相信凭着自己身上的力气，可以过上土豆村大多数人家那样的生活。那样的生活虽说不上有滋味，却也没发现谁会主动放弃。可是，他不想违背了姑父的遗愿。他愿意付出孝顺来回报姑父生前对他的疼爱。

忽然有一天，连长一个抬头，这个无意间的抬头，让他惊愣住了。

一个女子凝固在他的视野里。她像其他女子那样梳着麻花辫，她像其他女子那样穿着膝盖上打着补丁的衣衫，她像其他女子那样操着手里的家什干农活。然而，所有的不一样就是在一样中生长出来的。她的两根麻花辫比其他女子编得精致，她膝盖上打着补丁的衣衫比其他女子的合体整洁，她操着家什干农活的样子比其他女子优雅。尤其让连长震撼的是，从女子两道弯眉下发散出的眼神儿，迷茫、内敛、忧伤、孤独、拒人千里。在所有的表情下，约略隐藏着淡淡的希望。之所以说约略，是因为它太细微，不易察觉。反正，她是那样与众不同。只是一个瞬间，连长就被她的与众不同吸引了。

原来，因为一个女人还可以心跳加速；原来，因为一个女人还可以忘却其他的烦恼。这个叫小同的女子，像一剂止疼药，抚平了连长来自思念的痛，来自疏离感的痛。他喜欢看她，喜欢她每时每刻都在他的视线里。但是，他又怕他的喜欢惊扰了她，所以，他把他的喜欢掩藏起来，只悄悄地喜欢着。一个人独自享受着喜欢一个人的快乐。因为，这份喜欢来得太突然，完全在他人生的准备之外，更深入的想法，或者更深入的打算，是独自喜欢之后的延续。

独自喜欢了些时日，连长不满足了。他的不满足源自心疼，他不能忍受小同像其他粗糙的女人一样，站在猪圈里起猪粪。队长派活儿时，便将耳朵努力地张开，接受关于小同的任何信息，暗中记下小同分管的猪圈辖区。夜里，也只能是夜里。因为此时他的喜欢还是处在隐秘阶段的，小同以及周围的人还是没有知觉的。大哥二哥各自娶了媳妇住在另一所土坯房子里，他和未娶的三哥住在一个屋子里，对面是父母和尚未成年的妹妹。劳累的人们，极尽可能地让自己睡得香甜，睡得深沉，悄悄出门的连长奈何不了他们的睡眠。

提前准备了饼子，在那家肚皮瘪瘪的狗狗准备吠叫之前，饼子就已经在狗狗的嘴巴了。狗狗投过来感激的眼神，只一口，便将饼子吞下了肚子。然后，满怀期待地看着给它饼子的人，穿着雨靴子跳进猪圈里。

老式的猪圈，分成猪炕和猪坑。猪炕是猪猪们吃饭睡觉的地方，几级台阶下边的猪坑，是猪猪们拉尿的地方。猪猪们也是需要训诫和管教的，偷懒时拉尿在猪炕上，轻则换来主人的斥责，重则会讨来一顿鞭挞。猪坑里的猪猪们的排泄物，是公共财产，社员们会不定期地来清理。清理出来的排泄物经过发酵，是上好的庄稼肥料。

猪炕上发出一片啧啧声。借着月光，连长发现一群小猪仔在依着母猪吃夜宵。母猪躺着，尽量地裸露出自己肚皮上排列着的奶头，让每个小猪仔都有份额。那母猪该是闭着眼睛的，在享受做母亲的快慰和幸福。在黑暗中，连长的脸儿红了。他和她也有了一群属于他们自己的孩子，一个、两个、三个、四个，越多越好，只要是他们的孩子，哪怕有上十来个。他什么重活都不让她干，只让她舒舒服服地在家里做他的女人。他的女人，他一个人的女人。

猛然，幸福的表情在连长的脸上凝滞了。他想到了一个可怕的问题。这么好的一个女人，要是被别人抢了先，做了别人的女人。他所有的期望，所有的梦想，岂不是破碎了吗？

这个问题一经出现，便像一条冰凉的蛇一样，缠绕着连长。而且，越缠越紧，把他的心思缠绕得密密匝匝，一点风丝儿都透不进来。然后，在连长悄悄为小同起了若干个猪圈后，他决定从幕后走上前台了。被别人抢了先的紧迫感，给了连长现身的勇气。他要给自己一个机会，争取一下。

十八　白色捷达车

镜子里的不再是小童，而是小同。两根麻花辫，忧郁的眼神儿。她穿越数十年的时间隧道而来，站在镜子里打量小童。

嗯，小童感觉哪里有点不太对劲，将镜子里的小同和雕塑男人画像上的小同进行认真的比对。噢，原来如此，眼神的忧郁程度不够。画像上忧郁的眼神是深度的，自然流泻出来的，镜子里的眼神有点"为赋新词强说愁"的味道，忧郁得做作而又浅薄。而且，属于小童的倔强，总是忍不住地探头探脑，越看越不像小同。

那个女人究竟经历了什么，怎么会有那么深的忧郁？乍看上去，她和自己是相像的，可现在仔细地回味，她和她的差别还是相当大的。差别就在眼神上。小童不服气，D城给她的一半是甜蜜，一半是酸涩，抛弃甜蜜的部分不提，想想酸涩的日子吧：失去恋人的痛苦，在单位面对副主编的痛苦，思念远方亲人的痛苦，难道这些都不足以使她的忧郁深刻起来吗？小童甩甩头，两根麻花辫活泼地在肩膀上跳跃起来。那个女人也甩头吗，肯定不甩，所以，她和她的差别不仅仅是一个眼神的问题。小童忽然有了一个冲动，她愿意让自己和那个女人更相像一些。然后走进雕塑男人的世界，给他几十年的追寻一个满意的答案。

向西。小童穿着小同的壳子朝西走，接近立交桥，接近桥下的帐篷。两条麻花辫子，尽量忧郁的眼神。晚上八点钟的街道，尽管车来车往，但是明显静寂了许多。车子们少了白天时的张扬，颇具了几分绅士风度。小童走在晦暗的路灯光里，像是街边上映着一幕从几十年前剪切过来的原生态的戏剧。那样一个别致的女人，从历史中来，向着历史中走去。绅士的车子们慢下速度，向飘散着历史烟尘的女子投过去最深情的注视。

　　立交桥和桥下的帐篷近在眼前了，随便一个建筑物或者一棵树，都可以把小童隐藏起来。小童不想贸然出现，先查看一下桥下的形势如何。

　　破旧的帐篷在，老土和雕塑男人也都在。雕塑男人保持着旧有的姿态，身子靠在桥墩儿上，借着晦暗的路灯光，神情专注地画着他的女人。距离和光线就像魔术师，又给雕塑男人罩上了一件看不见的艺术外衣。脸上的泥垢，难闻的气味，怎么会和这个男人有关系呢？走近他，会怎么样呢？他会扔下手里的画夹，冲上来抱住她，一边叫着"媳妇"，一边疯狂地大笑？嗯，应该会是这样的。然后，自己呢？有勇气做他的媳妇，给他那个圆满的答案吗？当然没有。冲动不过是思维活跃的结果罢了，和实际行动没有关系。小童自认为远远没有那么伟大，为了拯救别人，牺牲掉自己。扮成人家媳妇的样子，只想走进一段历史。

　　老土呢？他和几个人坐在马路边吆喝着打纸牌。桥上大型货车远没有城里小轿车的绅士风范，如一个个粗野的汉子，呐喊着拼命向前冲。所以，为了听清楚对方的声音，几个打牌的人只好比货车更粗野地吆喝。粗野的吆喝声中，间或夹杂着脏话和个别的小童听不懂的乡间俚语。几个打牌的人，身份大致都和老土差不多，衣衫和气质不分上下。小童看出来，打牌的人不是纯粹在娱乐，谁输了，口袋儿里的钱币就会少去一些，赢的一方，不仅口袋里的钱币多一些，而且脸上的喜色也会相应地现出来。看上去，老土是属于口袋里钱币少一些的人，他的吆喝声最响亮，对家的牌出得慢了，也要把人家祖宗八代的性器官，从坟墓里挖掘出来，挂在他的嘴巴上。简直就是一副无赖相，完全输不起的架势。小童担心几个玩牌的人会打起来，或者，说担心不够准确。小童希望其他几个牌友联合起来，把气焰嚣张的老土暴打一顿。她想起这个丑陋的老男人在神秘树林前的忏悔，对死去的女人，他一定是做了伤天害理之事。假使那个女人的死是集体戕害的结果，起码老土也是参与的一部分。但是，时间流过去了一大截，她担心的情形也没出现。他们依旧使用很粗俗很脏的语言吆喝，依旧有输有赢，依旧有人欢喜有人愁。嗯，也许他们已经习惯了这种生活。

一只手绞着垂在肩头上的麻花辫的辫梢儿，小童想，就这样走过去，走到老土跟前，再吓一吓他。他以为一个忏悔就可以获得心灵上的宁静吗？这时，雕塑男人从地上站起来，走到打牌的老土跟前，让老土看他手里的画。

老土不耐烦地推开了他，去，去，去！

雕塑男人固执了，非要让老土看，让老土给他一个满意的答复。

老土拗不过雕塑男人，伸脖子看了一眼画像，咋越画越回陷了呢，就这个水平，甭指望着你媳妇找你来了。去，一边好好画去吧。

老土本以为雕塑男人听了他的话，会乖乖地照着去做。他想错了。雕塑男人的情绪忽然就激动起来，死老土，你骗人，有一个小媳妇就不是这样说的，她说我画得越来越好了。

哪个小媳妇说的？！

就是一个小媳妇儿说的。

你咋没把小媳妇留下来呢，当你媳妇多好，省得你天天瞎画了不是？

没摸摸人小媳妇儿的手啊？

哈哈……

几个打牌的人爆笑。雕塑男人给他们制造了一个开心的机会，他们就抓住这个机会，好好地开心了一回。

我不，我不要小媳妇当我媳妇，我就要小同当我媳妇。

雕塑男人觉得打牌人侮辱了他对小同的忠贞，面对着他们，简直是义愤填膺了。

小童一半恶心，一半感动。恶心来自打牌人，她居然成了他们玩笑的对象。感动来自雕塑男人，一个精神疾病患者对情感的坚守。

正在几个打牌人调笑雕塑男人时，一辆白色捷达车开了过来，驶到几个人的身边停住了。一颗头从摇下的车窗里探出去，大声训斥几个老男人：

真能啊，耍钱耍到大街上来了，警察给抓走了，我可不管赎啊！

几个被训斥的打牌人矜持着表情，不说话不反驳，把眼神都投掷到老土的脸上。老土脖子一梗，使用着比捷达车里的人更加严厉的斥责口气：

死小子，你倒教训起我来了，让警察把我抓起来吧，老人家又不是没进去过！监狱是我老家，我想家了，你有本事把我送回去，我给你烧香磕头呢。臭小子！别以为你当个破站长，尾巴就可以翘上天啦，你就是当国务院总理，也得管我叫舅舅！

为了显示出气势来，老土已经站了起来。仿佛他面前车里坐着的，真的是国务院总理。国务院总理都被他像小孩子一样训斥，老土真是得意极了。还算丰满的肚子，配合着老土的得意，往前一挺一挺的。

原来，车子里的男人是老土的外甥，还是个什么站的站长。

男人不准备再给老土展示威风的机会了，缩回了头，调转车头，朝着小童来时的这条马路驶过来。有棱角的脸型，坚毅的眼神，酷酷的样子。哦，原来是他，那个环卫站的站长。几个月前，小童记得和他曾经坐在一个饭桌上吃过饭，之所以一下子就记住了他，缘于他酷酷的长相。当时小童心里就暗暗惊叹，如果再年轻十岁，不知道要迷死多少个女孩子呢。小童和别人开玩笑时说过，想要她一下子就记住的男人，不是长得特别丑，就是长得特别帅。不想，老土和环卫站站长甥舅两个，把她的这句话全给涵盖了。

嗯，怪不得环卫工人老土敢把帐篷搭在桥底下呢，原来有外甥在撑腰呢。

白色捷达车就要与小童擦肩而过了，小童做了一个出乎自己意料的动作，手朝着捷达车扬起来：赵站长！

小童的突然出现有些出乎白色捷达车的意料，它正在专心地加速之中，等它彻底反应过来，已经滑出去了一段很远的距离。

赵站长的头又从车窗里探出来，寻找呼唤他的那个人。小童相信，此刻的老土他们已经把目光投向捷达车了，所以，她不能把自己的形象暴露出来。借助一棵龙爪槐做掩护，示意赵站长把车子倒回来。

您是——赵站长一脸的迟疑。

报社的，和您在一起吃过饭。

男人脸上的迟疑释放出一个让小童放心的信号：神秘树林里的女人形象对他是陌生的、模糊的。

您是小童老师？我记得您是短发啊——赵站长脸上的迟疑加深了，加重了。

您不要有疑问，我就是您说的那个人，假发套儿——小童用手拨弄了一下麻花辫。

噢噢……赵站长一连几个噢噢之时，小童已经打开车门，自作主张地坐到了副驾驶座位上。

和您顺路，您不会反对我搭您的车吧？

赵站长笑了，如此有趣的搭车人，真是不多见。

刚才和您吵架的人是您家的亲戚？小童很自然地把话题切了过去。

我大舅，人腻子一个，狗见了都躲着走的主儿，一辈子就没干过正经的事儿。这不又和一个精神病搭了伙儿，还在桥底下支了个帐篷，一有人管他，他就把我抬出来，牛哄哄地说他外甥是谁谁谁。人家就给我打电话落实这事儿，我就告人家该拆拆。都熟头八脑的，人都睁一眼闭一眼，反正也没把帐篷支在城里。

神经病？哪个神经病？那个画画的吗？

用话语诱导赵站长的小童，心里有了小小的得意。嗯，这个车拦对了，说不定会有很大的收获呢。

我们邻村的，听说媳妇死了人就疯了，几十年了，天天拿个笔瞎画。我大舅也跟着神经，把人弄到他身边来，供着疯子的吃喝，据说还供着笔墨呢。

说不定您大舅看人家画得挺好的呢。

神经病会画画，全天下人都成画家了。

您看过他的画吗？

没看过。

他媳妇咋死的呢？

可能是因为作风问题吧，具体我也不清楚，女人死的时候我还不记事呢。但这个女人的死很邪性，据说是没脸见人半夜吊死了，婆家人拒绝把她埋进家族的坟地里，就地埋在吊死的林子里了。女人把魂儿附在林子里的树上，谁一接近林子，林子就会哗哗地流眼泪。

这么神奇啊，您亲眼见过树哭吗？

没见过。小时候经常被家长告诫，再大了一点，心里有主意了，就跑到林子跟前看。但是没敢进去，那林子阴气很重。也没见她家里人去过，听说，过去她娘家和我姥姥家是邻居，好像还和我母亲做过小学同学。

赵站长的老家是哪个村的？

绿豆村的，我是本庄的姥家。小童老师，我记得您不是本地人吧？

赵站长好记性，我的确不是本地人。噢——到家了！

赵站长将白色捷达车缓缓停在路边，小童道了谢，下车。然后站在原地，看赵站长将车子开远了，回过头来向西走。

早就过了她住的小区。

十九　小同恋爱了（一）

　　小同每天像许许多多的大姑娘小媳妇一样去生产队干活，她夹杂在人群当中，等着队长派活儿。每次派活儿下来，小同都是最苦最累的那一组。不管怎样苦与累，小同都不会和人去争，更不会为生产队长给自己画上七分而计较。在人们眼里，小同永远都是沉默的，没有生气的，尽管她是美丽的。包括小同自己在内，都认为小同挣七分干累活儿是顺理成章的。很多的时候，人们会把她遗忘掉，仿佛小同在以一片树叶的形式存在着，影响不到任何一个人，损害不到任何一个人。老娘儿们可以在小同跟前肆无忌惮地说着荤笑话。其实，她们每天都在说，每时都在说，荤笑话如空气一样左右不离地跟随着她们。她们被自己逗得哈哈大笑，放浪的笑声可以震破天空。她们甚至当众去掏某个嘎男人的裤裆，以此作为说笑的大餐。偶尔有人注意一下小同，会说，注意点影响，这可有黄花大闺女。小同便将脸扭向一边，目光向着更远处的地方望着。

　　正是麦收时节。麦垄长得让人看着眼发疼。社员们一人一垄比着赛地割，谁也不愿落在后边。一只手臂拢住麦子，另一只手镰一挥，唰唰几下，放倒一大片，麦个子在人们的身后坟丘一般堆起来。麦垄尽头是一个大水渠，渠边长着一溜儿柳树。人们拼命地往树荫下赶。

已经有几个汉子赶到了树荫下，他们或贪婪地吸上几口旱烟，或舒服地躺在地上，懒懒散散地横着一个，竖着一个，没有一点章法。到头的人越来越多，开始有人接济落得远的人。小同不敢想，从来没有人会去接济她。前些天队里派她起猪圈，猪圈还没等到她起，就已经干干净净的了，她想一定是谁听错了，记错了自己的任务，误把她的活儿给干了。有人会替她把活儿干了，想都没想过。没有指望，也就没有失望，她更加全心全意、更加卖力地割着自己的那垄麦。小同割得很仔细，尽量少地落下麦穗，尽管她知道还会有人来拾麦穗。热腾腾的脸让小同感到涨得好难受，尖利的麦芒在小同的胳膊上划了一道道的血口子，经汗水一浸，火辣辣地疼。小同咬牙忍耐着。在小同认为还有一段距离才能割到头时，她右手的镰刀险些叨在对面一个人的腿上。那个人正拢住最后一把麦子。小同愣了，抬头看去，是那个叫连长的小伙子。她知道他叫连长，知道他是老赵家的新回来不久的四儿子。四目对接的刹那，小同有了片刻的眩晕，这个叫连长的年轻人眼睛里荡漾着粼粼的波光，晃得她不敢直视。连长接济了小同好长一段，按理小同应该向连长有个表示，比如道声谢什么的。可小同什么也没做，默默地走开了。因为，她要让自己赶紧逃遁掉。在人群很远处找了个树荫，坐下歇息。她背对着人群。小同知道那群人在逗连长。奇怪的是，小同的心居然怦怦跳个不停，跳出一串音符来。这音符是什么呢？为什么这样的感觉是她的好朋友树们所不能给予她的？小同有些慌乱，脸儿不自觉地红了。是少女娇羞的那种红晕，和阳光的暴晒、劳作的艰辛没有丝毫关系。这种红和那种红有着明显的区分。

　　尽管相处了些时日，三队的社员和连长的玩笑还是有分寸的。连长不同于其他毛头小子，没大没小，手上和嘴巴上都没个尺度。连长是个懂得眉眼高低、中规中矩、长幼有序，很内敛的小伙子。

　　连长啊，十八岁了，该说媳妇了，啥条件跟婶子说说，婶子给你保个媒。连长是个好孩子，值个好媳妇儿。

玩笑浅浅的。仿佛一个不深的小水坑儿，深谙水性的人们，嬉了几下水，觉得不过瘾，又寻水深的坑渠去耍闹了。人们需要耍闹，放肆的耍闹可以解乏，可以调节无滋无味的生活。

小同偷窥连长的神色。发现连长面对着妇人们的玩笑，不过是回应着礼貌的微笑，他把目光投向很远很远的地方。远方是朦胧黛青色的山脉。

小同也把目光投向远处黛青色的山脉，追逐着连长远去的目光。追上了，才发现连长目光里的失落和怅然。重温刚才割麦时的情景，耐心地品味。终于，她找到了一个疏漏，人家帮你割麦，竟然连个表示都没有，哪怕一个感谢的眼神呢。什么都没有。放在谁身上都会不高兴的，他的失落是因为这个吗？可是，他为什么偏偏帮她割麦，而不帮别人呢？

臭美，人家不过是看你割得太慢了。小同告诫自己。这样想着，怦然跳动的心儿渐渐平复下来。那不过是一个很平常的眼神儿，是自己看花眼了，想多了。就是了。或者，另外一种可能，他是腼腆的，面对每个年轻女子都会有那样的眼神儿吧。

找机会还他一个感谢就是了。小同被自己的想法弄得心灰意冷，但是，又不完全甘心自己的每一个猜测，所以，"找机会还他一个感谢就是了"这句话很是有和自己赌气的味道。

到了晚上收工时，每个社员身上的力气都被榨干了，回家的路上，说笑声弱了很多，强势起来的是扑扑踏踏的脚步声。队伍拉了很长，稀稀拉拉的，小同照例走在队伍的后边。但今天不是最后边，在她的身后还有一个人。连长。小同离着连长也就是十来米的距离，可是，他觉得有千里万里。他心里想接近她，然而两条腿儿像两根木头桩子安在了自己的身上，一点力量都用不上。

还他一个感谢——小同不断地坚定着自己的想法，让自己的步子慢下来，制造一个和连长擦肩而过的机会。

谢谢你——

她说。说的同时，脸儿又绯红了。这个效果是出乎小同意料的，她坚定地以为自己只是个单纯的感谢。于是，再一次地逃离了。

也出乎连长的意料。然而，这个意料让连长欣喜若狂，之前的失落一扫而光。他捕捉到了小同眼底的羞怯和亮色，以及她小脸上动人的红晕。凭着直觉，他相信小同的变化是因他而起的。那么，她是在乎他的。她对他的在乎是多么多么重要啊。望着小同远去的小鹿般慌慌张张的背影，连长的眼眶一潮，热乎乎的两行泪水滑过青春的脸颊。

割麦，拉麦，然后是铡麦，晒麦，打麦，社员们和天气赛跑，每一个项目都要赶在好天气进行。不管进行哪个项目，小同和连长的目光都会情不自禁地溜号，穿透眼前的一片忙碌和嘈杂，向对方投去关注的、深情的一瞥。目光对接擦出一个闪亮的火花后，迅速地撤离。知道自己在对方的心思里，就心满意足了。过了会儿，目光再跨越，再寻找。如此，循环往复，唯恐一个疏忽，弄丢了对方。

阔大场院上堆积得山脉一样的麦垛，被社员们一个一个地搬下来，搬到铡刀下，握住铡刀把手的社员一弯腰，咔嚓一声，麦个子便身首异处了。五六把铡刀同时铡，操刀的都是队里的壮汉子，连长也在操刀手之列。小同为了避嫌，只把麦个子搬到另外几个操刀手的刀下。忽然就有了这样一个空隙，另外几个操刀手身边排了好几个搬着麦个子的社员，连长由于动作利索，手下的铡刀有了片刻的安静。小同环顾左右，搬着麦个子顺理成章地走近了连长和他的铡刀。她不看连长，视线在连长手下的铡刀上。把麦个子放在锋芒的刀片下，用身子压住麦个子一头，等候刀片落下。很快，明晃晃的刀片落下来了，随着刀片一起落下的，还有一句连长的悄悄话：

收工后，等我一会儿。

连长说这话时，眼睛看在刀片上，在刀片下的麦个子上。

尽管那声音近乎是耳语，还夹杂在一片杂乱之中，但小同清晰地收听到了。他说等他一会儿，他想干什么？有啥话对她说吗？那是一个充满悬念的等待，一个充满诱惑力的等待，一个充满幸福感的等待。等待，小同愿意赴那个等待。

不想活了，你！

所有忙碌的目光都凝聚在小同身上。小同竟毫无知觉，手臂连同麦个子一起卧在铡刀片下。思绪沉浸在收工后的那个等待里。

小同！身后的社员用膝盖拱了一下蹲在地上的小同，小同才幡然醒悟过来。正准备扑奔过来的小同母亲收了身子，将一颗提到嗓子眼儿的心复了位。比小同母亲更紧张的是连长，他已经放下了铡刀，腾出了身子，想把小同从另一副铡刀下解救出来，尽管心里清楚握铡刀的人不会把小同的胳膊像铡麦个子一样铡掉。完成这个解救，等于公开了他对小同的喜欢。连长不在乎，为了小同，他什么都不在乎。

连长的心没能像小同母亲那样及时复位，它一直悬吊在连长最敏感的一个区域，为小同不安，为小同紧张，唯恐哪一片铡刀不长眼睛，伤了小同。

慢点，我的手！偶有社员向三心二意的连长发出抗议。

终于收工了。借故走在最后边的小同终于可以赴连长的那个等待了。

干活儿咋那不小心呢？

等来的是一句责问。小同不语。

下回注意点，听到了没？

小同勾着头，像一个犯了错误的孩子。她不敢抬头，怕他看见她已经潮湿的眼圈儿。原来，一个男人的数落是如此打动人。她愿意被他这样数落，如果有可能，让他数落一辈子。

连长大概想起了等待的最初含义，便止了数落，四下看看，从裤兜里掏出一个东西来，塞进小同的手里。

啥？

你瞅瞅就知道了。

是一条红色的头巾。艳艳的那种红，像是从天边剪下来的一块红云朵。

你要是不稀罕就扔了。

连长说完，快步走了。他怕小同拒绝他，那个拒绝，是他不能接受的。

二十　小同恋爱了（二）

　　这晚，小同又去了村西的水坑，去和她的柳树说悄悄话。她内心的幸福满满的，就要溢出来了，她需要它们的分享。亏了一角儿的月儿，尾随着小同，小同走一步，它走一步。真是淘气呢，想听我的悄悄话吗？小同停下来，看着顽皮的月儿。月儿也停下来，看着人间的这个小女子。小同假装生气了，故意去冷淡月儿，噘着嘴巴往前走。月儿好像并不在乎小同的冷淡，执意跟了小同，执意探究一个芳心萌动的小女子的秘密。

　　就要到水坑边上了，却有人捷足先登了。拨开不是很浓的夜色，小同看见一条人影在坑边上忙碌着，影子忽儿长高，忽儿又矮下去，还不时发出噼噼噗噗的声响。谁呢，这大半夜的。没想到，遇到了一个小小的不如意，看来今晚的分享要夭折了。就要转身了，一个轻轻的嗟叹不自觉地发出来。小同被自己吓了一跳，被人听到就不好了呢。

　　谁——

　　还是被人听到了。那声音听上去有几分耳熟，又一想，该是村里人吧，声音耳熟也是情理之中的。便随口应了一声——

　　是我。

　　不准备再有第二个回合的问答，带着几分小沮丧，小同用很快的速度往回走。

小同，是你吗？

那个声音追上了小同。小同先是愕然，转而惊喜，因为她听出来，那个声音是连长发出来的。

小同，你过来，看看我在干啥呢。说着，连长朝小同跑过来，大概想伸手去牵小同。手已经伸出来了，却又犹犹豫豫地缩了回去。

手上全是泥呢。连长给了自己和小同一个解释。

随着连长近了坑边，小同才发现地上整整齐齐地摆放着几溜泥坯子。是连长刚刚脱好的。

干了一天活儿，不累吗？小同心疼了。

没事儿，我有的是力气。一个晚上脱点儿，用不了十天半个月一层房的坯子就脱完了。

干啥这么着急呢，反正有住的地方。

小同脸上的红晕掩在夜色里，连长看不见。她希望这些土坯子和她有关。

连长一弯腰，抱起一块泥巴，放进坯模子里，用手来回抚平。然后利索地抽出了坯模子，一块长方形的泥坯子就完美呈现了。看着自己的作品，连长嘿嘿地笑了，看着吧，用不了两年，咱们的新房子就会盖起来。

咱们？

咱们。

你和谁？

我和……你知道。

你不说，我咋知道呢？

反正你知道。嘿嘿……

连长接住了小同抛过来的皮球，以小同的方式将皮球再抛回去。

皮球在两个人之间滚来滚去，滚出了甜蜜，滚出了略带俏皮的小情调。

你累了。

不累。

我说你累了，你就累了。

有你在，一点儿都不累。

你说累了，我好帮你。

累了也不用帮。

你说了不算。

小同说着，手里已经捧了泥巴，往地上的坯模子里放。她的手掌太小，一捧泥巴只占了坯模子很小的份额。不许动我的泥巴，不许动啊！嘱咐完连长，又继续去捧泥，捧了足足四五趟，才把坯模子填满了。不许动啊！她又叮嘱连长。连长真的一动不动，蹲在地上笑呵呵地看着小同，看她如何脱出一块坯子来。

有些活儿的特质，还是比较阳刚的。比如，吆喝大骡子大马，大骡子大马很是有灵性的，被男人使唤着，低眉顺眼。换了女人，说什么也得使使性子，尥上几蹶子，用肢体语言表示一下它的不服气。往往女人也就被震慑住了，不敢近大骡子大马一步。脱坯子虽比不得骡马那样，用形体动作让女人产生了畏惧感，但它用另外一种方式来展现它的阳刚之美。那就是力量。脱坯子是对力量的挑战，即使再不服输的女人也会败下阵来，心甘情愿地把脱坯子这一活计拱手让给男人们。

连长顺从了小同，没有阻止小同，并不是真想让小同帮他。让小同脱坯子，他怎么会舍得呢。他是想看小同的笑话，看她如何脱出一块成型的坯子来。

果然，小同撤了坯模子，地上的坯子却不是润滑的长方形，不但不规则，坯面上还坑坑洼洼，像是刚被一场雹子砸过。

连长终于憋不住，嘿嘿地笑出了声。

小同识破了连长的"险恶用心"，用沾满泥巴的双手使劲一推，原本蹲在地上的连长便仰躺在地上了。这一回，换成小同咪咪地笑了，哼，活该。连长一个鱼跃，从地上起来，将同样沾满泥巴的双手伸到小同面前，做报复状。小同收紧了身子，拿好了抵御的架势。连长的手没有真的来推小同，在半空中停顿了片刻，做了一个短暂的思考后，去捉了小同的手，将小同的两只小泥手收进他的两只大泥手里，合拢。

连长的气息吹在小同的脸上，热辣辣地烫。小同的气息吹在连长的胸脯上，也热辣辣地烫。

你是坏蛋，刚才笑我笨。忽然，小同的语调充满了泪水腔。

我没笑你，真的没笑你。连长不知所措了。

人家不过是想将来盖好的房子，有我脱的一块坯子。

小傻瓜，你刚才脱好了一块啊，咱们用它来盖房子，好不好？

不许嫌它难看，不许把它扔掉。

它长得可俊了，和小同一样俊。

扑哧——小同破涕为笑了。

连长听见了小同的笑声，坑边的柳树听见了小同的笑声，小同也听见了自己的笑声。但她有些质疑，有些不确定，那样质地纯净的笑是自己发出的吗？她真的这样快乐了吗？

我是谁？

你是小同。连长回答她。

你是小同。柳树回答她。

我笑了吗？

你笑了呢。连长回答她。

你笑了呢。柳树回答她。

既然他们都这样说，那她就是小同。今晚的小同，有别于往日的小同。今晚的小同，说了八年来最多的一次话，今晚的小同，发出了八年来第一次的笑声。这个小同是陌生的，这个小同是崭新的，所以，小同需要对她进行一个确认。她推开自己，衣服，麻花辫，眉毛，尤其是眼睛，还闪着快乐的泪花花。是自己，是自己呢。这一切都是眼前这个男人的功劳，是他改变了她，是他让她品尝了幸福的滋味。忽然，小同紧张起来，万一这个男人要是离开，她是不是又变回到原来的小同？

　　你咋了？连长感觉到了小同的不安。

　　你会消失掉吗？

　　我又不是土地爷爷，咋能说消失就消失呢。

　　哎呀，不是这个意思。

　　我知道你是哪个意思，只要你不消失，我就永远不消失。

　　真的？

　　真的。

　　连长的手更紧地握了小同的手。掌心里的泥巴被汗水稀释了，吱吱地顺着手指的缝隙往外钻。它们需要透一下空气。

二十一　梦中的托付

一个生活不检点的女人，还要装出一副哀怜相，你真是可恶。可恶!

愤怒的火苗儿在小童的指尖儿上疯狂地舞蹈，摇曳。

连你都这样冤枉我吗?麻花辫女人眼里的哀怨更深了，深得不见底儿，深得让小童望一眼就发晕。

居然还长成和我一个模样，你这样的一个女人，配吗?

小童努力地稳了稳神儿，把燃烧着愤怒的手指更加恶毒地指向麻花辫女人。

玉皇大帝啊，请你来主持这人间的公道吧……麻花辫女人垂下眼帘，盖住深不见底的冤屈，口中念念有词。小童侧耳仔细倾听，女人说着一种陌生的语言，她一句都听不明白。随着麻花辫女人的叨念，刚才还晴朗朗的天，忽然间就阴云密布了。大块大块的云朵向着头顶奔跑，每一块云朵的形态都是不同的，仔细打量，像是天兵天将的化身。这一块是脚踩风火轮的哪吒，那一块是手托着宝塔的李天王。还有这块，一定是风婆婆，她的衣袖一挥，狂风就呼啸而来了。风吹打在身上，冰冷刺骨。这不是春暖花开的季节吗，那些开放的花朵怎么都不见了，周围怎么一派凋零的景象?正纳罕间，大朵大朵的雪花从天上飘下来。小童长这么大，从未见过如此大的雪片，每一片都和乡下奶奶炕上的席子差不多。小童想找个地方躲避起来，可是，她的身子一动都不能动。堆积起来的雪片，很快没过了小童的脚踝，攀缘上小腿、大腿，然后是胸部。小童感觉到了一阵窒息的绝望。奇怪的是，离小童不远的麻花辫女人身上却没有一片雪，她睁开了眼睛，又露出深得不见底的哀怨。

只要你信了，玉皇大帝自然会饶恕你的。

麻花辫女人重又合上眼睛，等待小童给她一个答案。

窒息感越来越强烈，雪片已经覆盖到了脖颈之处。

我信了，相信你是冤枉的了！小童在意识清醒之前，喊出了这句话。她看见女人又开始念念有词了，伴着女人的叨念，覆盖住小童的雪片飞舞起来，向着天上而去。刺骨的风儿也渐渐停息了。托塔天王化成的黑云，率领着众天兵天将撤走了。转眼间，眼前重现了一片春暖花开的景象。

你记得你说过的话……话……话……

麻花辫女人也飘走了。

你等一下，还没告诉我真相呢，等一下……

醒来的小童，一头的汗水，两只手保持着向前抓扑的动作。空空的手掌，沁着潮热的汗渍。

小童打量一下自己：上半身靠在椅子上，两只脚上了办公桌。她将早就麻木的脚从办公桌上挪下来，站起来活动身体。咋就做了这样一个梦呢？她是来嗔怪自己的吗？嗨，看来是赵站长的话在惹祸。不过是那样想了一下下，想你这个女人会和哪个男人"不检点"了，老土的年龄该是相当的，但老土的丑陋也该是你无法与他完成"不检点"的理由吧。方远呢，他的年龄也是你无法与之完成"不检点"的障碍。那么，那个与你完成"不检点"的人是谁呢？嗯，的确是这样想了呢，没想到你不依了。你啊，究竟有怎样的仇怨，为什么不在梦里和我说清楚呢？最终的结果，等待我一点一点地走近吗？可是，这注定是一条艰辛的路啊。在行走的过程中，我甚至不知道会失去什么。我的方远？

姐，知道你还没吃饭，把饭给你买来了。

小童吓了一跳，你不习惯敲门吗？

姐，我敲了，你没听见。小鱼很无辜。

副主编吃饭了吗？

小童的话有弦外之音了。从表面看，你却又挑不出它有什么毛病来。

我只关心姐吃没吃饭，别的不是我管辖的范围。

小鱼的嘴角上翘，在微笑。微笑里浅浅地含着几分真诚，更有几分深情。因了浅，小童很容易就读到了。

到吃饭的时间了？小童故作轻松地捉起办公桌上的手机，看了看时间。

姐，你最近状态不太好，有啥事，弟弟给你顶着。只要姐姐你一句话，哪怕是粉身碎骨，弟弟连眼都不眨一下的。

谢谢，怕是我没这个福气呢。

副主编唇上的残红，鬼魅一样站在小童的思绪上舞蹈。

姐，有人给我介绍了一个女朋友，让我见个面，你说我去吗？

小鱼一点儿也没有和小童计较的意思，转移了话题。

你自己的事情，还是你自己决定吧。

姐，你让我去，我就去，听姐的话。

干啥要听我的话呢，我是你啥人？

小童脸上有了些许的愠色。小鱼那两片灵巧的薄唇，在刻意地缩短和她的距离。她不喜欢。凭什么，你有什么资格？

再往前来，小心我抽你！小童举起了巴掌。

姐打我，是我的幸福。小鱼迷离的目光洒在小童的脸上，温暖而又暧昧。

小童慌忙将手掌向前伸出，保持着小鱼和自己之间距离的底线。然后尽量让自己的语气和表情都恶毒起来，再不收敛，不怕我到副主编那儿告你的状吗？

我才不怕那个老妖婆呢，你去告吧。小鱼伸手抓住了挡在他胸前的手。

我什么都不用说，只要把这个交给她就可以了。小童甩开了小鱼的手，将办公桌上的手机牢牢地抓在手里。

姐，你够有心的，还录了音。但是，姐，我不会求你，你想怎么做就怎么做吧。大不了，我回老家去帮父母榜那一亩三分地去，总比给人家当夹尾巴狗强吧。姐，不当狗的日子肯定轻松极了，您要是能给我这个重新做人的机会，我可得好好谢谢您。真的，姐。真的呢……

小鱼哽咽了。这个长着两片薄嘴唇儿的未婚男人，仰起脸，将眼窝里的两泡泪水，慢慢地吸收掉。

好一个厉害的小鱼，他用男人的绵软做武器，变被动为主动。小童在手机上拨弄了一番，假装删掉了并不存在的录音，然后，把手机伸到小鱼的鼻子下，告诉他删掉了。

小鱼再次抓住了小童的手，谢谢姐，小鱼永远不会忘了姐的好……两颗泪珠在眼窝儿里徘徊了几圈，终于跌落下来，摔在握住小童的那只手上，粉碎了。小童的心一软，小鱼这两颗泪珠蕴含着太丰富的内容，有无奈，有真诚，有感激，还有什么呢？小童不愿意去深想了，她觉得人把自己弄得太复杂了，同时有好几副面孔，面对不同的人、不同的环境，使用着不同的面孔。哪一副面孔都是真实的，哪一副面孔又都不是真实的。

小鱼，最近市容有大的动作，是吧？

是，全城公厕改造，还要建两个大型的垃圾中转站，投资不下上千万，正准备做一个新闻呢。怎么了，姐，有兴趣？

小童发现，此刻的小鱼，换上了另外一副面孔——要闻部主任的面孔。

嗯，有兴趣，这个新闻我来做吧。

行，姐注意身体，别累着。最近我看姐挺疲惫的，要是有人敢欺负姐姐，从我这儿就饶不了他！小鱼一只眉毛掀动着。小童严重不喜欢小鱼的这个动作，经过长期的观察，小鱼只有在内心得意的时候才掀动眉毛。小童明白，他的小得意来自他的臆想，他一定以为她和方远之间出了问题。这个结果对小鱼来说是欢欣鼓舞的。难道，自己的疲惫已经很明显了吗？

姐，别忘了把饭吃了，是弟弟的一片心意呢。

小鱼走了，带着他所有的面孔。小童又把自己的身子陷进椅子里，看着桌上小鱼留下的饭菜，有一点儿反胃。刚刚从梦境中走出来，意外地遭遇了小鱼的轻薄（小童认定那是轻薄），浪费了无辜的脑细胞和他斗智慧。真是的，走着路，突然掉在头上一泡鸟粪。

不管他了。拧开杯子，喝了口水，小童翻开一个内部的电话号码本，上边记录着 D 城各个单位和部门头头脑脑们的联系方式。翻到市容建设那一页，手指在以黑体字形式存在的名字上，一一滑过。滑到赵站长的名字时，手指停滞了。

嗯，她要做环卫的新闻，当然要联系赵站长。

破解梦中女人的怨恨，赵站长或许是一个突破口。老土和雕塑男人，甚至方远，也算是突破口，但他们和他是有区别的。他们是和神秘树林里的女人有着直接关系的人，而他却不是。他是间接的，是可以迂回的，所以，对小童是放松的，更有利于小童的接近和进入。也许吧，但愿是这样的。

二十二　恋爱夭折了（一）

　　村里有个风俗，谁家的女子定了亲后，都会给未来的男人做鞋子。女子们做鞋很是讲究，用手帕将雪白的鞋底儿包裹了来纳，纳一寸，手帕子往下撤一寸。手不直接接触鞋底儿，唯恐弄脏了鞋底儿雪白的质地。雪白地纳出来，雪白地送出去。做鞋子是婆家人检验未来儿媳妇是否手巧的一个机会。所以，没过门的女子们，会在鞋子上着意地下一番功夫。小同不能像其他婆娘那样，可以在歇息的时候，一边说着荤话，一边纳鞋底子，也不能像其他定了婚的大姑娘一样，羞羞涩涩地在众人面前给情郎做鞋，公开地炫耀自己的感情，公开地炫耀自己的技艺。她只能偷偷摸摸贼一般地去做，不能让别人发现，亦不能让家人发现。吃过午饭，还不到上工的时间，小同就悄悄地带上鞋底子去村西坑边的柳树下，伴着呜呜风吟，一双巧手将少女甜蜜的初恋纳成一颗又一颗的心型。小同的心里在歌唱，唱一支只有鸟儿、风儿，还有树儿才能听懂的歌。她的歌声里没有了父母亲疲惫的叹息，没有了弟弟妹妹的争吵，没有了自怨自艾。歌声里长出了一束束的阳光，照亮了她内心长久的阴暗的角落。快要发霉、快要腐烂的希望的种子开始发芽、成长。一片绿意的葱茏给小同带来了无限的憧憬。偶尔抬头，深深地望几眼坑坡上连长脱下的坏子。第一批坏子已经干透了，整整齐齐地摞在了一起，她脱的那块坯子也在其中。为了防止被雨淋，坯子上苫了一块塑料布，塑料布上压着一些重物，防止被风儿刮跑了。望着望着，坯子垛动了，在一点一点地长大。很快，长成了一间房子的形状。是房子，还有窗子，有门呢。门上贴着大红的喜字，像是刚刚举行过一场婚礼的样子。新郎是谁呢？这时，门开了，连长从里边走出来。

小同——

连长将手卷成喇叭放在嘴边，喊她的名字。

原来她是连长的新娘子。小同想看连长着急的样子，故意不答应，故意把身子往树后藏。

呀——

小同低头一看，手被针扎破了，一颗血珠子冒了出来。想躲已经来不及了，血珠子摔在鞋底儿上，将鞋底儿的一颗心染红了。

为了早些给连长一个惊喜，小同晚上也抽空做几针。家里人多眼杂，小同如同一个地下党，为了一双鞋子和"敌人"周旋。为了防止妹妹发现她的秘密，等妹妹睡熟后，小同用被子把自己整个蒙起来，连同一盏小提灯也藏在被子里，慌里慌张却又是认认真真地做上几针，才能入睡。染红的心在众多的心形图案中，格外醒目，小同觉得，是她的心贴在了上边。痴痴地看，痴痴地想，就忘了身边的妹妹。妹妹不是成心醒来的，她不知道小同的秘密。弟弟从河里摸了鱼回来，晚饭是贴饼子熬鱼。难得改一次伙食，围坐在桌上的一家人吃了一顿很卖力气的晚饭，尤其是妹妹，眼珠子都快掉到盛鱼的大缸碗里了。鱼熬咸了，睡梦中的妹妹被渴醒了，懵懵懂懂地爬起来要去喝凉水。迷蒙中，发现从小同的被子里透出几星儿光亮，而且，那被子奇怪地鼓胀着。妹妹一下子来了精神，她要看看小同到底在干什么。蹑手蹑脚地靠近了小同，捉了被子的一角，手臂上用力，哗啦啦，小同和她手里的鞋子完整地展现出来。

小同一时间惊恐万状。也正是在这时，对面屋的母亲一掀门帘，手上掌着一盏小油灯，走了进来。今天从队上领的棉花还没有纺完，锭杆出了毛病，影响了纺线的速度。母亲过来想用小同的锭杆，不想刚好撞上眼前的事情。明白人一眼就可以看出小同做的是一双男人鞋。鞋子肯定不是做给父亲或是弟弟，他们没有那么大的脚。即使他们有那样大的脚，也不至于非钻在被子里去做。小同害怕，害怕母亲向她投来怀疑、蔑视的目光，害怕母亲说她不要脸。母亲说过小同不要脸的话吗？没有。母亲没有说过。在小同的意识里，母亲一直都是以另外一种方式来表示她对这个女儿的蔑视。现在，母亲说不定会说出这几个字来羞辱她。索性，小同安静下来，等待着母亲对她情绪的表达。母亲看了一眼光着脚丫站在地上的妹妹，斥责道，多大了都，一点儿正形都没有，赶紧睡觉！

我渴了，想喝水。妹妹嘟囔。

瞎食精，少吃点呢！母亲继续斥责妹妹，将手里的煤油灯放在炕沿上，卸小同纺车上的锭杆。

这期间，妹妹趿拉上鞋子，噔噔出了屋子，去堂屋的水缸喝水。被母亲斥责的妹妹是有怨气的，所以，舀水、喝水，都弄出很大的声音，以示对母亲的抗议。母亲不理会妹妹，依旧卸锭杆。

别忒晚了，赶明儿还得下地干活呢。母亲的眼睛在锭杆上。

这就是小同等来的结果，完全出乎她的意料。直到母亲拿着锭杆走了，小同还僵坐着，她的大脑一遍一遍回放着母亲刚才说的话。不错，母亲是那样说了。小同的眼睛潮湿了。

灌了一肚子凉水的妹妹，重新躺在她的位置上，一双黑眼睛一闪一闪地看着小同。她奇怪极了，这个她从来没有叫过姐姐的姐姐，怎么一眨眼又泪眼迷离了呢。难道在生她的气？哼，真是小气，不就是掀了被子嘛。

在小同为连长做的鞋快要大功告成时，令小同更加意外的事情发生了。连长在有意地拉开他和她之间的距离。他的眼神不再具有穿透力，曾经的穿透力隔着再多的嘈杂也能寻到小同，将满目的深情传递过来。穿透力忽然就消失了，像是一个武功高手，身上的功力转眼被神奇地抽取了，变成了手无缚鸡之力的人。即使中间没有嘈杂的间隔，不需要目光顽强的穿越，连长也不去触碰小同，不和小同的眼神对接。匆匆忙忙的，让它们以百米的速度逃掉，只留下一具毫无生气的身子，在小同的视线里。

小同错愕了，茫然了。她不敢相信连长的表现是真实的存在。自从认识了连长，她变成了一个爱做梦的人。就是了，冷漠的连长一定是梦中的。母亲常说，梦是反的。比如，梦见生病，往往是健康的象征。所以，让她产生梦想的那个连长，一定还是原来的样子。怎么会说变就变了的呢？连长吹在她脸上的气息还在，掌心里的温度还在。既然是梦，那就赶紧醒过来吧，她不要冷漠的连长，不要逃跑的连长。

醒来啊——

村西的水坑，水坑坡上的柳树，水坑边上的坯子，她需要它们的帮助，帮她走出梦境。

一小垛坯子依旧在，坯子身上的塑料布却不在了，不知道被风刮跑了，还是被人揭走了。泥坯子无力抵挡昨日的一场雨，不再是齐整的，不再是规规矩矩的，没有了漂亮的形状，几乎成了一摊保持站立姿势的泥巴。它摇摇欲坠的样子，让人见了堪怜，哪怕再经历不大的一场雨，就会倒下了。

这也是梦中的情景，是不是？小同问垂着头的柳树。柳树不语，将头更深地垂下来。你说话啊！小同去摇晃柳树。飞舞的柳枝坚忍着头晕目眩的感觉，咬紧了牙关，拒绝从它们的嘴巴里流泻出小同要的那个答案。它们不忍心啊。

小同停止了，不再摇晃无辜的柳树了。她从它们坚定的沉默中寻到了她要的答案：不是梦，一切都是真实的发生。

幸福像一只沙包，突然间打中了她。刚刚有勇气有信心把它揣在怀里，一只无形的手就把它夺走了。被幸福填得满满的心啊，丝毫没有准备，遗留下一个空空的大洞。填补空洞的，是万念俱灰。

摇曳在小同眼里对未来憧憬的火苗儿熄灭了，灭得干干净净，灭得纯纯粹粹，没有留下一颗火星儿。

没有对连长的任何诘问。该去的留不住，问了又如何呢？

小同又回到了过去的状态。空茫的目光飘得更加辽远，仿佛整个世界都不在她的眼里。机械地干活，机械地吃饭，机械地睡觉。

那天，去除一部分人到各户去起猪粪，大部分社员都扛着榔头去地里砸坷垃。小同恰恰被分到和连长一组起猪粪。不想，连长第一次驳了队长分配的任务。他跟队长说他的铁锹坏了，还是让他砸坷垃。有个汉子打趣地逗连长，铁锹坏了，用我这把，让猪粪熏熏，好再长高点！连长有点急了，我不换，我不能让您犯思想上的错误！然后兀自扛着榔头走了。

小同没有看到，连长比往日更加卖力地干活的情景。他高高地举起榔头，狠狠地砸向脚下的大土坷垃。额角的青筋暴起，整张脸毫无血色，原本憨厚的嘴唇固执地紧紧地抿着，不和任何人说一句话。见了这状况，爱耍贫嘴的人都离他远远的，谁也不愿吃饱了撑的去捅马蜂窝。

过了不久，连长和小芳定了亲。连长的家人说是小芳先中意连长，托媒人来说的，小芳的家人说是连长先看上小芳，托媒人来说的。后来，媒人透出话来，说是小芳家先托的她。大伙儿议论了一阵子，也就平息了。男婚女嫁，很正常的事，有啥好嚼头。有心思重的人翻来覆去品味这段姻缘，眼看着漠然低头干活儿的小同，自言自语冒出一句：可怜的孩子。

原来是小芳在暗中操作的。噢，明白了。一场冷雨淋在万念俱灰的小同的心上，阴暗潮湿浸透了薄薄的身子。好冷啊，小同瑟缩着，双臂抱紧了自己。原本，她的心就是阴潮寒冷的，是阳光温暖了它。如果不是阳光的出现，自己一路潮湿下去，岂不更好！经历了阳光的那份温暖后，才显现出来了新的潮湿的威力。也许，阳光的温暖是虚幻出来的。唯一真实的是那块红艳艳的头巾，以及那双未做完的鞋子。

二十三　恋爱夭折了（二）

　　连长家又开始在坑边脱坯子了。这一回不再是连长一个人孤军奋战，连长的父亲和哥哥都来帮忙。定了亲，就等于婚姻有了着落，房子的问题也就迫在眉睫了。父子几个人用队里的马车拉来黑土，再拎来水坑里的水和泥，边和泥边往泥巴里洒麦余儿（麦子脱下来的壳子）。麦余儿是用来增加坯子拉力的。将麦余儿和泥巴搅和均匀了，便可以用来脱坯子了。连长的父亲做洒麦余儿这些相对清闲些的活儿，更大的作用是指挥全局，这个儿子该干什么，那个儿子该干什么。不管是指挥的父亲，还是干活儿的儿子，脸上都是一副不爽的表情。父亲不爽，是觉得儿子们就是讨债鬼，一个一个地养大，大了就要娶媳妇，娶媳妇就要有住的地方。早知道养儿子这么累，悔不该当初没有管好自己撒尿的家什，欢愉的后果是孽债。一把老骨头都快给他们累断了，哪个还都不领老子的情。大哥二哥不爽，是因为他们娶了妻生了子，各自的日子驮在身上还压得喘不过气来，还要拿心力来管弟弟们的事情，有些心不甘情不愿。三哥的不爽是最深刻的，如果小四不从姑姑家回来，这个房子根本不用盖的，这个累也就不用受了。这是其一。其二是，先定亲的该是他，怎么会让老四抢了先呢？从连长的表情，也没有看出定亲的喜悦来。脱坯子现场就格外沉闷，除了老父亲偶尔发出指令声，几个男子汉都一言不发，和手里的泥巴较着劲。

仅仅是收工后的一个傍晚，脱好的泥坯子就像一个加强连的士兵，军姿威武地排列在了坑坡上的空地上。迎候着阳光的照射，等待着干燥的过程。

父子几个一个傍晚的心血，却在夜里被人为地破坏了。第二天，有人发现脱好的泥坯上印着深深的脚印，没有几块泥坯是完好的。有人告诉了连长的父亲，正准备上工的老爷子，噔噔一溜小跑，赶到了惨不忍睹的现场，只望了第一眼，一口气就窝在了胸口，好一阵子没有出来，老脸都憋绿了。老爷子生气的主要原因，不是因为一个晚上的心血白费了，而是得罪人了，所以有人暗中搞破坏。绿豆村谁家都有儿子，谁家都盖房子，谁家都脱坯子，但是，大家都是厚道的，都知道盖房子的不容易，谁和谁没有深仇大恨，绝对不会出来捣乱的。

哪个狗日的——

老爷子终于捯出了窝闷在胸口的那口气儿。

这件事在绿豆村迅速成为一件新闻。大家都在背后揣测，究竟是谁和连长一家人过不去。三队社员在肚子里揣测来揣测去，一致把目标对准小同一家人。小同和连长的相好，三队的社员都看在眼里。突然间就风云变幻了，小同一家人表面没有说啥，心里咋盘算的谁会知道呢。小同父母和连长父母的关系已经很微妙了，他们在千方百计减少近距离碰面的机会，即使不幸被分到了一组，到了碰面时，也是哼哼哈哈了事。

和三队社员想法一致的，还有连长的一家人。连长的父母亲以及连长的哥哥们，也把目标指向了小同家人。在一个队上干活，连长的家人把连长和小同眉目传情的那点子事，清晰地收进了眼底。连长的父母，觉得这是连长给自己出了一道难题，无论给出怎样的答案，都是不满意的。按说，小同无论是模样，还是品行，都是好媳妇的标准，配绿豆村任何一个小伙子都富富有余。可就是这样一个好媳妇的坯子，由于老土的原因，身上是有了瑕疵的。带着明显污点的美玉，谁都不愿意挂在自己的脖子上。于是，老夫妻暗中商量，如何破坏了这段姻缘。把美玉质地上的污点指给儿子看吗？毕竟许多年来，他们在感情上是亏欠了四儿子的，那份亏欠让他们不忍下手。下手的结果，既伤了连长，又直接伤了小同和小同的父母。唯一能做的就是不请出媒人来，不给他们定亲，不让两个年轻人的关系明朗化。然后，慢慢地想办法。

在连长父母亲左右为难之时，小芳横空出现了。小芳在模样上虽然比不得小同，性格上也略显泼辣了些，但是，连长娶了小芳，一家人的面子上也还过得去。为了不得罪小同的父母，连长的父亲暗中往外放话儿，说是小芳看上了连长，主动托了媒人的。言外之意，他们是无辜的。

却不想小同家人并不领情，居然背地里下黑手，连长父母和哥哥们岂有不愤怒之理。尽管愤怒着，还不能让愤怒有具体的指向，因为，你没有证据啊。

证据？是的，证据。

连长的父亲拿了一截小木棍，在泥坯的脚印上做了一个记号。然后把木棍揣在怀里，悄悄留意着小同父亲和小同弟弟，在两个男人出没的地方，趁着四下无人，蹲在地上假装提自己的鞋子，迅速取出怀里的小木棍儿，丈量印在土地上的脚印儿。经过丈量，连长的父亲发现，木棍儿的尺度和小同弟弟的脚印更加匹配。就是他了。吃过晚饭，老头子把几个儿子召集在一起，商量对策。无论如何，这口恶气也是咽不下去的。前三个儿子都说，找到小同的父母，亮出证据来，看他们怎样打发自己的儿子。意见很快就达成一致了，这时，始终置身事件之外的连长说话了。连长严重不同意父兄的做法，摆明了自己的观点，脚大小差不多的人多了，咋就肯定是人家呢？连长的父兄把连长的话放在嘴里，仔细一咂摸，还真有那么点意思呢。因为是撕破脸皮的事情，理应慎重些。老头子抽出含在嘴巴里的烟袋，啪嗒一声，烟袋锅子和鞋底子有了一个亲密的接触，接着脱坯！

连长父兄默默地收拾了一地的残局，重新和泥，重新脱坯。观望事态发展的社员们，预料中的那个高潮没有到来，有一些淡淡的失落。

这个时候的连长家人是空前团结的，外界的力量，让兄弟四个紧紧地团结在了老父亲的旗下。因此，每个人乖乖地顺从了老子的安排。今晚，"值班"的是连长的大哥。所谓值班，就是猫在夜色中，看守着脱好的泥坯子，同时，也是等待着破坏者来上钩，捉他个现行。

连长大哥的身子靠在坑坡的柳树上，初时，两只眼睛还像猫头鹰，在漫漫夜色中搜寻着猎物。后来，便越睁越小了。最后，彻底合上了，留下两只耳朵警醒着。

当警醒的两只耳朵将信息传递给连长大哥时，连长大哥睁开了一双迷蒙的眼睛，伸手摸了摸，身上没有被子，身下也没有炕，只捞到一根树杆。手触到树杆的刹那，猛然间就清醒了。噗噗声依旧，一条黑影正在他们脱好的坯子上跳来跳去。王八羔子——连长大哥一声怒吼，如一条斑斓猛虎，以迅雷之势朝着黑影扑了过去。

完全出乎黑影的预料，他是没有防备的，还来不及逃窜，就被猛虎按在了爪下。连长大哥扬起榔头似的铁拳头，正准备先将黑影捶打个痛快，不料被另一只手抓住了。

大哥，放了他吧。

竟然是连长。连长大哥好不气恼，手臂上运足了力气，想甩掉连长的钳制。不想，一甩，两甩，都没有成功。便更加恼怒了，你狗日的是哪头儿的，往后你的破事儿大爷我还不管了，房子爱盖不盖，媳妇爱他妈娶不娶！骂完了，拔起身子，走人。这时，地上自由了的黑影儿，晃晃悠悠站了起来，凑近了连长，用沾满泥巴的鼻子抵着连长的鼻子：

你谁啊，算你妈哪棵葱啊，谁用你管了？你以为你是我姐夫啊？就你这德行的还想当我姐夫，你也不尿泡尿照照你自个儿，配得上我姐吗！也就是和小芳那个贱人能配成一对儿，我告你，以后再敢招惹我姐，给我小心点，以为我们家没人啊？连瞅都不行，哪个眼珠子瞅了，我就挖你哪个眼，信不信，你?！

已经长成大小伙子的小同弟弟，两个拳头攥得紧紧的，准备好了随时出击。只要连长敢回应他的谩骂，或是敢有动手的意思。

出乎意料，连长一动不动，连任何的声音都没有发出。

是个爷们儿你就动手啊！小同弟弟在挑衅了，连长的无动于衷更加激怒了他。见连长依旧没有采取行动的倾向，血气方刚的青年用糊满了泥巴的手，捉了连长的手捶向自己的头，你打我啊，打啊！

连长终于被激怒了，好，我打！

一声怒吼，将手奋力抽出来，然后，左右开弓，狠命抽打自己的脸。噼噼啪啪，啪啪噼噼……清脆而又悦耳。

小同的弟弟被连长震慑住了，他没想到连长会来这一手。痴痴地看了会儿，悻悻地隐在浓厚的夜色里了。

接下来，一切都恢复了寂静。连长家的坯子一天一天地脱起来，再没有人出来破坏。

夜里，纺完了半斤线，小同继续做那双未完成的鞋子。每纳一针，牙齿都咬得咯嘣响。那双鞋子真大啊，两只小船一般。小同的小手握上去，显得格外堪怜。

小提灯照耀了太久，疲惫了，倦了，伸了伸懒腰，打了一个哈欠，准备睡去了。火苗儿突地跳跃了一下，委顿下去。窥视已久的夜色暗中惊喜，精神抖擞地扑奔过来，将自己可以随意变幻的身形，灌满了整间屋子。

唰——

一道光束穿越黑暗的脏腑，攫住小同，和小同手里的鞋子。

还做吗，我给你照着。

妹妹从睡眠中探出头来，手里举着一只铁皮的手电筒。

二十四　从环卫站到医院

盎然的绿意，填补了一个偌大院子的空旷感，满目皆是有条理的蓬勃。筷子高的小蒜苗，筷子高的小韭菜，筷子高的小菠菜，谁也不想出风头，谁也不想落在后头，看着左右邻居，有理性地生长，把激情按捺在心底。

好可爱，这些菜是用来卖的吗？

不卖，种了自己吃的。回头给小童老师割点儿，绝对的纯绿色食品，街上是买不到的。赵站长引着小童往院子的深处走，院子深处是几排平房。想象不到，环卫站居然像一个独立的小王国，城市的喧扰和它没有任何关系。被赵站长引着走进一间写有"站长室"的屋子，又被赵站长让到一把椅子上，小童从包里掏出采访本，一副开始正式对话的样子。赵站长将一杯热茶放在小童左手的小茶几上，绿茶，女孩子应该多喝一点儿。

站长的心思还挺细致，没看出来。小童看着漂浮在一次性纸杯里的绿茶，团成球体状的它们正在热水的浸润下，极不情愿地慢慢伸展腰肢。像一个个懒散的女孩子，被早上明媚的阳光叫醒了，打着哈欠赖在床上不肯起床的样子。小童的目光随着茶叶漂移，心思却在别处。想着如何在正式工作开始之前，上演一小段"别无用心"的花絮。

站长，我编的副刊不是有个《传说》栏目嘛，巧了，最近收到的这个传说，就是与您大舅在一起的那个神经病的媳妇有关的——神秘的树林。那天您送我回家，我也听您提到过的。

小童将纸杯捧在手中，那个很正式的工作对话就知趣地后退了一步，在旁边候着，观察着主人脸上的颜色和形体动作。准备着时刻进入状态。

小童老师对这个感兴趣？

赵站长该是受了小童形体动作的暗示，或者想着用杯子做个活跃气氛的道具，反正，他端起了自己专用的那只黑颜色的保温杯子。将嘴凑近杯沿儿，吹了吹，然后轻轻地呷了一口。

嗯，本来以为传说不过是个传说呢，听您说才知道并非空穴来风。那女人的娘家不是您老家那个村的嘛，她家里还有人吗？

父母好像早就不在了，她有个弟弟还在村里，妹妹嫁到外村了。

哪个村？

没记错的话，应该是土豆村，就在我们村的西边。

够了，一次获取这些信息已经足够了。既然是花絮，总不能让它唱主角吧。小童扫了一眼打开的采访本，放下手里的杯子。此时，杯子里的绿茶已经完全是打开的了，一片片狭长的绿叶，挤挤挨挨，互不相让的架势。随时候命的正式对话读懂了主人的眼神和肢体语言，赶紧复位。

哪天您回老家，要是不嫌被打扰的话，我跟您去看看那片林子。

欢迎被美女打扰。

好了，开始工作了。

采访进行得远远没有"花絮"顺利，被不停地打断。忽然间，不知道从哪里冒出那么多的人来，他们一个个像走马灯似的，这一个刚走，下一个马上就进来了。向站长汇报工作的，要站长签字的，反正，名目繁多。赵站长只好一次又一次地向小童报以歉意的微笑。小童发现，歉意的微笑开在那张坚毅的脸上，倒是多了好几分的生动。他和 Rain 一样，会在第一时间抢了女孩子的眼神。而方远则是不同的，他没有女孩子喜欢的偶像派或者硬汉派的外表。但是，他是亲切的，是和善的，会像小雨一样，把他的爱丝丝浸入到你的心田里，把你的心泡得软软的、酥酥的。方远，此刻的方远，在干什么呢？这两天的电话和短信都少了很多，早上她主动给了他一个短信，问儿子是否好了。他回复说，快了，再调养两天。她又问，真的不用我到医院去看看。他说真的不用，宝宝要乖乖的。

刚才，就在刚才，方远的名字就含在自己的嘴巴里了，几乎就要脱口而出了，所以，她及时制止了"花絮"的继续。她害怕从赵站长那里获取有关方远的信息，而那些信息是她一时无法承受的。尽管她知道自己已经无法停止了，已经被那个有着深深冤仇的神秘女人吸引了，可是她还是抱着一线幻想，所有的残酷不会和方远有瓜葛。这样，对自己是不公平的。

一次性杯子里的绿色茶片安静了，这一片和那一片适应了狭仄的空间，当努力的排挤不成功后，就默认了无奈的现实。

赵站长，您这么忙，改天再约时间吧。小童合拢了采访本，站起身来。

让小童编辑白跑一趟，多不合适，一会儿就完了。赵站长将注意力从给他汇报工作的人转移到小童身上来，歉意的微笑更深刻了。

不是，赵站长，我也还有其他的事儿，跟人约好了。我听您电话招呼，您放心，您对我的承诺还没兑现，我咋能轻易放过您呢？

你真有事？

嗯，真有事。

小陈，给小童编辑割点菜带上！

小陈是那个接小童过来的司机。每有采访活动，一般都是被采访对象来报社接的，这几乎成了 D 城的规矩。小童也乐得享受这个待遇，开自己的车，油钱谁给报呢。

年轻的小陈，不知从哪个房子里冒出来，应了一声，准备找家什给小童割院子里的菜。

等一下，小陈——

小童叫住他，回头对着赵站长，菜割掉了一块，就破坏了它的整体美，还是留着吧。

不愧是副刊编辑，充满了诗情画意。赵站长的脸上现出一个很俏皮的表情，一忽悠，就消失了。

让小陈送我回去就好了。小童已经往门外走了，背对着屋子里的人，扬起一只手臂，示意她走了。

她既是时尚的，又是特别的。赵站长送出去一个悠长的目光——慢走啊！

小童没有回报社的意思，让司机小陈把她放在距离方远家最近的一家医院门口，说是要看望一个病人。看着司机小陈绝尘而去，站在医院门口的小童，诘问自己，真的要进去吗？嗯，真的要进去。本来，她可以耐心地等待赵站长，把等待的每一个空隙穿起来，完成她的采访任务。可是，为了此刻的进去，她失去了等待的耐心。当时自己并不觉得，真正站在了医院门口，才知道失去等待耐心的原因。

不就是进去嘛，小童甩了一下短发，将两只手插在牛仔裤的口袋里往医院的深处走。

他没有告诉过她是哪家医院，她也不打算问。就这样一家一家地找过去，如果他和儿子确实在医院，她相信，一定会找到。D 城就这么大，医院就这么几家。迈进 D 城这家二甲医院的第一步，小童就抱定了一个信念，也许这只是一个开始，不怕，她有足够的毅力从开始走到结束。

她只是想找到他和儿子，看到他和儿子，并不想打扰他和儿子。在门口，看一眼，就走。

找人的感觉是一只放大镜，把医院一下子放大了十倍，甚至百倍。小童从住院部的一楼开始找，眼睛从病房门上的玻璃窗口上一一掠过。就这样掠过，一段又一段的剪影，哪一段都不是自己要寻觅的。只好转换场景——从九楼坐电梯下来，小童很奇怪，自己并没有沮丧，没有打算要放弃。希望在一片又一片的窗口落空后，并没有撼动刚进入时那个坚定的信念。信念依旧是坚固的。

带着坚固的信念，小童马不停蹄地赶往了下一个医院，D城唯一的一座三甲医院。以同样的方式，在这家医院的窗口上一一掠过，遭遇了和第一家医院相同的结果。难道方远的儿子根本就没有住院吗？如果是，他为什么要骗她？已经是将近中午了，病房里守候病人的家属，开始三三两两地出来，手里拎着饭盆，走在去医院餐厅的走廊上。小童不觉得有丝毫的饥饿感，心中有一股力量，正以它的旺盛和强大，使得其他的感觉变得微不足道。小童想向自己要一个结果：在医院里亲眼看到方远。

出租车——小童把手臂伸向一辆行驶的出租车。

小童，你怎么在这儿？

小童一转头，居然是方远。才几天不见，这个白胖的男人仿佛瘦了很多，而且，一脸的倦容和憔悴。

儿子的病，不好吗——小童迟迟疑疑地问出了这句话。

没事了，马上要出院了。我不监督着你，这两天有没有好好吃饭呢？你出来干吗？

想给儿子买点东西。

你买的东西呢？

在超市转了一圈儿，没想起买啥来。

我帮你去买？

不用了，替我把你照顾好就行了。出租车——方远伸手拦下一辆没有载客的空车。

回报社，还是家里？

报社吧。

师傅，麻烦去一趟报社。

小童上车时，方远做了一个温暖的动作，将一只手挡在车门的上方，防止小童的头撞在车上。

看着出租车远去的背影，方远张开嘴巴，吐出一股绵长的浊气。小童，这个让他深爱又惆怅无限的女人，竟然跑到医院来找他。看来，她对他正渐渐地丧失了信任。都是那个破传说惹的祸！自从它在小童的生活中出现，一切都不再是原来的样子了。不再是了。

小同，是你在报复我吗？你要夺走我的幸福，是不是？

二十五　小同相亲了

　　小同嫁的汉子叫大壮。大壮是邻村外号叫"狗逼"的人的儿子。何谓"狗逼"？狗逼乃"尖"（吝啬）也，许进不许出也。小同的母亲给小同选中这门亲事自然有她的说法。她认为连一根柴火叶儿都当成宝贝的人家的日子肯定错不了，大手大脚是过不起日子的。小同的一家人听媒人绘声绘色地描绘着那家人，说"狗逼"家里的做饭烧火看灶坑。看灶坑干啥？省柴呗。小同觉得好笑，她只当母亲和媒人在讲一个笑话，这个笑话无论真不真实，都与她无关。媒人最后提到大壮。小同一直没听清从一张薄片嘴里出来的大壮是怎么一个人。是她没有耐心去听。大壮好像没有和他父亲一样响亮的外号，也不经常撅着屁股看灶坑的火，然后拽出多余的柴，在柴上倒上两瓢凉水，让火熄灭，留着下顿再烧。那他是怎样一个人？小同没有去想。管他大壮小壮呢。他们离小同太遥远，遥远得小同想一下都会觉得头疼。也许是母亲告诉了小同相亲的日子，也许没告诉。媒人来过的第二天中午，母亲告诉小同换件干净衣服，刚喂完猪身上带着斑斑猪食点子的小同，一时没弄明白母亲话的含义，也就没吱声。母亲刚要发作，忽见几个孩子跑来通信，小孩子们跑得满脸通红地喊："来了，来了！"小同的母亲忙收了脸子，匆匆进屋拿来一条湿毛巾，噌噌地擦着小同身上的猪食点子。小同还是不明白，到底谁来了。一会儿，媒人领了一个小伙子踏进门来。再一会儿，小同发现她的本家们也都鱼儿一样游进了她家。本家的里边，其至包括多年没有语言往来的叔叔。长辈们一字排开，整整齐齐地坐在炕沿上。被媒人唤作大壮的男子反客为主，一杯一杯地给长辈们斟茶倒水。被母亲拉进屋的小同，看着那些水杯子，在想，母亲不知何时把柜子底下的杯子倒腾了出来，洗得这般干净。这套瓷杯平时是不用的，只有家里来了要紧的客人才拿出来。等人一走，母亲又把它们装进盒子里，小心地放到柜子底下。小同还发现，叫大壮的男人跟他的名字并不是很协调。用眼的余光，小同看见大壮不时地朝她站的角落偷窥几眼，整个动作只需几分之一秒。小同觉得大壮瞟她的眼神跟老鼠的眼神很相似，发贼。给屋子里的长辈倒完了水，大壮规规矩矩地坐在跟长辈对面的一只方凳上。问话开始了。问话以叔叔为主，其他长辈为辅。尽管叔叔在心理距离上早和哥嫂一家人是遥远的，但是在所有的长辈中，他的血缘关系是最亲密的。只有作为长辈的叔叔主持这场严肃的问话，才是合情合理的。很多时候在绿豆村，合情合理的位置是比人情味道的位置还要高的。

长辈问：今年多大了？

大壮答：二十一了。

长辈问：家里弟兄几个？

大壮答：三个。我是老小。

长辈问：家里有几间房子？

大壮答：三间。

长辈问：宅子有多长？

大壮答：十七米。

长辈问：一天挣多少工分？

大壮答：十分。

长辈问：队上有多少人？

大壮答：老少二百〇五口。

……

长辈们的表情既严肃，又努力地做出慈祥状。所有该问的问话问完，媒人适时地插科打诨了一阵子。大壮在媒人的暗中示意下，又给每个长辈的杯子里添了水。之后，媒人领着大壮出了屋子。大壮踏出屋门时，小同用眼的余光看见他瞥了自己一眼。

母亲征求每一位长者的意见。长辈们吸溜溜地喝着茶水，不住地点头，说小伙子脑子挺灵光，人看上去挺厚道，是个能吃能干的人。母亲的脸上漾着不多见的笑，说："这就给媒人回话，就这么着。"长辈们哼哈了几声，扔下一地的旱烟屁股走了。小同不舒服极了。是大壮的几瞥把她弄得不舒服的。小同又想到了偷粮食的老鼠。

"大壮"两个字浅浅地印在了小同的记忆里了，当然，还有大壮脸上长着的两只鼠样的眼睛（她认定五官端正的大壮是鼠眼）。至于叫大壮的男人跟自己有什么瓜葛，小同懒得去想。忽然有一天，母亲叫小同。小同走过去一看，母亲正在摆弄一堆鞋样子。一本很旧的大书，每隔几页，都夹了几张大大小小的鞋样子。母亲一页一页地翻，叫小同帮着选。小同好奇怪，母亲怎么突然想起让她选鞋样子呢。母亲一张一张地挑，拿起一张，摇摇头又放下，又继续往下翻。小同木头一样戳在母亲身后，她不知道母亲在给谁挑鞋样子。她也不想问。母亲最终选定了一副鞋样子，举着问小同："用你爸爸的鞋样子，我瞅你爸和大壮的脚差不多，你说呢？"原来是给大壮做鞋。小同轻轻地嗯了一声，心说挑好了还问我。她想走，可她发现母亲手里举的鞋样子分明是举给她。她装作没看见。母亲一把揪住小同的衣襟，把鞋样子连同一堆做鞋用的布料、绳子之类塞进小同怀里，甩给小同一句话："做好点儿，别让婆家人笑话。"

小同早已习惯被人淡忘，被人忽视，她不想因为一双鞋子和母亲发生冲突。鞋子她是不想做的。给连长做鞋时，她用尽了力气，她太累了，再也没有力气给男人做鞋了。她为了给母亲给家人一个交代，在下地干活时，故意用镰刀砍伤了自己的手指。

象征性地安抚了一下自己的肚子，又喂饱了圈里的几头猪。小同举着受伤的手指，出了家门。这时，天已经黑透了。今晚的她，可以以手指受伤为借口，给自己放一个晚上的假，不用再让她的那架纺车嗡嗡地转起来。一缕头发散落下来，遮住母亲颧骨凸起的半边脸。一袭不知道用了多少个夏日的竹门帘，边角包了五六厘米的布边，毫无生气地从门楣上垂挂下来，遮挡着屋外嘤嘤的蚊蝇们。盘腿坐在炕上纺线的母亲，被竹门帘分割得支离破碎。裸露的半边脸的表情，呈现着深度的憔悴。母亲大概是知道小同出去了，她的头没有从永无止境的嗡嗡声中拔起来，默许了小同可以有一个轻松的夜晚。母亲的不制止就是不反对。一向沉默的父亲在地上，分享了一部分煤油灯的光芒，敲敲打打着手里的活计。父亲在制造一架新纺车，新纺车是妹妹的。新纺车做成的那天，意味着妹妹会和小同一样，从此过上每晚要纺半斤线的生活。妹妹抗拒父亲做纺车的行为，用脚踢着地上的零零碎碎的木条木块，说要等到小同出嫁了再纺线。小同出嫁了，她就可以用小同的那架纺车了，再做一辆新的纺车是浪费呢。可是父母已经等不到小同出嫁再让妹妹纺线了。妹妹已经到了给家里创造价值的年龄，再等，他们唯一的儿子眼看到了娶亲的年龄了。用"大钱"的日子就要来了，农家日子的大钱要靠口挪肚省才行，要靠齐心合力一分一毛地积攒才行。在攒大钱的背景下，妹妹相对轻松的日子画上了句号。

纺线是女人的活儿，小同没见谁家的男人像女人一样，盘着腿儿坐在炕上纺线。也是在这个大背景下，弟弟才会有时间，利用晚上难得的闲暇时间，偷偷地溜出家门。

纯净的夜晚，间或掺杂着几声狗吠。蛙儿们在沟渠里开始了歌唱比赛，谁也不服气谁，蹲在制高点上，鼓着肚皮吼出自己的气势。举着受伤的手指，绕过村西的大水坑，小同把自己的身子融进玉米地里。大水坑被她抛弃在身后，她就要抛弃它。连同坑边上的伙伴们，都不要了。不要了。沿着垄沟儿，漫无目的地向西走。宽大的玉米叶片像是家里挂着的竹帘儿，将天上的星光和月光分割成条块状。玉米叶片做出亲密的拉拽动作，穿着半袖素花衬衣的小同，胳膊上有锯齿划过的感觉。但是，她并不躲避。连躲避的意思都没有。受伤的手指的痛，玉米叶片划过肌肤的痛，这些痛还不够，她想让痛来得再强烈一些，再深刻一些。痛，会让她有一种享受感。会有马猴子或者鬼吗？她多么希望它们会从玉米地里突然蹿出来，吃了她的肉喝了她的血。哈哈……来吧，你们！

果然有了蛙儿和狗吠以外的声响。玉米叶子被拨动的哗哗声，夹杂着你来我往的低语声。一男一女发出的声音，尽管是刻意压抑的，小同还是听出了八九分的熟悉。

它们是她非常熟悉的声音，尤其是男声，那么像弟弟发出来的。女声却是一时蒙住了，小同没有在第一时间把它和村里的哪个女子对上号。

不想和他们碰撞在一起，小同便轻着脚步进了一侧的玉米地。玉米地里垄间套种的豆子生长得正繁茂，小同蹲下来，把自己变成一株豆子。豆叶上的露珠儿亲吻着小同，每一个吻都是湿漉漉的。被露珠吻得潮湿的目光，透过叶片的缝隙，捕捉着越来越近的脚步。

别扶着，没事儿。

怕你沉呢。

大老爷们儿，这点分量小菜儿。还可以把你抱在怀里，信不信？

不信。

不信，你试试——

咯咯……

笑声经过嗓子刻意的减压，还是扑扑棱棱的，像小鸟儿般飞了出来。肆无忌惮地落在玉米宽大的叶片上，豆子的枝杈上，野草尖儿上，让它们跟着它一起快乐。

近了小同视线的一条影子，加快了脚步，故意让后边的影子来捉。

后边的影子显得很庞大，身上负了重物。重物刮到两侧的玉米秆儿，弱小些的玉米秆发出清脆的断裂声，成长的梦想就此画上了句号。

追上了，让你跑……

小同有些惊愕。因为她彻底认清了两条影子：前边跑的是娟子，后边追的是弟弟。

弟弟竟然和她的小学同学娟子在一起。

弟弟身上的重物是苇帘。他们从土豆村砖厂的方向而来，苇帘一定是从砖厂偷的。过去都是她去砖厂偷苇帘，弟弟最多也就是想窃取一下她的成果，从未见他自己去偷过一回的。他是第一次偷苇帘的吗？苇帘是偷给自家用的，还是给娟子的呢？

他们两个人在一起，是什么意思？在小同看来，弟弟和娟子是两个遥不可及的人，在一起的可能性为零。娟子是她的小学同学，比弟弟长上两岁。而且，娟子和小芳一样，怀着揣着的都是心机，弟弟怎么就和她在一起了呢？

她一定勾引了弟弟。娟子在家里是长女，下边还有三个妹妹，没有一个男仔。弟弟呢，这两年出落成一个挺拔的小伙子，又是父母的独子，姊妹出嫁后，没人和他争执财产，更不会有别人家普遍存在的妯娌间的战斗。有了这些优越的条件，弟弟的媳妇是不难讨的。还有重要的一个原因，娟子嫁在了本村，等于给她家里讨了半个儿。

两条快乐的影子远去了，小同站起来，变回了她自己。轻叹了一声，往回走。她有些拿捏不准，自己要不要提醒一下弟弟呢？或者暗中提醒一下父母，让他们来阻止一下弟弟。原本，她是没有心思来管别人的事情的，即便管了，也未必就会发挥作用。但是，想到弟弟曾经为她去大水坑边搞破坏，小同就觉得还是管一管的好。怎么说，也是尽了做姐姐的义务。

二十六　核里的幸福和疼痛

儿子并没有住院。那是方远对小童撒下的一个谎言。

上个周六早上打给小童的电话，小童说去采访，拒绝了他们的周末相聚。第一时间，方远就判断出来，小童在骗他。她想逃避这个相聚，不想见到他。小童不对劲了，从相恋两周年纪念日上就不对劲了。他相信，她是爱他的，所以，她才哭得那么投入。但是，他也相信，她对他的爱遇到了麻烦，所以，才哭得那么绝望。

挂了电话的方远慌乱了。爱这个女人是他一生的梦想，他不能失去她，要想尽办法挽回她。于是，他别无选择地跟踪了小童。

一路跟着小童在外环上没有目的地闲逛，然后看小童在立交桥下停了车，近了桥下流浪人的身边。那一刻，方远的心狂跳，几乎要寻个路径逃离他的胸腔了。印证了方远的担忧，小童的变化果然和传说有关。靠在桥墩上画画的男人，方远认识，是他老家芝麻村的大壮，小同的男人。而小同，就是神秘传说中的女子。这个男人，从他少时就疯了，一直疯到现在。小童是怎么知道这个疯男人的？背着他接近这个传说，说明她已经嗅到了和他有某种关系的气息。这个传说里的女人，是他的，是疯男人的，是芝麻村的。她不属于小童，她和小童没有任何关联的。所以，小童没有资格走进他和他们的传说。传说里叫小同的女子，是他苦心包裹的一个核。核里有他的梦，有他的痛。曾经以为梦只是梦了，不想，两年前小童出现，让他品尝了梦的美好，梦的甜蜜，便对命运充满了感激。

最初见到小童，他以为是小同转世了。一样的眉毛、一样的眼睛、一样的脸型、一样的长发。稍稍不同的是，小童的长发是飘散着，小同的长发被编成了麻花。哦，不，他最后一次见到小同，她也是披散着头发的。因此，方远在第一时间震撼并且惊诧了。然而，方远早已经是成熟的方远，久经了世事的他，努力地镇静了自己。镇静下来，才发现，这一个小童和那一个小同是有区别的。这一个小童是现代的小童，眼神儿里没有阴郁，尽管眼底凝结着淡淡的忧伤，并没有削弱阳光的亮色。这不是巧合，一定不是。这一个小童是上天送给他的礼物，上天让他在她的身上，来完成他的爱。给他一个爱的机会，同时，也是给他一个赎罪的机会。他亏欠了另外的一个女人，在这一个女人身上，以纯粹的爱来弥补。他当然懂得上天的意思，于是，他爱了。忘我地爱了，义无反顾地爱了。深刻地爱着，偶尔会打开包裹着的那个核，看看核里的痛是否已经减轻了，是否已经销声匿迹了。

想不到，小童会突然伸出手来，要剥开他苦苦包裹了几十年的痛。

不要过来，不要——方远抗拒着那只伸过来的手，紧紧地护住他包裹里的那枚核。它是属于他自己的，谁都不可以看。不可以。

看着小童离开疯男人，看着小童钻进了沃尔沃，看着小童进了一家名字叫"恒等式"的理发店，看着小童把沃尔沃停在马路上睡觉……晚上的小童，两根麻花辫垂肩，一副抑郁的神情，一直向西。简直就是当年的小同。

当年的小同，就是这样从街上走过，经过他的家门。只有七八岁的他，正坐在院子里的一只小板凳上。他不喜欢去街上疯跑，不喜欢大多数孩子做的事情，喜欢一个人安安静静地坐着。坐着看天上的飞鸟、云朵，然后想，小鸟为什么会飞呢，云朵为什么会跑呢？这些问题，比糖果对他的诱惑力还要大。所以，只要有时间，他就让自己陷入在那些美妙的遐想当中。就是这个时候，梳着麻花辫的小同出现了。正是收工的钟点，有一些社员零零散散地经过了他家的门口，他完全没有注意到他们。他的心思不在门口，不在那些经过的人身上。可是，小同经过时，他一下子就注意到了。天上的云怎么就镶上红边了呢，谁给镶的？一定是仙女。他猜对了，因为他惊奇地发现，真的有一个仙女走进云朵里了。七八岁的方远急了，从小板凳上站起来，追出了院子。

等等——

仙女果然回头，看了他一眼，又接着往前走了。这个仙女，梳着和村里好多人一样的麻花辫，肩上扛着一个锄头，要去哪里呢？七八岁的方远就跟在后边，想看个究竟。走着走着，仙女就拐进了一户人家。那户人家，七八岁的方远认识，是大壮的家。忽然间，小方远就明白了。仙女不是从天上下来的，她是大壮的媳妇。前些天，村子有人家放鞭炮，小伙伴都往放炮的人家跑，连方远的哥哥也跟着跑。说是大壮娶媳妇了，要去瞧媳妇，要去抢糖吃。只有七八岁的方远没有去，在心里，他有些轻蔑那些凑热闹的人。人很多，糖很少，就为了抢到一块糖，说不定还要被踩掉鞋子。为争夺一块糖，打起架来，在小孩子之间，也是常有的。以这种方式抢糖块，一点儿意思都没有。还有瞧新媳妇，也提不起小方远的兴趣。他不认为新媳妇有啥好瞧的，是因为他认为新媳妇没有一个好看的。新媳妇不过是和村里其他女人一样的女人，"新"不了几天，就变成"旧"女人了，开始让肚子大起来，开始粗着嗓门说话。刚生完孩子，就晃着两只明晃晃的奶子，不管是人前还是人后。哥哥空手而回，没有抢到糖，在小方远的意料之中。在他意料之外的是，哥哥不仅没有沮丧，还飞扬着神采，说你没有看到新媳妇吧，那新媳妇长得可俊了。哼，能俊到哪儿去呢，七八岁的方远才没有往心里去呢。

看来，哥哥的话没有错。大壮的媳妇岂止是俊，简直就是仙女。普通又普遍的麻花辫梳在仙女的头上，效果就是不一样。不一样的，还有仙女的眼神。在她回头看他一眼时，他就捕捉到了她眼神的特别。他还只有七八岁，还无法用准确的词汇来表达她眼神的特别。但是，那种无法形容的特别一下子就打动了他。

这样的一个仙女，会是大壮的媳妇。所以，当七八岁的方远确定了这一事实后，站在大壮家的门口，伤心地哭了。

因为，他发现，他爱上了那个女人。

从七八岁就爱上了一个女人，然后，让这个女人占据了他爱的空间。不管以后岁月如何变更，世事如何变迁，那个女人始终在他爱的空间里，不曾遗忘，不曾陈旧。方远不相信，真的不相信，他的一生只会爱一个女人。很长一段时间，他甚至觉得，幼年时期产生的懵懂的情爱，不是真正意义上的爱，之所以那个女人把他的心占据得满满的，是缘于他对女人的亏欠。他用他的沉默杀死了她。尽管这份沉默是独属于他一个人的秘密，但是，他的良知长了嘴巴，隔三岔五就跳出来，咬上他一口。疼痛感提醒方远，对女人的愧疚从来不敢淡漠。就是了，他以为后来对女人更多的是愧疚，以为后来会爱上新的女人。小学结束了，中学结束了，大学结束了，方远悲哀地发现，他丧失了爱上新女人的能力。每一个新的女人，他都会拿来和占满他空间的那个女人来比较，每一次比较的结果都令他失望。只好接受那个他不愿意承认的现实：他的心早就不再属于他自己，再也腾不出空隙来爱别的女人。

该结婚时，结婚了，只是和爱没有太大的关系。满满的爱，真切而又酸涩，夜来寂静时诉与一纸素笺。排列长长短短的句子，倒也让他沾染了几分诗意。

被误解成一个男人中的模范：工作干得有声有色，小诗歌又写得有情有调，偏偏这样一个优质男人，是一个见了女人从来礼让三分，从来没有发生过绯闻的人。女人们无不嗟叹，嫁人当嫁这样的人。方远，D城法院的方副院长，乃人间极品男人。

忽然间就发生了离婚事件。被误读的男人，来了一百八十度的大转弯。他把他的另一面指给人看——它是完全陌生的：为了爱情，他几乎放弃了所有。仕途、名誉，都无法阻拦他义无反顾的脚步。

方远的心在簌簌颤抖，既然是义无反顾，注定是没有回头路可走。绝对不能让小童走进他包裹着的愧疚与疼痛，不能让她看到它们的真实容颜。那个环卫站的站长，因为是左右两个村住着，也算是老乡，多多少少有了些耳闻。小童去找他，想是工作上的事情吧。不想，小童给他来了个撒手锏，出了环卫站奔了医院而来。或者去看生病的同事，朋友？方远宽慰自己。

可是不像是去看同事和朋友的样子，小童又奔了下一个医院。很显然，她是在盲目地寻找什么。除了他，还有什么让她这样费力寻找呢？

方远，不得不现身了。

二十七　女婿上门了

　　家里没有多出苇帘来。也就是说，弟弟的苇帘是背给娟子家的。能让弟弟去背苇帘的人，说明在他心里是有着极高的位置的。小同不知道如何发出自己的声音，以达到提醒弟弟和父母亲的目的。下了工的小同一个人在后边，走得犹犹豫豫。走到快进村子了，仍然没有拿出一个满意的主意来。

　　五队的社员也下工了，他们一个又一个地经过了小同。在这些经过小同的五队社员里，就有娟子。作为五队社员的娟子，不止一次地经过小同的身边。每一次的经过，都当小同是以空气的形式存在的。而现在不一样了，她和小同有了某种牵连，再拿小同当空气，就有点说不过去了。她要找机会软化和小同的僵硬关系，为她将来的顺利进驻做好铺垫。她知道小同在家里的作用不大，但有时候说不定一枚小石子也会发挥超乎寻常的铺垫功能呢。至少小石子被打磨得光滑了，走在上边不会硌脚板了。

　　小同，收工啦？

　　娟子缓下步子，保持着和小同并列的姿势。

　　有预谋的打招呼。小同在第一时间给娟子的示好定了性。小同真想啐她一口，就像当初在上学的路上，她和小芳联合起来啐自己那样。不，要把唾沫啐在她的脸上才过瘾。小同下意识地闭紧了嘴巴，唯恐愤怒的唾沫会从嘴巴里飞溅出来。

娟子的示好遇到了一个小小的挫折，不怕，再来一次。

小同，一直想找个机会和你说说话。过去小，没有主意，都是小芳撺掇的才冷了你。现在我才看清了小芳的真实面目，真是替你不平呢。

你，究竟想说啥？

小同做了一个吞咽的动作。一口裹挟了浓烈愤慨的唾液，被她吞进了肚里。她已经很多年没有表达过愤怒的情绪了，有些生疏了。

闷葫芦开了口，就是有希望的。娟子有了几分的得意和兴奋——那个女的真是不要脸，咱村人都知道你和连长先好的，天底下没男人啦，非得抢别人的男人！你就是老实，要是换了我，坐她家炕头上骂她三天三宿的。

连长是小同不可触摸的一个痛。那个痛正在化脓，娟子的话是有形状的，像手指一样捅到了化脓的伤口上。小同的灵魂发出一声惨叫——

住嘴！你和我套近乎，不就是想和我弟弟好嘛。我告诉你，门儿都没有！

小同说完，加快了步子，快速地离开了娟子。不给娟子留下反击的机会。

夜里，小同坐在炕上，又摇起了纺车。小同的纺车摇得心不在焉，心和眼神都是游移的。晚饭桌上，弟弟是安静的，吃过了饭，便出去了。多半又去找娟子了，娟子会对弟弟如何描述她们之间的相遇呢？

要不要在弟弟回来之前，向父母做一个告知呢？小同的线纺得有点纠结，纺出来的线坨儿没有往日那样滑润，疙疙瘩瘩的。疙疙瘩瘩和受伤的手指无关。

该发生的总会发生，不会因为小同的纠结绕道而行。

弟弟连同他的责难一起出现在小同面前：你凭啥管我的事儿，凭啥?!

小同摇动纺车的手臂，蓦然停滞下来，惊恐地看着弟弟。此刻弟弟的愤怒，比她在娟子面前的愤怒要胜出十倍、百倍。

把你个儿管好了吧，快出门子的人了，多想想往后咋和人家好好过日子! 我的事儿，不劳您操心!

父母亲听到弟弟的声音，双双赶了过来。

你个王八蛋，咋和你姐说话呢? 母亲的一只手，在弟弟的头上做了一个夸张的动作，高高地抬起来，轻轻地落下去。

爸妈，今儿我还就把话挑明了，赶紧把老大的婚事办了，我等着娶媳妇儿呢。

娶谁，你?

你们都认得，五队的娟子。

好儿子，你妈耳朵不好使了，没听清，刚你说娶谁来着?

娟子，五队的娟子。

啪——母亲的手臂再次抬起来，重重地落下去。

弟弟不躲，也不闪。目光如炬地注视着面前的父母亲。

爱情赋予了弟弟无比强大的坚定。他整整高出父亲半个头来，他的强大是身体和精神的双重强大。因此，当母亲把求助的目光转向父亲时，弟弟的坚定并没有丝毫的减弱。甚至，他的两只拳头已经攥了起来，发出咯嘣咯嘣的声响。它们在警告父亲，看清楚眼前的局势，不要再企图动用武力，你早就不是对手了。

父亲的脸在小提灯光芒的照耀下，变幻着颜色。从黝黑转化成黑红色，继而变成紫红色。随着转换，面部肌肉不停地抽动。

这是父亲暴跳如雷的前兆，谁都以为父亲会不惧儿子的，要灭灭儿子的威风。一场狂风暴雨就要来临了。

愤怒到高潮的父亲，忽然无限悲伤地说，你成仁了，我打不动你了。将无限悲伤的目光转向那个把自己裹在肥大衣服里的女人，小同妈，赶明儿把他姐夫叫来吧。

然后，父亲衰败着神情出了屋子。

"他姐夫"是谁？小同有一段时间没有反应过来。

第二天中午，"他姐夫"大壮真的来了。大壮骑着一辆大白杆洋车子，头上戴着一顶草帽，草帽上还沾着几片草屑。看样子，刚从地里回来，还没来得及换衣服。他不知道未来的丈人家发生了什么，捎话儿的人说有急事，便匆匆赶来了。

午饭是母亲亲自做的烙饼炒鸡蛋。小同母亲烙的饼真是一绝，焦黄的饹馇，瞅着就有食欲。这个绝招平时母亲是不用的，即使偶尔家里改善烙上一顿饼吃，母亲也是没有耐心去小心谨慎地呵护着大饼的质地和颜色的。只有家里来了重要的客人，家人才能见到母亲的绝活儿。

这顿午饭的主题不是吃，而是解决事儿。小同母亲的大饼炒鸡蛋就成了道具和陪衬。

"他姐夫"大壮盘腿坐在炕桌前，象征性地夹几筷子炒鸡蛋，得体地咀嚼着，让自己的耳朵保持了随时倾听的状态。聪明的大壮从小同一家人的神色上，判断出来他们要和他商量的是一件非同小可的事情，内心既有几分的受宠若惊，又有几分的洋洋得意。心绪复杂的男人，间或用眼的余光照顾一下坐在炕角上的小同。饭桌上只有小同的父亲和弟弟陪着他，小同母亲站在地上，给"他姐夫"夹菜让酒。小同和妹妹并排坐在一起，垂着头，手指缠绕在麻花辫的辫梢上。辫梢绕在手指上，松开来，再缠绕。仿佛那是一个非常有趣味的游戏，值得小同投入全部的精力，没有闲暇的眼神给炕桌前吃饭的大壮一个半个。

画儿一样的女子，就快成了自己的媳妇了。这个想法让大壮热血沸腾。不过，大壮很快就调整好了自己，把注意力又集中到围坐在饭桌前的几个人身上。

跟你大姐夫说说，你都干了啥好事儿？小同母亲终于挑出了话头儿。

我是偷了，还是抢了？小同弟弟梗起了脖子。脖子上的青筋扑儿扑儿地跳跃。不满的情绪既是对着母亲的问话，也是对着桌上的"他姐夫"的。"他姐夫"因小同而存在，小同是败坏他幸福的人。很自然的，弟弟就把"他姐夫"划到了他的对立面。坐在一个桌子上吃饭，就是给了"他姐夫"老大的面子。

黑着脸色的父亲决意不说话，只顾和酒杯里的劣质白酒较着劲。一盅儿接着一盅儿，想看看是白酒能打倒他，还是他能打倒白酒。桌上的其他，好像与他无关。

人家有能耐，自个儿找了一个媳妇，比他大不说，家里连个儿子都没有，赶明儿多吃累啊。

我倒插门给人当儿子去。弟弟的话可是成心在气人了。

大壮明白了此行的目的，这是让他拆掉小舅子的自主婚姻呢。是个不讨好的差事，明摆着会得罪小舅子。不得罪小舅子吧，又会惹得准岳父母不高兴，没有发挥"他姐夫"的作用。两边都得罪不起，需小心行事才行，弄不好就会被夹成馅饼。

先吃饭，吃完饭再说事儿。大壮只好先和稀泥，确保两边不在饭桌上打起来，一边殷勤地给脸色涨成一块生猪肝的老丈杆子（老丈人）添酒，一边说着村里大大小小的趣事。本来不是趣事，经过大壮那张嘴巴过滤后，就变成了趣事。他极力想活跃饭桌上的气氛，努力让一餐饭在和谐的氛围中结束。本来大壮不想在小同一家人面前过早展示他的语言天赋的，生怕哪句话有了闪失，让迎娶小同的路有了挫折。所谓言多语失嘛。今天遇到特殊情况了，没有办法，只有硬着头皮上了。

父亲不参与话题，面无表情地吃饭，面无表情地喝酒。刚才儿子的话差一点儿让他情绪失控，真想借着酒劲一把掀翻了桌子，灭一灭小兔崽子的威风。可是，父亲用极大的意志力忍住了。过去，自己把儿子当成一条废弃的口袋，不高兴了就捶打一顿。他记得最近一次的捶打，儿子释放出的仇恨的目光，像一把锋利的匕首，寒光一闪就插在了他的胸口上。不妨把难题交给"他姐夫"，借着这个机会验证一下"他姐夫"的办事能力。

见"他姐夫"没有帮着父母的腔，弟弟对大壮多少放松了戒备，偶尔会发出"嗯嗯啊啊"，以表示对大壮的应和。倒是小同的母亲，把焦急写了脸上。她千方百计地寻找着大壮的眼神，利用和大壮眼神对接的机会，把她的表达通过眼神架起来的通道传送过去。大壮朝着丈母娘悄悄眨了眨眼睛，意思是，您别急，我心里有数。

男人们吃完了，家里的女人们才上了桌子。

给他姐夫沏点水。母亲吩咐小同。

小同垂着头，吃着手里的一块饼子。饼子仿佛不是饼子，而是一块她叫不上名字的东西，无滋又无味。母亲对她说话了吗？她没听见，继续着无滋无味的咀嚼。

母亲只好自己拿了提前刷干净的大瓷缸子，从一只斑斑驳驳的旧茶叶筒子里搓出来一点茶叶末子，放在大瓷缸子里。想要去拎地上的暖壶，暖壶早已被"他姐夫"操在手里了。

您去吃饭，我来。"他姐夫"往大瓷缸子里浇着热水。

小同的弟弟这一时刻仰躺在炕头，闭着眼睛，齿缝间插着一根笤帚苗儿，嘴巴动来动去，露在唇外的一截笤帚苗儿也跟着晃来晃去。

大壮将第一杯茶水端给了老丈人，第二杯茶水放在了吃饭的丈母娘眼前。在撂下茶杯的瞬间，向丈母娘努了一下嘴儿说，我出去一下。

　　母亲就明白了，举着一块饼子追了出来，大声说茅房在柴火垛南边。然后，悄悄地递上耳朵，听女婿在她耳边耳语着。

　　尽管小同垂着头，母亲和大壮玩的把戏，很快就被小同识破了。每家的茅房大致都在同一个位置，这个是不需要引领的。即便需要引领，也轮不到母亲。母亲是最讲究程序的一个女人，女婿不是儿子，一言一行都需拿好了分寸的。她指使父亲或者弟弟去做引领者才对。

　　大壮不是父母请来拿主意的嘛，她倒要看看他传授给了母亲什么锦囊妙计。

二十八　小童病了（一）

　　方远的憔悴让小童心疼，也让小童感到怪异。不就是一个普通的肠胃炎，怎么就让一个做父亲的如此倦怠了呢。难道，根本不是肠胃炎？怕她跟着担心，才隐瞒了病情？这个想法像是一潭寒水，将小童的心泡得一抽一抽地冷。真是这样，她该为方远做点什么，即使什么都做不了，在他困难的时候站在身边也好。起码，可以起到一个支撑的作用。这样想了，小童便开始行动。所谓的行动，其实很简单，不过是向医院查一个名字——方海宁。那是方远儿子的名字，小童知道，海是大海的海，宁是安宁的宁。她听方远说过，儿子的名字是爷爷给取的。爷爷是传统的，按照祖宗沿袭下来的辈分给孙子取了名字，"海"是孙子这辈人中间固定的字。海的后边才是自由发挥的部分，爷爷取"宁"的含义是，希望孙子一生安宁，一生没有波澜，一生诸事顺利。方远很少提老家的人，老家的父母更是很少进城，只是过年过节时，方远才带着儿子回去看望双亲。她不去看方远的父母，可以有一个名不正言不顺的理由来搪塞，方远那样疏于打理亲情，小童就不解了。方远的解释是，从小就和老爷子不对脾气，在几个兄弟姊妹中，他是最不招老爷子待见的。所以，才埋头读书，一心一意要离开那个没有多少温暖的家的。他这个身份的人，在老家也算是有头脸的人物，光了宗耀了祖的。老爷子大概觉得过去对不起他这个儿

161

子，又不好放下老子的架子，尽管背地里拿着儿子说事儿，面对着儿子时总是有几分的不自在。因此，当老子和儿子的疏远依旧。方远如是对小童说。在给方海宁取名字时，方远本来是不同意老子按照老规矩给取的。老子也曾经是个"掌权"人，权力不在了，余威还在，儿子再光鲜也是老子的儿子。最终，方远只得顺从了老子，保住了老子的威严。只是，他们从此又疏远了一步。

小童很难想象，在老子跟前的方远，和自己面对的方远会有如此大的差距。一个曾经缺少家庭温暖的孩子，会对他自己的儿子，他自己爱的女人爱到细致入微，简直就是一个奇迹呢。

没有您要找的人。

大海的海，安宁的宁——小童赶紧拽回跑得有点远的思绪，对着话筒重复了一遍。

是，没有。

您确定？

确定。

然后，那边的电话就挂了。嘟嘟声叮叮当当地敲打着小童的耳鼓。

怎么会没有？

一秒钟的思索后，小童拨通了方远的电话。

——儿子的病真的没事吗？

——宝宝，你不信我的话吗？放心吧，没事。

——我想过去看看，就看一眼，站在门口不说话，不会让他知道我是谁的。

——你又没见过儿子，咋会知道哪一个是呢。

——你不是在吗？找到你就找到儿子了呀。

——我……现在没在医院。儿子由他妈妈看着呢。

……

162

——宝宝，放心吧，儿子明天就出院了。

小童就挂了电话。

她感到自己的一颗心更加寒冷了。只不过，这一回的寒冷不是因为担忧。不是。

手指在键盘上跳跃，一串和某某中学有关的数字清晰地显示出来。在最后一个数字键弹起来之前，小童挂掉了即将拨通的电话。没有意义了，还是不要核实了吧。突然有陌生人询问那孩子是否在学校，会打扰了那孩子，也会引起方远的警觉的。

方远——

小童轻轻地呼唤着这个名字。这个名字代表的那个人，像一朵从嘴巴里吐出的烟圈儿，刚开始是清晰的，渐渐地，就朦胧着远去了……望着袅袅自由飘散的烟雾，泪液慢慢濡湿了小童干燥的眼窝儿。

你说这是怎么回事？

小童问镜子里的小同。梳着麻花辫的小同，沉默不语，只用楚楚哀怜的眼神儿对着小童。

你凭什么选择我？是你，打乱了我的生活，知道吗？你这样做太自私了，你是个自私鬼。自私鬼！

推倒了菱花不再瞧；摘下头上的假发，扔进柜子里。不洗脸，不洗脚，把身子陷进宽大的双人床里，强迫自己进入睡眠。睡眠里没有方远，没有老土，没有雕塑男人。也不会有赵站长。不会，不会，什么都不会有。睡眠就像一块橡皮擦，会擦去所有和神秘传说有关的记忆。那个神秘传说不曾来过。

睡觉。睡觉。睡觉。

小童的确睡着了，睡得浑浑噩噩、昏昏沉沉。沉睡时，留有一丝知觉的潜意识暗自庆幸，尽管这是一个混沌的睡眠，但是混沌中并没有出现困扰小童的那些人和事。嗯，还算干净的一个睡眠。潜意识估算了一下，大致是午夜一点的样子吧，小童觉得身上发冷，潜意识就指挥着小童，给身上加了被子。被子的保暖效果没有维持多长时间，冷像一枚尖锐的武器，又袭击了小童。身子团缩成一个半球体，抵御看不见形状的敌手。很显然，小童的力量过于弱了，防护和抵御都没有阻止冷的进入。冷，所向披靡了。冷，得寸进尺了。干渴，是另一个敌手，眼看着小童被冷打得节节败退，也趁势跳出来，抖抖威风。

潜意识终于抵挡不住两个敌手的攻击，决定来唤醒主人小童了。

混沌中的小童想，不会是在梦中吧，传说中的女子又来撒雪片了？努力地回味了一下刚才的睡眠，好像不是，那女子没有来过，雪片也没有来过。身子是冷的，一团火却在喉管里燃烧着。喉管就不再是喉管，变成了一捆燃着的干柴——渴望水。

天啊，这是怎么了啊？

想睁开眼睛，无奈，眼皮仿佛被缝合上了，睁了几次都没有睁开。妈妈，救我！

妈妈在几百里外的另一个城市里，这个活生生的现实让小童绝望。上帝，谁来救我啊？

惊慌的手指一小阵有目的的寻找后，触摸到了枕边的手机。这是一通打给上帝的电话，让上帝来救自己吧。按下通话键，打给上帝的电话通了，发出嘟——嘟——声。上帝一定睡着了，怎么不来接电话啊。就在小童准备放弃时，手机里传出上帝慵懒的声音：

这么晚了，小童老师还没睡啊？

上帝，快来救救我，救救我！

你咋了？

我要死了。

告诉我你在哪里住，我马上过去！

我想想啊……

……

暖，像是长了触须，将小童的脸颊拨弄得痒痒的。这个上帝还真不错，一个电话就把她给解救出来了。在睁开眼之前，小童记起了她打给上帝的那个电话。

白花花的光在闪耀，小童不得不眯起了眼睛。视线弱弱地在一片白茫茫里穿行，渐次落在同样白花花的墙上，白花花的被子上，白花花的在行走的衣服上。衣服怎么会行走呢？定住了目光细看，原来是头戴燕尾帽的护士。美丽的她手里端着一个托盘，正在走向一个比她还要年轻的小女孩。小女孩靠在一个小男孩的肩上，锁着淡淡的眉头。

来，躺下，扎液了。美丽的护士对小女孩说。

在男孩的帮助下，小女孩顺从地放平了自己的身子，伸出一条细细的手臂。

美丽的护士从托盘里拿出一截橡皮管，扎在小女孩伸出的手腕上。然后，又从托盘拿出一朵棉球，在女孩的手背上擦拭。哦，在擦拭之前，美丽的她还做了一个动作，用手轻轻在女孩的手背上拍打。擦拭的部位，刚好是拍打过的地方。女孩看着护士做每一个动作，依旧淡淡地蹙着眉头，直到见连接着输液软管的针头被护士捏在手里对准擦拭过的血管了，才喊了一声，疼！惊慌地缩回了那只手。

听话，只有一点点疼。唇边刚刚长出胡茬儿的男孩忙着安慰女孩。

反正不是扎你！女孩狠狠地白了一眼男孩。

怕疼有本事别生病啊——美丽的护士重新捉了女孩的手臂，别动啊，一动针头拐里头拔不出来。

护士的恐吓果真起了作用，女孩不敢动了。眼里噙着一泡泪水，让一枚针头顺利地在她手背上安了家。吊瓶里的液体开始一滴一滴地输送进女孩的血管。见没有异常现象，美丽的护士端起托盘走了。转

165

身之前，朝着小童这边看了看。小童顺着护士的目光，看到自己床边也吊着一个吊瓶。目光沿着吊瓶向下滑行，滑过透明的塑料管儿，停留在一只缠着医用胶布的手背上。这是自己的手背吗？小童动了动，那只手背也跟着动了动。嗯，是的，是她的手背。

哦，明白了。此刻的她，正躺在病床上输液。她病了。

怎么到医院的呢？一定是"上帝"把她送到医院的。上帝呢，他是谁？是方远吗？不太像。她依稀记得上帝问她住在哪里，如果是方远，肯定不会这样问的。也肯定不是一个完全陌生的人，打出去的号码应该是存在手机里的。那么，这个有胆量送她来医院的"上帝"是谁呢？

小童环顾左右，寻找一张熟悉的面孔。没有，一张也没有。

除了方远，从来没有其他男人进过她的家门。小鱼？会是他吗？假若真的是他，他会不会趁着自己有病，没有反抗能力之时，对她做点什么呢？比如亲她一下。再比如，摸她一下。他要是那样做了，她会杀了他。

但愿不是小鱼，不是才好。可是，换成了其他人也未必就好，传出去好说不好听。不是特殊的关系，你凭什么要给人打电话呢？

事情有点儿复杂了。

二十九　小童病了（二）

对面床上的男孩给女孩擦着眼泪，女孩的眼泪越擦越多。好像女孩的眼泪不是自己流出来的，而是男孩擦出来的。他们是情侣吗？可是，他们看上去那样小，完全还是一副学生面孔。

一个人截断了小童的目光。

赵站长。嗯，是赵站长。

小童的目光和赵站长的目光对接的瞬间，脸绯红了。原来，她致电的那个"上帝"是赵站长。脸红，是觉得自己过于唐突了。

赵站长手上负荷着大大小小的几只食品袋，见小童完全地清醒过来，面部呈现出几分惊喜的表情，醒啦？真醒啦？真够吓人的，烧四十度，差点把体温表给烧爆喽！

他用轻松的口气，一个字都不提夜里发生的事情。如何跑到她家，如何把她弄到医院。不提。

给您添麻烦了……小童的声音有些艰涩。

吃点东西吧，酸奶、果冻、泡芙，先来哪个？

您咋知道我爱吃这些零食呢？

我闺女平时就喜欢吃这些东西。你们都是女孩子，喜好应该差不多吧。

167

说着，一只泡芙已经递了过来。小童却不去接，您闺女多大？

十二岁了。

我多大？

还超过去二十岁？

您多大？

往四十里数了嘛。

您不会把我当成您闺女辈儿的吧？

不敢，不敢，您是老师，老师。

扑哧——小童笑了。赵站长也笑了。

没想到，您外表看着有点冷，却是个懂得幽默的人。小童腾出左手，捏了泡芙，往嘴巴里送。之前的羞涩，在轻松氛围的掩护下，悄悄地撤离了。

小童真是饿了，只一口，一只泡芙就没了踪影。赵站长坐在小童病床边的一只椅子上，手里举着装泡芙的纸袋，小童吃掉一只，他从里边拿出一只补充上。

慢点儿吃，别噎着了。

小童含着一口泡芙，看着赵站长，嘴巴不动，眼神也不动。她从这个比自己大不了几岁的男人身上，看到了父亲的影子。如果父亲在，也会像他这样，自己吃掉一只泡芙，立刻就会递过来一只泡芙。静静地等她吃完了，会慈爱地问她一句，童啊，有啥委屈跟爸爸说说，好吗？所有的困惑，所有的坚忍，所有的无奈，都会被这一句话冲毁。然后坍塌，流泻……

咋了？

想爸爸了……

呵呵，看来我真是老了。男人说着，将一张纸巾递过来。

爸爸去世很多年了……

男人敛起了嘴角的微笑，表情恢复了坚硬，坚硬里混杂着歉意和同情。

甩了一下头，小童坚强了许多。这个动作真好，它会帮助她驱赶走脆弱。就是嘛，你算哪棵葱呢！人家把你送到医院来，又给你买了吃的，就把人当成亲人啦。真是没有出息，怪不得人家把你当成十多岁的小孩子看呢。

赵站长，我这没事了，您上班去吧，那么忙，总耽误您，真是不好意思。

那也好，单位的事儿处理完了，我再过来。你那边用不用我替你请个假啊？

不用，我自己请吧。

赵站长又等了一小会儿，等到护士换了液体，又嘱咐护士几句多照顾一下床上的病人，才出了病房。他什么都没有问过她，为什么会一个人住，为什么会给他打电话。什么都没问。他不问，她也什么都不问。比如，半夜的那通电话是不是打扰了他的生活。如果换成是她，夜半时分有其他女子给丈夫打来求助电话，她会怎么想呢？可以肯定的是，她没有那么大的肚量不去怀疑丈夫和求助者是清白的。他以玩笑的口气说她不超过二十岁，把她排在和他女儿一样的辈分里，小童忽然觉悟出来，他这样说，是"别有用心"的。他在故意拉开他和她的距离，在婉转地提示小童，他可以把她当成自己的孩子来呵护。一个敢于担当而且智慧的男人。小童给了赵站长一个非常高的评价。

报社给她打电话了吗，方远给她打电话了吗？她一概不知。手机在家里，即使打爆了，也奈何不了她。除了赵站长，没有人知道此刻的她正躺在医院里。

大约中午的时候，对面女孩的病床热闹起来，呼呼啦啦来了十多个和他们年龄相仿的十七八岁的孩子。这些孩子身上穿着某学校的校

169

服，暴露了他们的学生身份。病床上的女孩已经输完了液，坐在男孩的腿上，被男孩搂在怀里，和进来看她的男孩女孩们说话。他们是中午一放学就来看她的，连饭都没来得及吃，一群人打了好几辆三轮摩的，排成一溜，也可谓浩浩荡荡。

吃什么，想什么吃，告诉你老公，让他出去买，这日子口，可别给他省着。

这狠呢，你们！生病的女孩嗔怪着男女同学们，转头看了一眼搂着她的男孩。男孩顺势在女孩的脸上亲吻了一下。

你们两口子干脆回家过日子得了！一个梳马尾辫儿的女同学说。

其他病床上的目光，都集中到了女孩的病床上。目光们很是惊诧，难道，难道？难道学校的孩子都与时俱进成这样了吗？

病房像一锅煮沸的水，咕咕嘟嘟地冒着腾腾的热气。在一个短暂的时间里，病房里的人适应了一群学生的行为和话语方式后，对他们失去了新鲜的感觉，开始吃午饭、刷饭盆等一系列活动。人来人往，把病房的空间弄得更加逼仄。没有人注意到小童病床上的安静。

小童的液也早就输完了，却懒得动一下。嗯，一下都懒得动。小猫咪一样蜷缩在病床上，静静地不发出任何声音。只打开着耳朵，打开着眼睛，让它们辛勤地工作，听和看着屋子里的动静。

每一次病房的门被推开，她的眼珠都立即转动着跟过去。进来的不是方远，也不是赵站长。赵站长进来是有可能的，方远进来的可能性几乎是零。还是忍不住去期待，想出现在门口的方远，会是什么样的表情。焦急的？伪焦急的？非焦急的？想出现在门口的赵站长，手上是否拎着她爱吃的排骨豆角。病房的那扇门承载着小童的期待，被推开，被关上，发出吱吱扭扭的呻吟声。饭菜浓郁的香味从每张病床上飘散开来，在屋子的上空交汇、融合。慢慢的，对赵站长的期待大过了对方远的期待。她饿了，想吃饭了。赵站长答应过她的，处理完了单位的事情马上就来，他承诺了，就要实现。所以，让那些酸奶泡芙去见日本鬼子吧。饿着肚子，给赵站长一个践行诺言的机会。

门又被推开了，进来一个男性老人。老人手里提着一个小保温桶，好像是给谁来送饭的样子。老人大概不知道他要找的病人在哪张病床，手里拎着保温桶，站在门口不动，只送出两道查询的目光，挨着病床地打量。不是打量病床上的人，而是打量病床的号码，边打量，嘴巴里边叨念出病床的号码来。小童的注意力在老人的脸上，她发现这是一张似曾相识的面孔，好像在哪里见到过，却又一时想不起来。这时，老人把目光移到了她的病床上，二十六床，没错，是二十六床。叨念着，老人近了小童的病床，请问您是二十六床的病人？小童"嗯"了一声，觉得不礼貌，坐直了身子。

在老人的目光落在小童脸上的一个瞬间，小童发现，老人的目光中有了些许的惊诧。

您是小童老师？

大爷，您是？

我姓赵，是我儿子打电话让我给您送饭来的。我儿子临时有点急事儿，来不了了。

怪不得看着老人眼熟呢，原来是赵站长的父亲。赵站长传承了父亲五官的精华部分。

您是赵站长的父亲？

啊？

我是说您是赵站长的父亲？

啊，是，是。

老人把小保温桶放在病床边上的小柜子上，我也不知道您爱吃啥，就简单做了点儿，您就将就着吃吧。将就着吃吧。

老人的话语絮絮叨叨，不时拿了眼神儿瞟小童，一下一下地，眼神儿像胆小的蜻蜓，刚一沾水面，便倏地飞走了。

小童就明白了，老人一定也是觉得她面熟了。传说中的女子娘家是绿豆村的，老人肯定对她有印象。从她的脸上，老人说不定回忆起什么来了吧。

大爷，您是不是看我像一个人？

噢，是吗，像谁啊？

有一天，我在街上碰见赵站长的大舅，他管我叫小同。开始我还以为他认识我呢，因为我也叫小童，后来发觉不对劲，大舅认识的那个小同早死了。您说有多巧啊，不光长得像，连名字的音都一样呢。大爷，您也认识那个小同吧？

认识，认识……

大爷，我是童年的童，她是哪个字呢？

认识，认识……

老人在给小童倒汤，怎么也倒不进饭盆里，全洒在了小柜子上。小童完全可以阻止老人，完全可以自己来倒，但是她没有。从发现她和传说女子的相像，到她主动提起传说女子，老人明显不对劲了。她想从老人的不对劲中有所发现，有所收获。此刻的老人，和刚才站在门口的老人判若两人。站在门口时的老人，是一个有着矍铄精神的老人。

见汤洒在桌子上，老人更加忙乱了，闺女，对不起啊，人老不中用了，一点儿小事都干不好……

小童不能再无动于衷了，打开一卷手纸擦拭小桌上的汤汁儿。又赶紧安慰老人，没事的大爷，真的没事的。擦拭干净了，小童将保温桶里剩余的汤倒出来，喝了一口，哇，大爷，好香的汤啊，不会是您做的吧？

是我做的，香就多喝点。

大爷，您手艺这么好，老伴儿多幸福啊。

我这也是练出来的，没办法，老伴儿前几年得了脑血栓。儿媳妇把生意做到国外去了，去年过年前，儿子就把我们给接过来了。他工作忙，小孙女儿得有人给做饭哪。

大爷，您多累啊，老的小的都得您照顾。

那有啥法啊。

老人是淳朴和善良的，尽管他是心不在焉的，但是他并没有排斥自己，对自己有敌意。儿子半夜跑到一个女子家中，又让他来送饭，这里边包含着多么重的信任啊。然而，这样一个善良的老人，对传说中的女人做了什么呢？从老人的慌张和刻意的回避，小童准确地判断出来，他一定和传说女人是有着某种关联的。

到底是什么呢？

三十　娟子啊娟子

绿豆村很快有了一种说法，娟子非要死皮赖脸地嫁给小同弟弟。最初，小同弟弟没有看上娟子，但是娟子说小同弟弟要是不同意，就用裤带吊死在他跟前。小同弟弟怕真出了人命，才勉强答应和娟子好。

娟子和小同弟弟好了吗？人们这才认真地寻找着两个人相好的细枝末节。

噢，怪不得呢。

怪不得啥呢？

那天黑夜我出去，在当街碰上两个人，走得近近乎乎的。心里还纳闷呢，没听说谁家小子把对象给接来了。听声音吧，那女的又不像是外村的，一时蒙住了，咋也想不起是谁来。敢情是娟子，我说的呢。

娟子和小同弟弟搞对象就有了一条有力的佐证。继而，在人们的挖掘下，越来越多的佐证横陈在人们的眼前。

先是有了夺人所爱的小芳，很快又出来一个找小女婿的娟子，大闺女想男人都想疯了。绿豆村村长的叔叔过去靠给人算命打卦赚取几个小钱，行走在乡里间，敲打着手里的两块竹板子。人一听清脆的竹板声，就知道绿豆村的算命瞎子来了。哪家待字闺中的女子往哪个方向嫁，谁家小子娶个什么属相的媳妇，都愿意让瞎子算一算。稍稍殷

174

实一点的人家，给几个钱打赏，瞎子也不推辞。如遇到连揭锅都困难的，难为情地塞在瞎子口袋里一只鸡蛋，瞎子也不嫌弃。瞎子算得准，人又随和，生意颇好。破除封建迷信的风吹来，村长挥刀斩断了瞎叔叔的生意。住在两间漏风又漏雨的土屋里的瞎叔叔，失去了生活依靠，一到了该吃饭的钟点，便敲打着手里的小竹竿去村长家。位高权重的村长惹不起瞎叔叔，只好听之任之，权当家里多了一条狗在混吃喝。

今天有点意外，到了吃饭的钟点，村长亲自牵着瞎叔叔，走过了半条街。绿豆村的人私下里议论来议论去，也没议论出一个结果来。过了几天，村长下令把村小学校东侧的破庙拆了，这才隐约听到一种说法：村长把瞎叔叔尊为上客，其实是有求于瞎叔叔的。他让瞎叔叔偷偷算了一卦，看看是何原因坏了村里的风气。瞎叔叔仔细一招算，原来是废弃多年的破庙在作祟。庙里住着一只狐狸，那狐狸是有了道术的，村里的女子之所以不安分，就是中了狐狸的道术。庙可以拆，但是不可以伤害那狐狸，只让那精灵丧失了家园，从此不再在绿豆村兴风作浪即可。伤了狐狸，只恐给村里人带来比乱了作风还要大的灾难。

绿豆村的人都知道了村长拆庙的初衷，只是没有人敢当着村长说破它。村长暗中搞封建迷信，不也是为了整个绿豆村的荣誉嘛。

但是，娟子的家人却挂不住脸了。娟子败坏了绿豆村的风气，一家人的脊梁骨几乎被村人戳成了粉碎性骨折。

死丫头，天天黑夜哄着你老子去背苇帘，敢情是去会小男人。只有断了关系这一条路可走，要不就打折了你的狗腿！

打折了也不断！

气死我了你个死丫头，赶紧跟你爸说不了，听见了没有？

娟子挑衅地看着老子手里的木棍，下唇嵌进齿间。勇敢地期待着木棍落下来的瞬间。

娟子父亲在村里有一个外号，叫"暴天"，意思是脾气暴躁得像

175

突变的天气。暴天本想打几个干巴巴的雷，吓一吓大闺女娟子。可是，娟子的不识抬举，彻底激怒了暴天。

好丫头，是你逼老子的！

一只脚飞起来，踹在护着娟子的女人身上。手里的棍子像一条患了狂犬病的恶犬，朝着娟子的双腿扑过去。

啊——

啊——

母女俩同时发出了凄厉的惨叫声。

娟子的腿被暴天老子给打折了，这个消息像一阵旋风，很快在绿豆村兜了一个来回。绿豆村村民嗫着惋惜的牙花子，把密集的目光投向小同家，观察着小同家的动静。小同的弟弟不负众望，不但有了动静，而且还是颇大的动静。青筋暴露的手臂举着一根粗壮的棍子，在密集的目光中杀出一条路，奔向娟子的家。

后边穷追不舍的是小同的父母，小同的父母边跑，边向街上的人摇手臂：

快拦住他！

操他妈的，谁拦我别怪我棍子不长眼！

跑在密集目光通道里的，不再是那个有几分矜持相的大男孩，而是一头丧失了理智的驴子。

谁会跟一头驴子怄气，更多的眼睛以自家栅栏做屏障，不动声色地关注着事态的发展。

有几个想牵住驴子缰绳的，试探了几次，也均以失败告终。

人们闻到了醋战前硝烟的气味。

收到信息的暴天手执棍子在家门口候着小同弟弟。当这个半老的男人准备迎战时，却发现情况不像他以及村里人预想的那样。

小同弟弟扑通一声，双膝跪倒在暴天的脚下，将手里的棍子高高

176

举过头顶。求着暴天也将他的双腿打折，错不在娟子，在他。如果暴天不肯下手，他会在他面前自行了断。

整个绿豆村被眼前的一幕震慑住了，屏住了呼吸，跷起脚尖，脖子仿佛让一只无形的手提起来，长长地朝前探着。

你走吧，我只管我家闺女。

暴天冷冷地说完，转过身子准备走掉。

好，您下不去手，我自己来！

小同弟弟站起来，审视了一番手里的棍子，选择了一个他认为恰当的打击角度。然后，棍子不是举过头顶，而是伸向一侧。手腕上开始酝酿气力……

快住手——

娟子从秫秸栅栏门里爬出来，左手撑在地上，辅助着身子的前行。右手握着一把明亮亮的剪刀。

再不住了手，我就死给你看！

剪刀的尖儿就转了一个方向，对准了挺起的胸膛。

小子，你饶了我们娟子吧，我给你磕头行不？

快要哭断了一副枯肠的娟子母亲就要对着小同弟弟弯下双膝了。

娟子，我听你的，全听你的——小同弟弟扔了棍子，弯腰抱住娟子，一对男女几乎哭得晕厥过去。

跟上来的小同父母，以及在场的每一个人，无不潸然泪下。小同母亲那具宽大衣服里的身子，甚至努了几次力，她想走近地上的两个孩子，想牵着娟子的手告诉她，嫁过来吧，不管你将来啥样子，我们都认了你这个儿媳。这个用粗糙手背把眼睛揉搓得通红的女人，差点就那么做了。最终，除了流泪，她什么都没做。亲切的拉手，温暖的话语，一样都没有实现。哭泣的同时，她在和自己的柔软战斗，最终，她打败了自己。胜利了。她唯一的儿子怎么会娶一个有可能残疾

177

的媳妇呢?

娟子哭痛快了,突然做了一个出乎所有人意料的动作:一把推开了心爱的男人。

右手的剪刀再次对准了自己的胸膛,冷漠将挂在腮上的泪珠映射得寒光闪闪,以后不许再来找我,答应我!

娟子,你腿折了,我背着你!

谁稀罕你背,实话告诉你,姑奶奶根本就没瞅上你。我妈没本事养出小子来,天天骂我们一堆赔钱货。我不想当赔钱货,就想着给家里赚回来一个儿子,选来选去就选上了你。这回,你明白了吧?

我不信,不信。

妈,咱回家。

等等——小同母亲那具肥大衣服里的枯瘦身子,终于活动起来,拦住了娟子母女回家的路:

去队上套个马车,把孩子拉医院瞅瞅吧。

小同妈,还是管好你的儿子吧,我们家丫头作风不好,往后瘸了拐了,是她该受的。

娟子妈的口气和娟子的表情一样冷漠,结着一层厚厚的冰霜,让听的人不禁打了个冷战。

还不滚回去,脸还没丢够吗?!

小同父亲转身,愤然离去。小同母亲紧紧地跟在男人身后,边走边回头看儿子。那架势,如果儿子有了异样的举动,她随时会折回来。

不满十八岁的小同弟弟,没有了激情和动力。筋骨被一只无形的手抽走了,只剩下皮囊包裹着的血肉,软软地向家的反向蠕动。像一条直立行走的肉虫子。

从始至终,小同都没有出现。

当街上盛传娟子的那些谣言时,小同就猜到了大壮传授给母亲的

178

锦囊妙计。传谣言的目的是让娟子的家人知耻，劝了自家的女儿回心转意。结果又出来村长拆庙，暗中修正绿豆村的风气，导致了事态的恶化。

咋就忍心亲自断了女儿的腿呢？小同忽然对娟子充满了同情。 同情娟子不要紧，对自己的行为满含了嗔怨。不是自己和娟子说了绝情的话，说不定这时候双腿完好的娟子，依旧过着每天晚上和弟弟一起背苇帘的日子。或许娟子对弟弟是真心的，就算是有预谋，也是可以原谅的。

她拆散了他们。就像小芳拆散她和连长一样。

可恶。

可恶至极。

所以，小同完全可以接受弟弟和她关系的决裂。弟弟该对她这样，一切都是她该承受的。

弟弟作为一个弟弟带给小同的温暖，永远定格在了晚上去给连长家脱的坯子搞破坏的身影上。那个身影，一去不复返了。小同从弟弟的态度上认定了这点。

弟弟的目光里彻底没有了小同。没有语言上的交流，更没有眼神上的交流。

她的委屈，她的生死，都不再和他有任何关系。

三十一　在回家的路上

医生说，再留院观察一天吧。小童说，不了。医生说，还没完全退烧呢。小童说，真的不了。

就办理了出院手续。

小童将退回来的押金捏在裤兜里，出了医院朝家的方向走。身子有些软，步子有些慢。一辆三轮摩的从小童的身边经过，摩的司机回头看了一眼小童，觉得有商机可寻，便将摩的倒回来。

坐车吧您哪？

不坐。

不坐车您坐啥呢？

问完这句话，摩的司机被自己的幽默逗笑了。

小童用眼角的余光捕捉到了开在摩的司机嘴角的那朵微笑，它开得很灿烂，但一点儿也不美好，心里便生了几分的厌倦，故意不给摩的司机一个正视的目光，也不再回答摩的司机的问话。小童的冷落果然奏效了，摩的司机失去了欣赏自己幽默的耐性，加大了油门远去了，剩下慢慢行走的小童。

医院离家有两三里路的样子，不太远，也不太近。小童想在走完两三里路的时间里，计划好自己的下一步行动。首先，到了家要给赵站长打一个电话，告诉他自己出院了，然后在电话里约个时间，把住院的两千块钱押金还给人家。这么就完了吗？当然不是。这次住院的最大收获就是认识了赵站长的父亲，老爷子心里埋藏着和传说女子有关的故事，她想造一把小铲子，把老人的故事挖出来。嗯，这次住院也是你的安排吗？小童抬起头，向着天空发问。几朵被夕阳染红的云朵美丽着，默不作声。

我怎样都逃不过去，对不对？那好，我不逃了。小童甩了一下头，脚下的步子坚定了许多。

给赵站长打完电话，接着再给方远打。不，或者先给方远打，他该排在赵站长前边的。她还在意着他的谎言，说明她还是爱他的。爱，用两年时间积攒起来的爱，已经码成了长长的一段围墙。疑惑也好，谎言也罢，它们的力量即使再强大，墙体倒塌之处，也还是留了断壁残垣的。手机不在身边的这十几个小时里，他给她打电话了吗，打了几个？在打给他的电话中，她要向他怎么解释呢？

第一种可能：上班了，没带手机。

第二种可能：告诉他住院了。这个可能要费一些唇舌的，住院了，为什么没有告诉他？你儿子不是也病了嘛，所以不想给你添麻烦啊。

第三种可能：暂时空缺。

第三个要打的电话是报社，再精确一点，是报社烫着卷卷头发的副主编。告诉她今天自己的行踪，要心平气和的，声音要软软的，最好在电话里有几声咳嗽。她能对一个病人发脾气吗？

经过了一个人。他不在她这一路上的计划里，所以当穿着橘黄色坎肩的他出现在她的视野里时，小童有了几分措手不及。

是老土。他正在和一个年轻的女人理论：

前边就有公共厕所，挺大的人咋一点德行都没有呢？

咋说话呢，你才没德行呢！

群众的眼睛是雪亮的，你让大伙儿瞅瞅你有没有德行，让孩子把屎拉在大马路上！

　　顺着老土的话音儿寻找，小童才发现，和老土吵架女子的身下果然有一个小孩子。小孩子是个女孩儿，三四岁的样子，正蹲在马路边上便便。便便到一半的小女孩有一点儿为难，有一点儿羞怯，她听懂了大人吵架的内容，知道事情的起因是因为她在马路上便便。她不知道是继续便便下去，还是停止便便，拎起裤子来。左右为难的小女孩，只好让两粒黑宝石般的眼珠儿浮在一片泪雾里。

　　拉，没事儿，有妈妈呢。年轻女人低头鼓励完孩子，换了一副尖锐的目光对着老土，你这个死马猴子（猴子中最难看的一种），要是吓到孩子，跟你没完！

　　然而，此刻的老土却无心恋战了，他发现了小童。刚才他说群众的眼睛是雪亮的那句话时，拿了眼神儿横扫大街上过往的行人，征得路人对他的同情，同意他对年轻女人没有公共德行的谴责。他就是在横扫中发现了经过他们的小童。老土两只大到没有边界的眼睛，随着小童的身子移动，直到小童经过了他们，还像两块嚼过的口香糖一样，粘在小童的后背上。

　　老马猴子，还挺色！

　　年轻妈妈趁机恶狠狠地骂着老土，弯腰给拉完便便的小女孩擦了屁股，拎好了裤子。将孩子牵在手里，快速地离去了，留下了马路边上一泡醒目的便便。

　　小童加快了步子，她感觉到了老土的目光。把听力集中起来，捕捉着身后的蛛丝马迹，想，万一老土追上来，她能不能逃脱掉。又想，老土怎么会追上来呢，他不过是看着她眼熟罢了。他的目光里只有疑惑，没有第一次见到时的惊恐。她确定没有。他没有看出来这一个傍晚的她就是那一个傍晚的她。这一个傍晚的她，于他只是一个似曾相识的陌生人；那一个傍晚的她，于他是一个向他来讨债的女鬼。

　　嗯嗯，是这样的。是这样的。

三轮车——

一辆三轮摩的停在小童身边。万一，丑男人会把这一个傍晚和那一个傍晚出现的两个人联系在一起怎么办？相像的两个人，在不长的时间里，出现在同一条街上。远远地跟着她，看她住在哪里，不是不可能的事情。这个想法，是小童突然决定打车的动力。

还是坐我的车了吧？

晕死，居然是刚才那个招呼小童坐车的摩的司机。小童依旧选择了不搭腔，她了解这样的人，有的是闲话儿串话儿，你不理他，他就"幽默"不起来。

摩的车厢的后壁上有一块塑料玻璃，透过它可以看见后边的情况。老土并没有追上来，隐约可见的是，他正在用手里的家什收拾小女孩留在马路边上的那泡便便，间或将目光甩过来追着奔跑的摩的。渐渐地远了，老土以及老土的目光被人流阻隔了，橘黄色的坎肩偶尔地在人流的缝隙中闪现一下。再远一些，橘黄色的坎肩也不见了。摩的到了小区的大门口，小童放心地下了车。

从牛仔裤的口袋里捏出一张五元的纸币递给摩的司机。

呦，这么大的票子。摩的司机调侃着，去自己的口袋里翻找零钱。找了几个回合，只找到一张一元钱。

不要了。小童从摩的司机手里抽出那张一元的纸币，转身就走。

别，您等一下。摩的司机噌地下了车，跨过马路，跑到马路边上的一个报刊亭，举着小童给他的那张五元钱的纸币，师傅，帮我换个零钱！

报刊亭里露出一张干瘪的脸，没有！

摩的司机是聪明的，很快识破了干瘪脸的用心，有水吗？给我来一瓶。

有。很快，从窗口吐出来一瓶康师傅矿泉水。干瘪的手收了五元钱，再出来时，掌心里散落着几张一元的纸币。

摩的司机重重地抓了几张一元的纸币，又跨过马路，将几张纸币中的一张递给小童。

真的不要了。小童有一点儿感动，扭转了之前对摩的司机的印象。

咋说咋办，以后多坐我几回车就有了。诺，这是我的片子。

那张一元的纸币连同一张名片便在小童的掌心里了。摩的司机潇洒地挥了一下手掌，走了。

上楼，一级一级地数着台阶。些微的气喘，小童用手攀住了栏杆，慢慢走完了余下的两个楼层台阶。四楼，就在眼前了，习惯性地抬起头，想看一眼那扇温暖的门，小童忽然惊愣住了。

方远，坐在地上，身子靠着门。眼睛安静地闭着，仿佛睡着了。

这个结果完全出乎小童的意料，一时间，她不知道该怎样应对眼前的情况，便止了步子，保持了仰头的姿态。脑细胞借机快速地分裂，想努力生出一个好的方案来。

累了吧？还没等到方案出来，方远说话了。闭着的眼睛慢慢打开了。打开的动作很缓慢，像两扇门在缓缓地被推开。

小童没动。她忘了她该往上走，忘了还有几级楼梯没有走完。

来，我拉你——男人说着，朝小童的方向伸出手。但是，他并没有起身的意思。

噢，不用，我自己能行。小童说完，用手攀住楼梯，爬完了最后几级台阶，站在方远的眼前。手搭在方远那只伸出来的手臂上。起来吧，地上凉。

方远很听话，乖乖地从地上站起来，跟着小童进了屋。

今天一天，你跑哪儿去了？坐在沙发上的方远，语气平和。但他的表情比小童在医院门口看到他时，更显得疲惫和憔悴了。

我——

别说你上班了，你们单位的人都不知道你干吗去了。

你往我们单位打电话了？

是。方远将手探进裤兜里，拽出一只手机——小童的手机。打开，将屏幕伸到小童眼前。

五十个未接来电。天，五十个。这个男人，疯了吗？

我——

你想说你去采访了，是吗？不会匆忙得连采访本都不拿吧？

你翻我包了？

是。

眼前的这个男人还是她的方远吗？他，变得那么极端，那么不可理喻。胸腔里发出轰轰的响声，她知道，那是爱的残垣在颤抖，在碎裂。小童蜷缩在沙发里，像一只可怜的猫咪。

宝宝，告诉我，如果我半夜给另外一个女人打电话，你会怎么想？手机想从男人的手里逃脱，发出吱吱的叫声。

小童垂着眼皮，一言不发。胸腔里发出的巨大响声，盖过了一切。她怕自己一张嘴说话，砖头瓦块会从嘴巴里跑出来。

宝宝，你说话啊，你不是挺会说的吗？方远的情绪激动起来，语调开始呈上扬的趋势。他终于压抑不住自己了。他用两只手扳过小童的肩膀，摇晃小童。小童的身子像一朵无助的浪花，漂泊在苍茫的大海上。

宝宝，求你了，说话，给我一个解释……

放开我——她不去看他的眼睛。他的眼睛里边飞舞着两把刀子，随时会刺伤她。和刀子对决的，是她冷到冰点的语气。

果然，方远松开了手臂，满怀希望地期待着小童给他一个满意的答复。

小童把手伸进牛仔裤的裤兜，一小阵摸索后，将那张出院证明摔在方远脚下。

三十二　娟子出嫁了

娟子嫁在了小芳和小同的前边。她的出嫁有些突然。

绿豆村有一个拾粪的队伍，没有组织，自发形成的。不光是绿豆村，相邻的芝麻村、土豆村，都有这样松散型的拾粪队伍。队伍的组成人员大多是年老的男性，这些男性老者，不能到生产队挣工分了，每天赶在太阳升起之前爬起来，背上背着粪箕子，手上掂着粪叉子，神情诡秘地出了家门。老者们勾着腰身，探出粗糙的手指，抠干净生长了一夜的眼屎，扫清视线的障碍，尽量让昏花的眼睛炯炯放光。光芒努力穿透正一点一点被黎明稀释的暮色，辨清夜里大牲畜留下的粪便。为了赶在别人之前叉起那一泡粪便，为了让自己的粪箕子比别人更充盈，穿行在朦胧暮色中的衰老身影，变得异常敏捷。

今天，绿豆村好几个拾粪的老者，炯炯的目光不仅收获了或多或少的大牲畜粪便，还发现了迎娶娟子的大马车。马车的车厢上扣着喜篷，两匹高头大马踏出的喜气洋洋的蹄声，清脆而又悦耳。

这是上谁家的？

之前没听说啊。

八成是路过的吧？

眼瞎了？这不是进咱们庄子了嘛。

粪便暂时失去了吸引力，老者们的脚步追随着迎娶的大马车，想看清楚究竟是哪家有了大喜事。脚步追不上的，就拿了耳朵追，听着马蹄声在谁家的门前止住。

　　迎娶的马车在娟子家门前停了下来。两匹高头大马打着响鼻儿，提醒着门里的人，精神抖擞的它们来了。

　　早有人候着了，听见响动，里边的人迎出了栅栏门。

　　这时，喜篷里的新姑爷下了马车，高一脚低一脚的，在迎候人的陪伴下进了娟子的家。

　　原来是他，那个几天前来过村里的磨刀匠。

　　磨刀匠四十多岁的年纪，几岁时生了一场大病，后来病好了，留下来一只残腿。一走路就画圈，走一步画个圈圈，画个圈圈走一步。磨刀匠的五官摆放得还算是比较匀称，心智也不在水平线的下边，就是因了一条画圈圈的腿，无法像其他男人一样下地劳作、娶妻生子，便跟着村里的老磨刀匠学了"磨剪子抢菜刀"这门手艺，整日里扛着一条板凳，走村串户的，挣来几个小钱或者几枚鸡蛋，糊弄着自己的一张嘴巴。

　　磨刀匠其实离着绿豆村不是遥不可及，他画着圈圈走完连接两个村子的路，也就是两个时辰的样子。之所以才有机会进入绿豆村，是由于原来来绿豆村磨刀的老人逝去了。行有行规，各自守着自家的地盘，不轻易侵犯别人的领域，也时刻提防着外来人的瓜分。磨刀匠在磨刀老人逝去的第一时间，进入了绿豆村，借此拓展自己的手艺空间。

　　磨剪子抢菜刀——

　　磨刀匠的声音宽厚、嘹亮，不像是从人的嗓子里发出来的，仿若是铜器击打生成的。入耳，入了某个女子的心。

　　你的声音真好听。

　　此时的磨刀匠正坐在板凳的一头，扑着身子，端起的两臂重心落

187

在固定在板凳另一端的磨刀石上。他听得最多的一句话是"你的剪刀磨得真好使"，或是"菜刀快得都可以削铁了"，从来没有哪个人单独夸他的声音好听，而且还是个女人。离开磨刀石的视线，像枝头上的麻雀似的，灵巧地在一个年轻女子的身上跳跃了两下，快速地离去了。磨刀匠那张方方正正的密布着乱糟糟须子的脸莫名地红了。

他知道不该红，迅速地调整了自己，又将目光放出去，客客气气地说，您家里有要磨的剪刀菜刀吗？

有。拄着一根拐杖的年轻女人（他才发现她是拄着拐杖的。拐杖是用树杈做的）从怀里掏出一把剪刀，让磨刀匠来磨。

磨刀匠开始磨女人的剪刀。眼神在条凳的磨刀石上，心却莫名慌慌张张的，总是做出一副要逃跑的姿态。

我的剪刀你肯定磨不好。

为啥呢？

你的心没在手里的活儿上。

您放一百个心，保证让您满意。磨不好，您砸了我的挑子。

他努力地装，装着轻松，装着无所谓。每天周游乡里，见惯了各色人等，什么样的话语，什么样的玩笑，他都经受得住。大风大浪都过来了，咋就会在小河沟里翻船呢。不能翻，绝对不能翻。翻了，就砸了饭碗。

偏偏就轻松不起来了。嗞儿—— 一颗圆圆的血珠儿滚落在磨刀石上。

别人都是沾着水磨，您这是沾着血磨。

女子口里说着风凉话，却从衣服口袋里摸出一块皱巴巴的手绢，递过来。

在您跟前儿现眼了，重新给您磨，一个子儿都不收您的。

手都破了，还磨啥磨。

女子就过来收了没有磨完的剪刀。然后挂着拐杖准备走掉了，在她走掉之前，对着磨刀匠说："你要是还没娶亲，就托媒人过来说亲吧。"

女子没有回头。女子发出的声音绕过女子，向着磨刀匠飘过来。

来得太突然，磨刀匠一点儿准备都没有，身子就愣在板凳上。

连你都嫌弃我吗？女子侧转过身子，目光冷冷地盯着磨刀匠。

没有，没有，真的没有……磨刀匠激动得红了眼边儿。

绿豆村除了小同，没人看到这个场景。

这一时刻是午后最宝贵的休息时间。上工的人还不到上工的时间，来磨刀匠板凳前收剪刀的几个老太太也觉得时间尚早，只有几条狗、几只花羽毛鸭子和几个一年四季鼻子下都坠着鼻涕的小子，在稍有风吹草动就尘土飞扬的街上晃荡着。背着一筐草的小同在晃荡的活物中，慢慢穿行。她不急着回家，踩着自己的影子，心里掂算着上工的时间，赶在上工前到家就可以了。千方百计地减少在家里的时间，让自己置身在弟弟的视线之外。否则，弟弟的目光会幻化成两座山，重重地压在她的胸口，让她喘不过气来。尽管弟弟并不正眼看她，但是并没有妨碍山的感觉的生成。

抬起脚，发狠地落下去。影子在朝前移动，没受到丝毫的损害。

你咋就不死呢？这个问题顽皮地跳出来，站在小同面前。

呵呵……坏家伙，你的脸皮真厚，难道你还有活着的理由吗？

连长？

曾经是，现在不是了。

大壮？

没有曾经，没有现在。

母亲？父亲？妹妹？

他们会因为少了你而难过吗？也许，不习惯会多于难过。不习惯丧失了一头勤勤恳恳的驴子。

弟弟？

更不是你活着的理由吧。

还是去死吧。小同的脚上加了力气，去踩踏脚前那一袭暗影。

影子一边发扬着不屈不挠的不死精神，一边向小同发出抗议：你不要你的好朋友了吗？

树——小同的好朋友。它们站在每家的院子里，每家的栅栏前，默默地注视着小同。默默里有关切，默默里有担忧。

你为啥要长着眼睛呢？停止了对影子的踩踏，小同抬起头，问一棵白杨树。

你看到我了，对不对？小同再问白杨树。

你在为我担心，对不对？小同三问白杨树。

你们想成为我活下去的那个理由。我知道，我一直都知道。是我坏，总想着抛下你们。我是坏蛋，大坏蛋，最大最大的大坏蛋。

小同咒骂着自己。比刚才踩踏自己的影子还要卖力气，在痛快淋漓的咒骂中，获取着一种自虐式的愉悦感。

骂声像大马车上的手闸一样，突然被一只无形的手捏住了。

娟子和磨刀匠，就是那只无形的手。

所以，最早获知娟子要出嫁的人，不是那几个早起背着粪箕子拾粪的老者，而是小同。

娟子以如此迅捷隐秘的方式出嫁，几乎所有绿豆村的人都认为，这不过是一个和幸福无关的悲剧。尽管绿豆村的老老少少，从来不去思考幸福和非幸福的问题，他们每天只是简单地活着，辛勤地劳作着，却一致对娟子的出嫁充满了深切的同情。给娟子的婚姻性质做了判断：受罪去吧，谁会拿一个瘫媳妇当回事。小同的看法完全不是这样，她甚至有一些感动。她觉得磨刀匠会好好待娟子，而且和弟弟比起来，好像磨刀匠更适合娟子。也许，这是老天爷的安排，磨刀匠和娟子本来就该是一家人。在他们成为一家人之前，老天爷故意虚晃一招，让弟弟和她都加入进来，共同制造一些小障碍。

是这样吧。小同如此一想，对娟子的那份浓稠的歉疚感，稀薄了许多。

几挂洋鞭衰弱地响过，娟子就该上箍着喜篷的大马车了。这个时候，小同一家人围坐在堂屋的方桌上，正捧着粥碗呼呼地喝粥。

今儿娟子出门子。

小同意外地在早饭桌上发出了自己的声音，然后将目光投向喝粥的弟弟。

弟弟没有停止喝粥。她依旧在弟弟的视线之外。

她发出的声音和弟弟仿佛隔着十万八千里，根本无法传递到弟弟的耳朵里。

鄙夷扇动着两片隐形的翅膀，融化在小同注视弟弟的两束目光里。

三十三　去赵站长家

那张能够证明小童曾经住院的单子，再一次被使用。

幸亏失踪一天，送你沃尔沃的那个男人要是一个星期找不到你，非得把报社给拆了不可。

不是失踪，是住院。没来得及向您请假。

小童纠正话里藏着玄机的副主编。这个女人，竟然一句问候的话都没有，看来，还在对她没有及时向她请假而耿耿于怀。不过，小童不准备和她计较。她不过是一个正在走向衰老的老人，白色的发根已经在探头探脑。小童敢保证，过不了几天，女人又该去染发了。隔三岔五就要遭受染发水侵害的半老女人，除了向她表示深深的同情，嫉妒、仇视之类的情绪，小童实在不忍心使用。她是善良的，不是吗？

以后多下乡跑跑，替要闻部多承担点任务，历练一下这副林黛玉似的小身板儿。正好有一个设施农业的选题，你做一下。

副主编低下头，开始改手里的稿子。她的这个动作意味着小童可以走了。

尽管小童很想摔门而去，并且在摔门而去之前，将一口唾液吐到副主编的脸上。但是不能，起码现在不能。也许有一天，这个愿望会变成现实的。"有一天"是她离开报社的那一天。既然那一天还未到来，小童只能轻轻地带上副主编的门。对着走廊里坏掉的摄像头，她举起小拳头，狠狠地挥了一下，心里辅以恶恶的骂声：哼，死女人！哼，死小鱼！

接下来的几天，小童把身心全部投入到了工作中，认真地编辑副刊版面，认真地做副主编给她的选题。从表面看，每天忙得不亦乐乎。下了班乖乖地宅在家里，大门不出，二门不迈。不再戴着麻花辫的假发向西，不再和与传说女子有关的人物发生联系。有时候不等方远的电话追来，主动向他汇报自己的行踪：正在采访中，正在回家的路上，正准备洗漱中……总之，乖极了的样子。她要让方远放心，要给方远吃一颗定心丸。她依旧是他的乖宝宝，过去是，现在是，将来还是，永远都不会变。在去单位的路上，在去采访的路上，在回家的路上，不管在去往哪一个方向的路上，小童只向前看。不回头，她怕一回头就捕捉到一双窥视的眼睛。她怕一回头，所有的努力都会付之流水。是的，所有的努力。所有的努力都是为着给自己创造更开阔的空间，所有的努力都是为了让自己更游刃有余，所有的努力都不是为了和方远"破镜重圆"。

这是她使用的缓兵之计。

小童真的决定勇往直前了。给传说女子一个交代，也给自己的爱情一个交代。

此期间，她给赵站长打了一个电话，说要过几天还他垫付的钱，现在忙着一个重要的采访。赵站长说，那点小钱，不用惦记着。她还开玩笑说，看来您是有大钱的人。赵站长说，你看我像是有大钱的人吗？小童话锋一转，想念老爷子煲的汤了，哪天闲了去喝啊。赵站长说，好啊，这是老爷子的福分呢。

还钱，可以不用选择地点，单位、大街上，哪里都行。喝汤则不行，最合理的地点就是家里。去人家家里喝汤，人家可以理解为一是

193

真的喜欢喝汤，二是借着喝汤表示一下对送汤人的谢意，有答谢的成分在里边。

小童在心里发出一个长长的嗟叹，生活真是个魔术师呢，把她变成了一个学会使用计谋的人。

铺垫是顺利的，也就是说，计谋是顺利的。小童认为，方远放松了对她的警惕，该实行她的计划时，便果断地付诸了具体的行动。

需要一袋时令水果和一些补品做道具。黑色的沃尔沃泊在报社里，它会安静地在报社度过一个中午。它已经习惯了这样的度过。只要不是周末，只要没有外出任务，在和方远非团聚的日子里，小童的午饭基本上是吃在单位食堂的。在每一个小童吃食堂的中午，它都会是最忠诚的陪伴者。上午差十分十一点小童独自出了报社的大门，去邻近报社的超市买好了道具，然后坐上了一辆出租车。按照赵站长提供的地址，一路寻寻觅觅。九点多钟就给赵站长打了电话的，既然去人家家里喝汤，就要提前告诉人家，给人留出充裕的做汤的时间。赵站长说，我去接你？小童说，您忙，我自己过去就可以了。

坐在副驾驶座上，有一种错觉，仿佛此行不是去赵站长家里，而是在通往传说女子的路上。这条路，她不知道还要走多远，但她清晰地感觉到，自己离着传说女子越来越近了。小童甚至闻到了她的气息。淡淡的青草味道，和这个季节的味道非常接近。小童的鼻翼轻轻地扇动，小心脏也跟着有了些微的局促。

你是能看见我的，对不对？而且一直是看见的，对不对？这条路，是你一直在引领着我，对不对？

她与传说女子对话。噢，不，传说女子从来没有对她说过什么，但是小童确定那是对话。她的问话，传说女子是可以听到的，她以她特殊的方式回应着小童。嗯，既然有了互动，尽管传说女子没有发出声音，也应该算是对话的。这一刻，传说女子用哀怨的目光应和着小童。梳着麻花辫的女子那么年轻，她的年轻以恒久的方式储存在岁月的记忆里。

她多么像她的一个双胞胎姐妹。小童想，或者，自己干脆就是她的转世。所以，自己身上才承载着不可推卸的一个责任——走进事实，还原真相。

这个是您说的小区吗？

出租司机问小童。小童将头探出车窗，仔细辨别了一会儿，然后对司机噢了一声。

付款，拎着一袋子时令水果道具下车。走进小区的大门，小童刚要向门口的保安打听 7 号楼的方位。忽然听到有人叫她的名字：

小童老师！

目光追寻过去，竟然是赵站长的父亲。看老人的样子，好像在专门候着她。

大爷，您一直等在这儿的吗？

没有，我把汤煮好了才下来的。刚站一会儿，一会儿。

这老爷子，下来好几回啦！中年保安补充说。

大爷，您这样客气，让我下回还咋来呢？

下回不了，头一回来，怕你找不到呢。

老人说话的语速，和小童的心一样，也有一点儿局促。小童感觉得出来，面对着她，老人不是放松的。但小童更加肯定了，这是一个善良的老人。他和传说女子有着某种关系，她相信，在他们的那种关系中，老人的角色一定不是恶意的。即使他的存在，造成了对传说女子的某种伤害，也一定不是出自老人的本心。因为，他是如此的淳朴和善良。

转而一想，小童又对自己的武断持了轻蔑的态度。人，是复杂的。他给你的一面是良好的，未必他所有的面都是良好的。就像方

195

远，好好的一个爱人，一个准备托付终身的爱人，不也是有着不为她所知的另一面。

进了电梯，忽然两个人处在一个封闭的逼仄空间，赵站长父亲之前的局促加重了。

刚开始儿子教了我好几回也记不住，有一回，在里边等了半天，这个笼子也不动弹。敢情没按那个"9"——老人的手指指向电梯操作盘上的数字"9"。

嘿嘿……老人嘿嘿地先笑了，小童也跟着笑了笑。她理解老人，他想通过他的讲述来活跃气氛。

好在是九楼，不是九十楼，一个小段子过后就到了。

下了电梯，一股饭菜的香味扑了小童一鼻子。大爷，好香啊！

厚重的防盗门被打开，更浓烈的饭菜香扑了过来。小童用那只没有拎着水果袋的手，扶了一下门框，大爷，差点香我一跟头啊！

看着小童的恶搞，老人的局促瞬时弱化了很多。他不说话，嘿嘿地笑着，往里让小童。

在门厅里换鞋的工夫，一辆轮椅从客厅里摇出来。小童知道，轮椅上的人肯定是赵站长的母亲，也就是传说女子曾经的同学。

轮椅上的老妇人头发花白，体重至少有一百五十斤，胖身子将轮椅的空间占得满满的。小童从老妇人的眉目推想她年轻时的样子，算不上漂亮的女人，但是也和老土有着天壤之别，完全没有同胞该有的哪怕是细微的相似。老妇人用能活动的右手转动轮椅，左手抱在胸前的位置。左边的嘴角向下垂着，一串口水顽皮地溜出来玩耍，不小心摔在脖子上的一只围嘴儿上。老妇人在盯着小童看。

小童和老妇人打招呼，阿姨好！

老妇人没有反应，依旧在盯着小童看。她一脸的困惑，觉得眼前的女子似曾相识，特别像她非常熟悉的一个人，却又一时想不起来是谁。看来，老妇人不仅是血栓，小脑也差不多萎缩掉了。因为小童发现，她很快放弃了想象，把目光转移到她手里的水果上，牢牢地盯住了其中的一只火龙果。

吃——老妇人含含糊糊地说着。

小童的心一沉，想从老妇人这里获得更多东西的希望不大了。

小童老师，让您见笑了。赵站长的父亲推开了轮椅。

没事儿的，人有病本来就挺可怜的，咋能笑话呢。

小童从袋子里掏出一只火龙果，去厨房找刀具，准备给老妇人剥了吃。厨房的餐桌上摆了好几道菜，红红绿绿的颜色搭配着，很是赏心悦目。一只空的白瓷汤盆摆放在桌子的正中间。灶上的锅里飘散着淡淡的热气儿，以及浓浓的清香。是小童在医院里喝过的那道汤。

等会儿吃饭的时候，再把汤热一下。赵站长的父亲把老妇人安顿在客厅里，往门口的方向走。小童老师，您先看会家，我出去迎一下孙女，该放学了。

十一点四十。小童看了一下门厅里挂着的一只电子表。

大爷，没事，您去吧。

见老人的身影消失在了门口，小童暂停了给老妇人剥火龙果的工作，从包包里掏出手机打给赵站长，告诉赵站长此刻她已经在他家里了，问他几点到家。赵站长回她说，很快，不会超过一刻钟。

利用这个空当，小童决定做一件事情。从包包里翻出麻花辫假发（提前把它放在包包里，也是铺垫的一部分），戴在头上，迅速调整自己的眼神，尽量让它接近雕塑男人画上的女子的样子，忧郁且忧伤着。

走向客厅。客厅里的老妇人暂时忘记了火龙果，被电视里好看的卡通片吸引住了，一边看，一边发出咯咯的童稚的笑声。源源不断的口水被输送出来，打湿了脖子上的围嘴儿。此刻的小童不再是小童，又变成了传说女子，那个叫小同的女人。

"小同"轻着脚步，从历史的深处而来，慢慢地走向看电视的老妇人。到了老妇人的轮椅前，扶着轮椅，蹲下身子，与轮椅上的老妇人面对着面。见人挡住了视线，老妇人不乐意了，用能够活动的右手来拨拉挡在面前的障碍物。"小同"拽着轮椅的扶手，岿然不动。拨了几次没有成功，老妇人终于把视线落在障碍物身上。

　　麻花辫儿，弯弯的眉毛，哀伤的眼神，它们拼凑在一起，组成一只神奇的小船儿，载着老妇人穿越时光的隧道……背着花书包，两个女孩子手拉着手去上学，有说有笑地走在一条土路上。下雨了，大马车留下的车辙里灌满了雨水，两个女孩子光着脚丫，蹚着车辙里的雨水走。雨水飞溅出来，像一颗又一颗的珍珠。是珍珠——她说。是奶奶脖子上挂的玻璃珠——她说。珍珠值钱——她说。玻璃珠值钱——她说。你看过珍珠吗——她问。你看过珍珠吗——她反问。看过也不告诉你——她说。你就是没看过——她说。你才没看过呢——她不服气，便在后边追她。一追，一跑，有更多的珍珠和玻璃珠飞溅出来……后来，她和她不再牵着手，她走在后边，故意超过前边的她，超过去时，不忘了回头啐一口唾沫。她的唾沫啐了一口又一口，慢慢地，她就远离了大伙，眼神变得孤独而又哀伤。是她的唾沫给啐的吗……她也喜欢连长，可偏偏连长喜欢上了她。因为连长的喜欢，她的眼神悄悄地变化了，满满的全是幸福，释放出来，村西的大坑都盛不下。所以，她生气了，嫉妒了。这样的眼神本该是她的，被哥哥老土睡过的她不配有这样的幸福。哼，真是一个不要脸的女人，她一定要亲自去揭露她的嘴脸，让连长看清她的本来面目……后来，她嫁到了芝麻村……再后来，上吊死了……听说和树搞破鞋……

　　你是小同吗？

　　我是小同。

　　你不是死了吗？

我是死了。

我看见的是你的魂儿吗？

你看见的是我的魂儿。

你是来索我的命的吗？

你难道做了对不起我的事儿吗？

……

这么说是做了？

……

老妇人闭上眼睛，两串浊泪从眼窝里淌出来……

完成了和老妇人的心灵对话的小童，悄悄退出了客厅。摘下头上的假发套，再次调整自己的眼神。这时，门口传来了电梯开放的叮咚声，之后便是门锁转动的声音。

三十四　冬天来了

　　一段时间里，小同母亲那具晃荡在肥大衣服里的枯瘦身子，高频率地出现在绿豆村人的话题里。儿子的婚事又成了这个一脸愁苦的女人的新的愁苦，她太想让儿子从娟子的阴影中走出来。"他大姐夫"的主意，不管怎么说，达到了拆散娟子和儿子的目的。娟子的出嫁，儿子的反应是漠然的。她以为儿子放下了娟子，年轻人搞啥个自由对象，三天的热乎劲儿。慢慢地，母亲发现，儿子不光放下了娟子，也放下了其他女子。母亲再一次急迫起来，张罗着给儿子提亲。她那张愁苦的脸，见了谁都赔着笑容，目的是让人开动脑筋，想一想看一看哪家的女子适合做她家的儿媳妇。条件嘛，暗暗地透露出来，要在娟子之上的。只有在娟子之上的女子，才能唤回儿子生活的热情。母亲的想法朴素而又简单。

　　父母亲对自己婚姻之事的再一次干预，小同弟弟没有激烈的反抗，但是也没有参与进来。继续他的漠然，表现出来一副与他无关的样子。

　　你们瞅着顺眼就好了。

　　是个母的就行了。

　　小同弟弟的态度，越发地让父母亲慌张了。找媳妇怎么能没有标

200

准呢，一定要给儿子找个好媳妇。儿子说出没有标准的话，说明儿子还在计较娟子的事情，做老的，补偿给儿子一个满意的媳妇，良心上才可以安生。更重要的，全村的人都在观望着，如果找了一个不及娟子的媳妇，才是丢了一家人的脸呢。

找媳妇，找一个让弟弟满意、全家人满意、全村人满意的媳妇，成了小同一家人的重点工作。自然，"一家人"中是不包含小同的。

傍晚，从生产队收工回来，小同照例走在队伍的最后边，依稀可以听到母亲和其他社员的说笑声，她觉得母亲的说笑声充满着目的性。母亲不是一个爱说笑的人，一旦为着达到某种目的而改变了，这样的说笑是无奈且疲惫的。

就再让自己的脚步慢些，让自己的耳朵彻底远离了母亲有目的性的说笑。听着那样的说笑，比干了一天活儿还要倦。是从骨子里流出来的一种倦。

远离的，除了母亲的说笑，还有连长的身影。

今天的活儿，和小同分在一起的，除了母亲，还有连长。连长早就顺从了队长的分配，不再像当初那样在意和小同分到一起。他们一起到那片叫作"庄嘎儿"的地里挖田鼠洞。挖田鼠洞，不是为了捉田鼠，是为了田鼠洞里储藏的粮食。从表面上看，她和他不过是三队的两个普通社员，曾经的过往，曾经的甜蜜，曾经的挣扎，都弥散在时间的河流里，缓缓地漂走了。彼此都定了亲，都有了各自的归属，再刻意回避就显得不够大度。也许连长是这样想的吧，因此当小同挖田鼠洞的铁锹把儿，不小心跟铁锹头儿分开时，连长主动走近小同，帮她安好了铁锹。从走近，到安装，再到离去，整个过程从从容容。起码，在其他社员看来是这样的。这也符合连长的本性，连长是个乐于助人的小伙子，队里哪个社员有了小困难，他都乐于搭把手。面对连长的帮助，小同没有反对，但是也没有表示感谢，连表情都没有动一下。社员们熟悉了连长的助人，更是熟悉了小同对周围事物的无动于衷。

总之，人眼里的连长帮助小同的行为，基本上可以归列到正常范畴，纯属社员间的友好行为。一个该娶，一个待嫁的人了嘛，过去的可以既往不咎了。

小同将肩头上的铁锹换了一下位置，准备拐弯了。

这个弯儿，每天都要拐。

不想，在拐弯处，遭遇了小芳。

真是一个不怎么吉祥的拐弯。上次，就是在这里被娟子追上。小芳没有和她说话，但是，小同准确地判断出来，小芳在这个转弯处拦下了连长，是别有用意的。

她想炫耀她的幸福——小同想。

小芳的手里举着一双鞋子。看得出来，鞋子是新做的。小芳没有在第一时间把鞋子送给连长，而是举着它，站在拐弯处和连长说着与鞋子无关的话题。比如今天被队长派到哪里干活儿，比如新房子进展的情况，等等。连长的脚做出一种随时开步走的姿态，然而，却被小芳的话题牵绊住，两只脚只好无奈地在原地焦灼着。

见小同跟了上来，小芳才将手里的鞋子塞到连长的手上，说："别舍不得穿，穿坏了我再给你做。"

还将搭在胸前的一根辫子甩到了身后，然后才羞涩地离去了。

肩上的铁锹忽悠一个下沉，小同的肩头一疼。不自觉的，又换回到刚才的那只肩膀。垂着头，加快了步子，经过了连长，以及连长手里的新鞋子。

每年的冬天，是村里办喜事的高峰期。这个时候，地里和队里的活儿不忙，人们可以腾出精力来，为儿女们操办婚事。对男婚女嫁的人来说，这个寒冷的季节是充满着诱惑的。诱惑里有蠢蠢欲动的情愫，有对未来生活的一点点希望。尽管青年男女们从周围人的日子里看到了他们未来生活的轨迹，但他们还是愿意把自己想象成是与众不同的。在与众不同的想象里，他们从寒冷的季节获取了可怜兮兮的一丝温情。比青年男人更期盼这个季节的，是村里的小孩子们。食物的极度贫乏，使得孩子们练就了一双金睛火眼，牢牢地盯住了村里的每一桩婚事。婚宴上白高粱米焖成的干饭、烩豆腐、炸饹馇、粉条汤，皆可以让孩子们为之疯狂。

随礼了吗?

扔下手里的破书包，先问家里的大人。大人说随礼了，便箭头一般射向办事情的人家。若是大人说没随礼，起码要像回事地闹闹情绪的。踢踢狗骂骂猪，以示对大人的严重不满。渐渐的，一条经验在孩子们间传授，并且被广泛使用。只要是村里有人家办事情的，背着书包从放学的路上就奔了过去，挤在人群里先吃了再说，管他随不随礼呢。

你们家随礼了吗?

随了。

你们家呢?

也随了。

孩子们众口一词，吃得心安理得。和小孩子计较什么，大人们也就随了他们而去，不过多的计较。放纵的结果是，一村的孩子都去办事情的人家吃饭，光孩子就要坐四五棚。四五棚之前，大人们休想沾边。四五棚的孩子，为了早点吃到快要馋掉大牙的美食，使出浑身的力量，拥挤着，推搡着，踩踏着。有那么几回，把饭棚都给挤倒了。

忙活老婆抱盘子，上八桌菜呀! 把头的这一声吆喝，是多么多么令人心潮澎湃啊。

小同的弟弟和妹妹都是被这样的吆喝滋养过了的，他们深知它的魅力。这一年的这一个冬天的这一天早上，小同母亲将一张一元钱的纸币摔在小同妹妹的枕前，告诉她中午的时候去随个礼。

哇，有好饭吃喽。

妹妹睡意蒙胧的眼顿时光芒万丈了。

到谁家随礼啊？

连长他们家。

"连长"就像一盆带着冰碴儿的水，瞬时浇灭了小同妹妹的欲念之火，只剩下一堆儿未燃尽的灰炭儿，升腾着袅袅的黑烟。

她不明白母亲为什么要让她到连长家随礼。连长娶媳妇，并且娶的是小芳，该和他们划清界限才对的。他们欺负的不是姐姐小同一个人，而是她在内的全家人。

妈，我坚决不去随礼！

和一餐美食比较起来，小同妹妹选择了维护家的尊严。

只要没有过于深厚的芥蒂，谁家有事，村民都要随上一份礼的。关系稍微近一些的，随两块钱，大部分随的是一块钱的庄亲礼。每家每户都要遇到婚丧嫁娶的事情，所以，每家每户的门后头，都挂着用线穿成的账本。丧事的账本是白纸，喜事的账本是红纸。"照账随礼"是绿豆村人的规矩。你随我一块钱，我随你一块钱，谁也不吃亏，谁也不占便宜。"随"的是一份礼尚往来，"随"出来的是一种和谐的人际关系。账本上要是没有谁家的名字，那可是要费心思了，咱们咋就得罪他了呢？

在一个村里住着，是不可以轻易得罪人的。至少，面子上是要过得去的。小芳家可以不去，连长家总是要去的，都是在一个队上。小同妹妹当然理解不了母亲的心思。

小同的父母亲在借着这个机会，向全村人证明，他们家是大度的，没有在儿女私情上和连长一家人斤斤计较。然而，众目睽睽之

204

下，又不能完全放下身价，除了小同妹妹可派，小同和小同弟弟是不要指望的了。

不去也得去！母亲将吼声压在嗓子眼儿，唯恐正在堂屋煮猪食的小同听见。

其实，小同早清楚了屋子里母亲和妹妹搞的小动作。娶亲的鞭炮响头一声，她就醒了。歪头看了看身边的妹妹，正是睡觉的年龄，鞭炮从头响到尾，也没能惊扰到妹妹的睡眠。倒是窗下鸡窝里的几只鸡，发出咕咕的不安的叫声。

醒了就睡不着了。

小同知道鞭炮声从谁家传出来。老早，村里人就都知道了小芳和连长的婚事。

一马平川，没有起伏的山峦，哪怕是个小土包都没有。太平坦了。

——这就是小同获知连长和小芳婚期的心情。

他们和她有任何的关系吗？他们不过是绿豆村当中的两个分子。小同坚定着这个信念。这个信念，让小同获得了足够的安静。

可是，在这个早晨，一丝柔弱而又坚硬的东西，穿透小同的安静，慢慢探出头来。而且，它并没有停止的意思，兀自强韧地生长。那片安静是它成长的养料，它像一条蚂蟥，贪婪地吸吮着供给，全然不顾安静已经变得贫瘠，乃至枯瘦。

是疼痛——小同再也无法忽略它的成长。

疼痛和思念有关，与那个叫作连长的男人无关。是的，是的。小同蹙着眉头，微微张开嘴巴，如一条蛇般嘶嘶地往外吐着思念繁衍出来的疼痛。接着，身子也动起来，光着脚下了地，把手探进母亲陪嫁过来的早已经破败不堪的一只箱子里。摸索了一小阵，摸到两只鞋子。将鞋子抱在怀里，回到炕上的被窝儿。

鞋底上那枚用鲜血染成的"心"，渐渐有了温度。温热的气息浸润到小同的肺腑里，慢慢地游走。小同用舌尖儿抵住上颚，发出长长的一声低吟：树，我的树！

第一抹晨光挂在窗棂上时，大半的疼痛已经被温热的气息融化掉了。小同的嘴角缀着归来的静谧。

静谧也是温热的，袅娜的雾气在寒冷的屋子里渐渐升腾，将小同一重又一重地围裹住。

被静谧滋养过了的小同，面对母亲拙劣的表演，自然是无动于衷的了。

不是说了嘛，今天叫连长的那个新郎和她没有了任何瓜葛。

三十五　请讲个故事给我听（一）

　　除了小童，没有人知道十分钟时间发生了什么。奇妙的心灵对话结束后，轮椅上的老妇人又恢复了那个十分钟之外的常态——一个留着口水、言语不清、思维混沌的病人。但是，奇妙的十分钟，给她留下了很明显的记忆。所以，当赵站长的父亲接孙女回来时，老妇人摇着轮椅，扑向老伴的怀抱，口中重复含糊着一个字：怕……

　　奶奶，你又犯病了吧？

　　十二岁的小女孩卸下肩上的书包，发现家里来了客人，便主动和小童打招呼，阿姨好！

　　小美女好！

　　那我叫你大美女吧，你长得挺好看的。

　　小童深深地点了一下头，表示认同了小女孩，然后牵过女孩的手，发出一个轻轻的嘘声。小女孩踮起脚后跟，把形状好看的小嘴凑近小童的耳朵，别害怕，我奶奶就那样。

　　门锁再次转动，赵站长回来了。

　　老妇人将头从老伴儿的怀里拔出来，把右手伸向赵站长，待赵站长近了身前，捉了赵站长的手，指向客厅，打！

　　打？赵站长向老妇人确认。

嗯，嗯……老妇人拼命点头。

打谁啊？

同。

什么同啊？

同……打……同……

见儿子听不懂自己的话，老妇人急出了一鼻头细密的汗珠。

家里有客人，咱吃完饭再打好不好？

赵站长向小童投来歉意的一瞥。

你把锅里的汤热一下，和小童老师先吃，我陪一会儿你妈。

赵站长的父亲说着，把轮椅又推回到客厅，并且回手关上了客厅的门儿。小童的一颗心分成了两部分，一部分在餐桌上，一部分跟着到了客厅里。她听见赵站长的父亲在说，打死你，打死你，回你的老家去……打跑了，把同打跑了，没事了……小童在想象，老人朝着一片虚空挥舞拳头和脚的样子。其实，老人知道老伴儿要"打同"的原因的，因为她的出现，唤醒了老伴儿内心深处关于另一个女人的记忆。嗯，老人就是这样理解的。所以，老人关上了客厅的门儿，隔断了"打同"的场景。她是客人，老人不希望她尴尬。

临走时，小童对老人说，大爷，给您添麻烦了，下次来我戴副眼镜，这样阿姨就认不出我来了。

你们到底在说啥，我咋听不懂呢？赵站长一脸的疑问。

小童嘿嘿地笑了，我和大爷之间的秘密，你不用懂。是不是，大爷？

电梯合上了，将赵站长父亲憨憨的笑关在外边。

你的称呼有点问题。

嗯？

就像鞋子，"大爷"和"阿姨"不是一对儿。在我们老家，管

"大爷"的女人是叫"大妈"的。

您感觉到了别扭，说明您老朽了。现在流行不搭，知道？

……

小童又来了几次赵站长家，采访任务结束后，多转了几个弯而已。当然，来的目的不再是喝汤。顺路来看看大爷，看看阿姨。

赵站长的父亲对小童心存了感激，这个孩子，他不过是到医院给她送了一次汤，便念念不忘了。老人相信自己的判断，小童老师来他家，不是因为和儿子有着某种亲密的关系。不是的。自己也算是活了一把岁数的，这个眼力还是有的。她看儿子的眼神，儿子看她的眼神，都是像清水一样的，没有那种黏糊糊的感觉。他懂的，他也恋爱过。他们不是恋人的眼神，这丫头是真心实意要谢恩哪。自己一点儿也不讨厌这丫头，可是面对着她时，心总是慌乱不安的。这丫头，太像太像小同了。丫头没有出现时，他以为自己把小同忘得一干二净了。原来啊，他没忘，小同就在他的脑子里藏着，藏得太深，只是他不知道罢了。

大爷，想啥呢？

小童推着轮椅，在小区花园的甬路上慢慢地走。春天正在走向末路，一步三回头，恋恋不舍它的劳动成果。轮椅上的老妇人目光变得灵动起来，追逐着满园子的花花草草。没有再现"打同"的场景，赵站长的父亲把老伴儿的安详归于小童老师戴了副眼镜的结果。那天小童老师走时，说再来要戴眼镜的，果真就戴了眼镜。小童老师，咋就知道老伴儿害怕的原因了呢？

噢，没想啥。

他们和轮椅在一个石桌前停下。小童坐在一只石头凳子上，也招呼赵站长的父亲坐下来。

大爷，我听说过一个传说，有一片树林，因为埋了一个女人，就变得神奇起来。只要有人靠近，树就会发出哭泣的声音。我还听说，那个女人的娘家和您是一个村的，而且还和阿姨是小学同学。大爷，您对那个女人一定是熟悉的，给我讲讲她的故事好吗。从小我就喜欢听故事，在乡下奶奶家住的时候，最爱听的就是奶奶讲的鬼故事。

小童做足了一副轻松的姿态：她不过是偶尔听说了一个故事，想探求一下故事的经过和细节。仅此而已。

轮椅上的老妇人发现了花蕊里有一只蝶儿，蝶儿是白色的，轻舞着羽翅在花蕊间忙碌着。老妇人的胖身子尽量地前躬，脖子朝前伸去，满心欢喜地看着蝶儿忙碌，全然没有在意身边两个人谈话的内容。常态下，她已经无法进入正常人的谈话氛围中了。

噢，噢……

赵站长的父亲显然没有料到小童会知道神奇的传说。而且，她还知道那么多，那么准确。

大爷，一个村住着，您不会不认识吧？

小童一脸的期待。

噢，有印象，不过，我得慢慢想，慢慢想。老了，脑子不中用喽，过去的事儿差不多忘光了。

老人拍了拍脑门儿，向小童报以歉意的微笑。他在搪塞她，小童认为，他越是这样，越是暴露了他想逃避的心理。

大爷，传说中的女人叫啥名字呢？

好像叫小——同吧。

老人艰涩地说出了这个名字。"小同"两个字撞击到小童的耳朵时，小童分明感觉到了这两个字是有生命的。此刻的它们，像是被鞭子抽打着。

小童忽然对自己充满了恨意，她所面对的不过是一个不愿意提起往事的老人。而她，就是执着那根鞭子的人。她不断地抽打一个可怜

210

老人的灵魂，真是残忍至极、可恶至极。所以，当老人吐出"小同"两个字时，她并没有收获的喜悦。转而，小童又责怪起自己来：这么容易就动摇，这样不堪一击还是小童吗？

传说她是因为生活不检点，被人发现了觉得没脸见人才死的，是不是和赵站长的大舅有关系呢？那天在街上碰见赵站长大舅，错把我当成了鬼魂，嘴里叫着"小同"的名字，还给我磕头，说对不起我。

轮椅上好安静啊。看蝶儿的老妇人不知道何时睡着了，胖胖的脸像一盘向日葵那样低垂着，嘴巴微张，绵延不断的口水奔涌出来。赵站长的父亲将"向日葵"扳起来，靠在轮椅上，然后脱下身上的蓝色外套，盖在妇人身上。老妇人脸上的表情忽然由安详转成了惊惧，清清楚楚地喊了一声"打同"，活动的右手胡乱地在空中乱摸。赵站长的父亲赶紧把自己的手臂递过去，让老妇人搂在怀里。几秒钟后，老妇人的睡相重又恢复成了安详状态。

看得出来，您很爱阿姨。小童缓和了一下气氛。

她可不这么认为，跟一个死人争了一辈子。那年啊，她又为这事跟我吵了起来，我也是在气头上，就说了几句重话。老婆子脾气真是大，扭头就往外跑。外边下着大雨，还打着雷，更要紧的是老婆子肚里怀着孩子。我就在后边追，真是邪门了，咋追都追不上。一眨眼，老婆子就跑到村西边的大水坑边上了，可把我吓坏了。正在这时候啊，天上一道利闪就劈了过来，紧接着就是一个大响雷，老婆子吓得妈呀一声就栽地上了。她倒是全须全影儿的，油皮儿没破，可我们还没出生的老二就没有了……

阿姨是跟传说中的女子，那个叫小同的争吗？

老人没有回答是，也没有回答不是。看了看天色，一会儿孙女该放学了，得上楼做饭了。

没有否认，就等于默认了。看来，传说中的女子和老人有过一段不寻常的经历。好在他们的谈话已经有了一个突破口，这是一个良好的开始。老人需要一个缓冲，就像从高坡上往下骑自行车，是要捏着刹闸的。一下子就冲到平地上，速度太快，弄不好会翻跟头的。他是一个没有多少心机的善良老人，就给他一些缓冲的时间吧。

大爷，传说女子是哪个"同"字？

同志的"同"吧。

我是童话的"童"。小童帮着老人将轮椅推到电梯口，和老人告别。

大爷，哪天我拉着您，去看看她——在电梯合上之前，小童说出了这句话。

三十六　请讲个故事给我听（二）

小时去奶奶家里，小童见过农民如何浇地，先提前挖好一条土渠沟子，再慢慢把水引过来。小童觉得她就很有些像挖渠人，为了引出赵站长父亲的故事，拿了把隐形的铁锹，卖力地挖啊挖啊。引出来的故事刚刚濡湿了泥土，还没有形成绵绵不绝的奔涌态势。她要的是故事的全貌，不是局部，所以，挖渠的工程还要继续下去。

下一步怎么挖，小童没有一个细致入微的方案。因为她无法操控讲述人，不能提前在图纸上设计好全部的路线，只能粗略地有一个大致方向。细节部分，在哪里转弯，在哪里迂回，只能是看情形而定。

回到报社，等到下班的钟点（守着上下班的钟点，曾让小童郁闷也是愤怒了很久。报社工作性质的特殊性，决定了编辑记者们可以完全不用像其他单位那样，非得死守着那个钟点。可副主编非得较这个真儿，在编前会上郑重地宣布，迟到一分钟扣多少钱，迟到十分钟扣多少钱。小童就用手机编发了一条短信：老婆子更年期了，又在生事啦。短信发到了几个小记者的手机上，几个小记者立场坚定地回复：别听老婆子的。第二天上午，小童照例晚了十多分钟，经过副主编的门时，见是敞开着的。很明显，她在检阅昨天颁布命令的效果。让小童大跌眼镜的是，那天除了她自己，没有一个人迟到。居然被有几分

213

愤青的小记者给忽悠了。后来一打听，原来是小鱼发挥了作用。还不是要闻部主任的小鱼，凭借着记者的敏感性，获知了几个小记者的意图，及时做思想动员工作。几个小记者眼睛里也是有相当多的水分的，早看出了小鱼早晚要得宠的苗头，便见风使舵地转了方向。经过风浪的小童在小河沟里翻了船。被罚了款倒是小事一桩，按照副主编的话说，开着沃尔沃，还在乎罚这点小钱。小童总结经验，对那个半老女人，不能明着对抗。半老女人是个心胸狭窄之人，今天的仇等不到第二天早上再报。只要没有采访的任务，或者拿着约稿为借口外出，小童便乖乖地守着上下班的钟点，做到表面上低眉顺眼，让波涛在平静的水面下汹涌，小童开着沃尔沃回家。她是多么乖呢，路上，既不左看，又不右顾，一溜烟地把车开到了楼下。

方远，正站在楼下，看到沃尔沃开过来，抬起腕子看了看表。比他预想的要提前了一些时间，看来，路上没怎么堵车。

他的出现，小童并没感觉怎么惊讶。提前给了她电话，告诉她要来，才是让她惊讶的表现呢。这是存了心要查她的岗。

儿子呢，不管了？

小童锁好了车，准备和方远一起上楼。方远却不动，看上去没有上楼的打算，看着小童眯眯地笑，儿子上他妈妈那儿去了。

看你怪怪的样子，憋着一肚子坏水吧？

想请美女出去吃饭，不算是坏水吧？

你不是擅长厨艺吗？发财了，还是升官了？

你就不会想点更高兴的？

难道还会有比发财和升官更高兴的事情吗？

两个人逗着嘴，出了小区的大门，往东走。离小区一百多米的样子，有一家开张不久的川菜馆。这家川菜馆的名字很有趣，叫"辣椒炒肉"，据说用作店名的这道菜，是川菜馆的主打菜。方远说要和小童来品尝的，最近发生的很多事情，耽搁了品尝的行程。快到"辣椒炒肉"餐馆时，小童忽然远远地发现老土骑着环卫三轮车过来了。他骑车的样子，也和"辣椒炒肉"被用作餐馆名字一样，是与众不同的。车座上好像洒着一把蒺藜，时刻在扎着老土的屁股，所以，屁股就动来动去。屁股一动，便牵动了上部分的身子，也跟水蛇似的忸怩着。即便不去看那张独一无二的丑脸，根据骑车的姿势，也能判断出来。小童就牵着方远的手，加紧了步子，避免和老土的擦肩而过。

走这快呢？

饿了嘛。

"辣椒炒肉"菜馆不是很大，但是很别致，它的"别致"像这个季节暖暖的风，一进门便扑面而来。绿植从藤架上垂下来，环绕成一个个的小包厢。小包厢里可以容纳最多三四个人就餐，特别适合情侣，或者一个小家庭。在别有情调的环境里，用餐的人少有大声喧哗者，他们优雅地交谈，优雅地咀嚼。早有非常年轻的服务生引着方远和小童，坐到了临窗的一个小包厢里。

辣椒炒肉肯定要有的，方远又点了另外三个菜，一道汤。

看来你真发财了，点这么多的菜呢。小童环抱着双肩，看方远如何倒出葫芦里装的药丸来。

比发财还要值得庆贺呢。

酸梨汁软软地融进小童面前的杯子里。

庆贺吗，不来点带度数的？小童用一张薄煎饼卷"辣椒炒肉"，拿眼神搭了一下方远。

不光今天不能喝带度数的，明天、后天、大后天、大大后天也不能喝。方远闪了闪眼。

不错，味道好极了——小童的注意力都在手里的"辣椒炒肉"上了，故意淡漠方远话语和眼神里暗藏的玄机。她知道，他在等着她好奇的询问。她偏偏不问，让他像老母鸡一样，实在憋不住肚里的蛋了，就会主动地下出来。

方远也看出了小童的拿捏。切，小东西，白端架子了，本来也没想这时候告诉你呢。就一副神秘表情，陪着小童吃吃喝喝。

吃完了饭，小童被方远牵着往回走，进了小区。到了楼下，方远疾走两步，越过小童，将后背对着小童，矮下身子。

想当一把猪八戒啦？

来吧，媳妇儿！

能背到四楼？

对我没信心？

那好，就给你一个增加信心的机会。

小童不再客气，将身子贴上去。好嘞，猪八戒背着媳妇儿回家喽。方远一声吆喝，开始往楼上走。勉强爬上了二楼，方远早已是气喘如牛了。小童抹了一把方远头上的汗水，可怜的猪八戒，还是饶了你吧。

别动，今天猪八戒一定要把媳妇儿背回家。

继续攀楼梯。等到攀上四楼，汗水已经在方远的脸上脖子上流成了欢畅的小溪水了。好幸福的猪八戒！能够把小童从一楼背到四楼，方远充满了成就感。放下小童，扶着楼梯喘息了片刻，才开了门儿。

激动人心的时刻马上就要来了，方远说，宝宝，把眼睛闭上，我喊一二三再睁开啊。

小童闭上眼睛，想，一大束玫瑰花，或者其他的什么礼物。情人节和纪念日已过，他又在玩什么把戏呢。

一，二，三——睁开吧。

小童一愣，方远很绅士地单腿跪地，两只手臂高高托起一只精巧的礼品盒。

什么？

你打开看看，它是你的。

一枚钻石戒指，高贵地安卧在盒子里。小童明白了，这就是方远葫芦里装的药丸。他在向她求婚。

不是说等儿子毕业吗？

宝宝，我的意思是，咱们先把证领了，好不好？

你的家人还没见过我，他们会同意吗？

不管他们，这是咱两个人的事情。

你儿子也不用管吗？

等他中考完了，再告诉他。

那就等儿子中考完了再领，怎么也得有个仪式啊，这样偷偷摸摸的，我咋跟我妈交代呢。

小童拒绝接受那枚散发着贵妇人一样富贵气质的钻戒。这样的场景，曾经是她期待已久了的。可是，它来得不是时候。起码，不是现在，在她对方远的爱产生疑惑和动摇的时候。是什么让方远突然改变了决定呢？过去她的每一次"小情绪"，每一次"向东行走"，方远都不曾修正他的诺言，坚持着最初对她的承诺。小同，只有你知道方远改变的动机，对不对？

宝宝，我知道委屈你了，等儿子中考完了，一定给宝宝补办一个隆重的仪式好不好？中式的，还是西式的？让宝宝挑。

已经站起身子的方远，将小童搂在怀里。肉质丰满的身子汗渍未退，将黏糊糊的感觉传递给小童。厌烦，悄悄地从小童的内心伸展出腰身来，将繁茂的枝叶摇摆给小童看。小童向它投以恶恶的眼神，回去，还不该是你搔首弄姿的时候！那厌烦遭到了主人的斥责，萎缩了腰身，寻个不引人注目的地方，独自委屈着。

217

小童决定，你有千条妙计，我有一定之规，不答应我的条件，就不会答应你的条件。就算答应了我的条件，也不会答应你的条件。爱的城堡已经坍塌了，无论是离开，还是重建，她都要给自己一个理由，也给方远一个理由。在这个理由没有出炉之前，小童不会跟着方远去领证。她有的是理由拒绝，拖延。

好在，方远没有逼着小童今天晚上做出决定，明天就得去民政部门领证。他不想彻底破坏了气氛，不想打碎了另一份准备。

很快，小童识破了方远的另一份有预谋的准备。她说，不戴那个，就不许碰我。他说，戴了那个，总感觉像穿着雨衣。她说，原来咋没听你说过？他说，没说过不等于没有这个想法。她说，要坏事了咋办？他说，那就让坏事变成好事，宝宝生个小宝宝出来……

方远势不可挡了。方远如狼似虎了。他，不再和身下的女人对话，勇往直前。带着一股男性的霸气，男性的征服，耀武扬威地在小童的土地上策马扬鞭。飞扬的征尘模糊了小童的表情。小童的反抗，小童的捶打，显得那么微不足道。微不足道到可以忽略。

终于，方远跑累了，肉质丰满的热汗淋漓的身子，像一张煎饼似的摊在床上。

怪不得吃饭时不喝酒，敢情早就有预谋，你！小童不再捶打他，让愤怒和委屈化成的泪水饱满地含在眼窝里。

都是爱你惹的祸。宝宝，我没有选择。真的，没有选择。

他的腔调里伴杂着浓重的鼻音。这个叫方远的男人，眼睛里有莹莹的泪光在闪烁。

方远睡去了。看他的睡相沉了，鼾声浓了，小童拨开环住她的手臂，悄悄爬起来。先去卫生间清洗了下身，然后到客厅的一只小药箱里，翻找出一片毓婷来。这个男人算准了她的排卵期，真是可恶至极。但是他忘记了，是他教会了她的"反侦察"能力。去年傍近春节时的一个周末早上，他太投入了，结果弄破了"雨衣"。面对小童的惊慌失措，他安抚小童不要紧张，他这个过来人，知道一个还算有效的补救措施。于是，他穿衣，下楼，再转回来时，手上就多了这个叫作"毓婷"的白色小药片。

吞下它。小童回到床上，躺下。男人睡在右侧，窗子外边的灯光和月光融汇在一起，穿越厚重的窗帘，斑斑驳驳地洒在男人的脸上。男人的脸变得鬼魅起来，一会儿变成方远的，一会儿又变成 Rain 的。

小童翻转身子，把后背留给鬼魅的脸。

三十七　讲个故事给我听（三）

　　和小童一样无眠的，还有赵站长的父亲。

　　老伴儿的表现如此诡异，如此让人猜不透。她睡着了，就会变成另外一个人，完全不像是一个病人该有的样子。想来，老伴儿奇怪的表现是从那个小童老师来家里才开始的。小童老师的长相的确和小同很相像，不一样的只是头型、看人的样子，还有穿衣打扮。老伴儿肯定从小童老师的身上看出了小同的影子，想起了过去，想起了小同。在梦里，她会回忆起和小同在一起的日子，在一起经历的事情。怪就怪在这里，梦里的老伴儿，完全是一个正常的老伴儿，思维清楚，说话儿也清楚。醒来，就又恢复成了病人。小同，是你在天上显灵了吗……

　　傍晚，小童老师帮自己把轮椅推到电梯里。坐到九楼，下了电梯，见老伴儿依旧睡着，就卖了把老力气，将超过自己体重的老伴儿抱起来，放倒在床上。让她舒舒服服地睡上一会儿，等她醒来，孙女也接回来了，饭也做好了。

　　就是这时候，他听见老伴儿在说梦话。

　　小同，你别走，别走，听我说，我知道那样做不对，伤害了你。可是，就是一说，谁想到我哥真那样做呢。说不定他早就想那样做

220

了，谁让你长得那么惹人稀罕呢。我说了啥？你现在不是凡人了，不是知道的吗？噢，让我亲口说出来？那我就说，哥，你要是有本事就让小同当你媳妇吧。为啥这样说？我和娟子一样生你的气，比我长得好，也比我学习好，和你在一起，大伙儿都夸你，不夸我。他们说你长大了得好好地挑一个婆家时，我就想着，说不定就找一个最赖的男人呢。然后我就想到了我哥。那时候，还是不懂事的小孩子，就是那样一想，随口就说出来了。小同，你也看见了，我现在成了废人了，遭到报应了啊。

……

连长是我的，是我的，我不会还给你的，你走！

老妇人的右手在半空中乱抓，一下一下地抓空。

赵站长的父亲太惊愕了，一股冷飕飕的凉气儿顺着脊梁沟儿向上攀缘，擦了擦一双不是太昏花的老眼，又拍了拍两只听力还算尚好的耳朵，检查一下它们是否也和老伴儿一样生病了，出现了幻听。

老伴儿的手还在半空中寻找着，嘴巴里一声紧似一声地唤着"连长"的名字。不是幻听，他确定了不是。那只手是焦躁的，近乎疯狂地在寻找。赵站长的父亲将自己的手臂递过去，让那只手抓了。焦躁的手，终于安静下来。

看了看表，该去接孙女了。可是，手臂被老伴儿抓在手里。这几天一直都是儿子在接送孩子。开始儿子说，孩子那么大了，学校离家又不远，让她自己上下学吧。老爷子强烈反对，远是不远，就是要过马路的，马路上那么多的车，你要是实在没空，我就推着你妈去。儿子忙着说，可别，我去接。有时，外边有应酬，就派了手下人去接。

儿子太忙了，别再给儿子添乱了。赵站长的父亲慢慢地将手臂从袖子里退出来，然后，观察了一会儿老伴儿的反应。手里紧紧抓着外套的她，依旧是安静的。

赵站长的父亲便给儿子打电话，说他一会儿去接孙女。儿子说，爸，我妈那儿走得开吗？老人说，没事，走得开。

晚饭时，老伴儿仍然沉沉地睡着。赵站长的父亲推了老伴儿几下，吃饭了！

没有反应。侧耳听了听，老伴呼吸均匀，没有任何异常。在梦里争斗了半天，看来是累了，就让她睡吧。

唉……

赵站长的父亲换了个睡姿，长长地嘘了一口气。

连长是我的，不给你，你走，你走！

忽然，身边的老伴儿又说起梦话来。

凝视着这个和自己快要过了一辈子的女人，赵站长的父亲承认，她的一颗心都给了他，一点儿都没有保留。他的一颗心呢，都给了她吗？他从来没有想过这个问题，原来以为是自己懒得想，今天晚上，他才明白自己，是他不敢想。他怕找不到自己的心，自己的那颗心呢，早就不在他的胸腔里了。几十年前，他把心给了小同，就再也没收回来过。从此，他成了一个没有心的人。没有心的人不会思念，也不会痛。可是那天，在医院看见小童的时候，他感觉到了嘶嘶的疼痛，所以，他慌乱了。

小同，在那边，你过得好不好？你给小芳托梦，为啥不给我托梦呢？你恨我，不想让我看见你，对不对？小同，就算过去小芳做了对不起你的事儿，看在她是个病人的份儿上，就原谅她吧。你是那么善良的人，一定会的。把所有的仇恨都加到我一个人的身上，是连长欠了你的啊。小同……小同……

已经变成了老人的连长，轻轻地呼唤着小同的名字。在他的呼唤中，穿着碎花上衣、蓝布裤子，梳着两根光溜溜麻花辫的小同，羞羞怯怯地朝着他走来。她还是那么俊美，尤其是头上罩着的红色头巾，

222

把她的小脸蛋映得红彤彤的。那可是他送她的头巾呢。他伸出手去，等着她走近，想牵着她。牵着她，再也不分开。她走啊走啊，他伸着手等啊等啊。越是往前走，她和他的距离越远。渐渐的，她的面容模糊了，头上的红色头巾和天边的夕阳融在了一起……

叫作连长的老人抹了一把脸上的泪水。是的，他流泪了。

小同，连长一直没有忘记你，可是，没有脸去看你……没有脸啊……想当初，要不是我无情无义，你也不会嫁到芝麻村。不嫁到芝麻村，就不会死得那么惨……

一串又一串的老泪挤出指缝，大口大口地呼吸着外边的空气。它们被压抑得太久太久了。

第二天发现了老伴儿的不对劲。她紧闭的眼睛没有在晨光的抚摸中醒来。一根炸油条，一碗豆浆，一个煮鸡蛋，是她最喜欢吃的早点，此刻，它们静静地等候着她。等她像三四岁的小孩儿那样，在第一时间发现它们的存在，惊喜地发出模糊不清的却是嘹亮的"吃"字。她没有。延续着深沉的睡眠，发出贪婪的轻鼾声。

你妈不对劲了，送医院瞅瞅吧。

赵站长赶紧打了120急救电话。到了D城最好的那家三甲医院，一系列的检查，再经过专家会诊，结论下来了：脑血栓加重导致患者成了植物人。

植物人？赵站长的父亲不相信，他说大夫啊，您再好好给查查，植物人咋会说话呢？

您听错了吧？

您要是不相信，就守在她身边等着，一会儿她就说了。

主治大夫当然没有大量的时间去守候一个病人，守候的工作由家属来完成。赵站长和父亲守在病床边上，没有多久，床上的病人就真的说话了。赵站长开始还对父亲的话持了怀疑的态度，亲耳听到了母亲说话，简直太让他震惊了。他听见保持熟睡状态的母亲说，要是有两个连长就好了，小同一个，我一个。唉，连长又不是孙猴子，拔下一根毫毛就能再变出一个孙猴子来……

赶紧的，赶紧的……在父亲焦急的催促下，赵站长一个箭步，冲出了病房。

赵站长拉着主治大夫小跑着回到病房时，母亲的病床前已经围了一些病人和家属，他们都在好奇地看一个植物人是如何开口说话的。

实际上，主治大夫也颇感惊奇，但是，因为他是专家级别的医生，所以，他不能像普通人那样，对这件事表现出过分的惊讶。他解释说，病人大脑中可能有一小部分脑细胞还没有完全死亡，但这小部分没有死亡的脑细胞，并不代表着病人可以在短时间内会有所好转。

赵站长的父亲一听，也感觉蛮有道理的。这个老婆子啊，成了植物人，还不能放下小同。

赵站长还要坚持把母亲转到天津北京的大医院，再找找顶尖级的专家，说不定还会有奇迹发生。老父亲却不同意了。他明白，儿子说转院，那是儿子孝顺，可是，死马当着活马医，还有那个必要吗。儿子毕竟是儿子，从他嘴里不能说出放弃两个字来。儿子先说了放弃，会惹来不孝的骂名。放弃，得由他来说，他是主角呢。老婆子就是这个命，自个儿也是这个命，认了。

老爷子就和儿子认真地谈了一次出院的去向问题。

她真的不回来啦？

嗯。不回来啦。

那行，我和你妈先回你那儿，替你照应着点家。不过你得抓点紧，等找到合适的，我和你妈就回老家，不给你们添乱。

爸，咋就添乱了呢？

爸就有一个条件，新来的人得对我孙女好。

爸，我暂时不找了，等孩子大了再说。

那个小童老师？

人家早有男朋友了。

噢……那就好，那就好。

爸，小童老师不好吗？

不是，好，小童老师好。

母亲病得怪怪的，父亲也跟着神神道道的，真是邪性了。赵站长的心一动，母亲说"要是有两个连长就好了，小同一个，我一个"什么意思？连长是父亲的乳名，小同，是那个和母亲做过小学同学的小同吗？小时候，母亲和父亲吵架的时候，"小同"这个名字好像是一把超级的利器，每次从母亲嘴巴里发射出来，都会百分之百地击中父亲。没有一滴血，看不见父亲的伤口。利器一定伤到了他眼睛看不到的地方。受了伤的父亲就没了和母亲吵架的力气，哀怨的神情，坐在炕上，吧嗒吧嗒地吸纸烟。父亲平时不吸烟，只是被母亲的利器射中时才吸。那时还想，"小同"真是厉害，不仅小孩子们怕她，连父亲这样的大人也怕她呢。小时的想法真是可笑又单纯，现在想来，不是父亲怕小同，而是母亲怕小同。难道小同活着时曾经和父亲有过什么？小同和小童又是什么关系呢？听父亲的口气，好像不太同意她和自己走得太近。噢，想起来了，自从小童来家里，母亲就一个劲地说"打同"。小童临走，还说下次来还要戴着眼镜什么的，这样母亲就不会认出来了。母亲肯定不会认识小童，唯一的解释就是，小童和死去的小同有某种关联。

就是因为小童和小同有关联，父亲才介意他和小童的远近的。小童不是本地人，小同是一个早就死去的人，她们会是什么关系呢？

三十八　讲个故事给我听（四）

打开和 Rain 的 QQ 号码。空间相册里的 Rain 狭长的眼睛，眯眯笑得性感极了。坏蛋，那么嗨，是不是有了新欢了？

他不回答她，依旧眯眯地笑。她快不快乐，开不开心，和他没有了任何关系，只顾着自己恒久地微笑着。

Rain，你这个讨厌的家伙，把我带到你的世界里，又狠心抛弃了我。恨死你啦！

小童愤恨地关了空间，下了 QQ。

她知道她想他了。他在，就没有了后来的方远，以及后来的一切一切。或者，当初该听母亲的劝告，和母亲一起回去。按照母亲的意愿，守在母亲身边，顺顺当当地把自己嫁掉。给母亲想要的厮守，给母亲想要的日子，让母亲向父亲有一个交代。那样，有什么不好呢？

姐，一个有趣的新闻！这个小鱼，又在不该出现的时候出现在小童面前。

小童的右手条件反射般动了一下鼠标，恢复了被最小化的页面。一个作者的小小说。

干吗呢，姐？

你说呢？

噢，又组稿呢。等会儿再看，先看一个有趣的新闻。

不但嘴上说着，手上也有了动作——把打开的小小说再次最小化，挪动鼠标点开 D 城的论坛。

会讲故事的植物人。

小童努力地向后倾着身子，以便给小鱼让出更大的空间，防止他的肢体和自己有接触。尽管和屏幕保持了较远的距离，当这个题目在论坛最显眼的位置滚动时，小童的眼睛一下子就捕捉到了它。植物人怎么会讲故事呢？不过是哗众取宠罢了。小童便持了不屑的态度。

但是，当小鱼把这条新闻打开时，小童惊愕了。新闻配了图片，图片的背景是医院，病床上"讲故事"的植物人，不是别人，正是赵站长的妈妈。

起来！小童拨开小鱼，仔细地辨别，嗯，没错，就是赵站长的妈妈。

姐，你认识这个老太太？

不认识，只是觉得不可思议。

姐，你说咱有没有必要跟进一下，弄条社会新闻发发总是可以的吧？

小鱼讨好小童。

杀鸡焉用宰牛刀，这点小事不用劳烦主任大人了，小的替你去打探一下。

别，我的好姐姐，您这不是折杀我嘛，我去也不能叫您去呀。

小童已经背上包包往外走了，将小鱼的话甩在了身后。

小鱼耸了耸肩，看来一不小心又得罪这个姑奶奶了。

小童赶到医院时，是赵站长母亲住院的第二天下午。这时，病人已经不在大病房了，赵站长找熟人，把母亲转到了单间病房。来听病人"讲故事"的不仅仅限于住院的病人和家属了。最初，赵站长还不知道是 D 城论坛发挥了作用，直到有病人家属用手机上网，发现了论坛上那条夺人眼球的新闻。为着母亲和其他病人的安宁，赵站长不得已给母亲转了病房，将猎奇者拦在病房门外。

大爷，对不起，真的对不起。

小童的内疚是真诚的。她的内疚，赵站长的父亲可以理解为：小童长得像小同，老婆子看到小童，精神上受到了刺激，所以病情加重了。他却不知道小童内疚更深层的含义。也许，他永远都不会知道，在一个十分钟的时间里，家里只剩下老伴儿和小童两个人的时候，曾经发生过什么。而小童的内疚，正是源于这个十分钟的发生。她冒充了一个死去的女人。

嗨，这是她的命。赵站长的父亲并没有埋怨小童的意思。

或者，在老人的心里是埋怨她的，如果不是她的意外出现，勾起病人不愉快的回忆，病人的病情也不会突然加重。但是，他是个善良的老人，把可能有的埋怨隐匿在心里。老人不知道曾经发生过的十分钟，可能有的埋怨只能是你这个小童长成啥个样子不成，非得长成老婆子介意的那个样子呢。

即使小同生前是老妇人的情敌，即使两个女人之间有过什么，自己的行为所造成的严重后果，绝非小童的初衷。

都是我不好……在医院的走廊里，小童想对赵站长有所表达。想向他说明一下，她和另外一个女人的相像，实在是一种巧合。

……

赵站长用一种疑惑的目光对着小童。疑惑里含着期待，期待小童给他一个"都是我不好"的答案。

大爷说，我和传说里的那个女人长得特别相像，阿姨好像不喜欢那女人。我要是知道这个，就不去你家了。阿姨肯定是情绪上有了波动，病情才加重的。

这么巧？

就是这么巧。

怪不得呢——赵站长明白了父亲介意他和小童远近的原因。

嗯？

没什么，我是说和你没关系，你不用放在心上。

我留下来照顾阿姨吧。

那咋行呢？

那咋不行呢？

小童想承担一些什么，来减轻内心的负疚感。还有，也想验证一下论坛里那条新闻的真实性，听一听植物人究竟讲的是什么故事。便坚持留下来。所谓的照顾，不过是等液体将尽时，负责喊一下护士。再按照医生的吩咐，隔一段时间给病人翻翻身。液体里边有营养成分，暂时不用给病人喂食。小童的坚持是坚定的，赵站长也就不再反对，让父亲回家歇息，然后接接孙女，晚上就不用过来了。

赵站长的父亲就要踏出病房门时，赵站长问了一句，要不要告诉我大舅和我老舅一声？

别拿他们当人！

老爷子没有回头，扔下比石头还要硬的一句话，走了。将一个倔强的背影留在小童的眼里。

我在，您合一会儿眼吧。

赵站长真是困了，将近两天一夜没有合眼了。按照老父亲的意思，既然人醒过来是没有多大的希望，倒不如干脆回家得了。赵站长依了父亲不转院，再匆匆地拉回家里怎么也说不过去。自己的良心上过不去，亲戚朋友领导同事见了也要笑话的。白天，老父亲伺候走了孙女，来医院照应一下，想着让儿子睡会儿觉。可是，病房里迎来送往，熙熙攘攘，这个领导来了，那个同事走了。送钱的，送花的，老爷子看得眼花缭乱。

这一刻，病房里是安静的。赵站长顺从了小童，靠在椅子上休息。只一会儿，睡眠便来敲门儿了。赵站长开了门儿，睡眠张开怀抱，拥抱了这个从骨子里倦怠的男人。

单间病房里，有两把椅子。小童将身子放进另外一把椅子里，听着母子两个长长短短的呼吸声。儿子的呼吸是浑厚的，且随着睡眠的深入，浑厚渐入佳境，有鼻鼾赶来做点缀和映衬。母亲的呼吸则是平稳的、匀称的、不慌不忙的，很温和，不急不躁，像小童小时去奶奶家见到的那些靠着墙根儿晒太阳的老者。他们永远是从容的，找不到步履匆匆的感觉。

这样一个对外界没有丝毫感知，气息平和的病人，会讲故事吗？小童真是怀疑起论坛里的那条新闻来。无聊的炒作，一定是。

本以为无限制延伸的平和气息，在小童的疑惑中，渐渐有了变化。开始局促起来。嗯，局促。局促，仿佛在给什么做铺垫；局促，仿佛是小提琴手正式演奏前在后台上的试音。小童不由自主也陷入局促的氛围里来，一颗心提起来，耳朵和眼睛最大限度地张开。身上的每一个毛孔也都洞开着，它们是兴奋的，更是紧张的。

局促经过了平台期，进入高潮期时，老妇人的讲述开始了：

连长，你知道吗，其实当初是我把我哥给送进监狱的。我哥想媳妇都想魔怔了，非要让我给他换一个媳妇回来。我心里正烦着呢，可巧就来了一个要饭的女人，是我把要饭的女人领到四队场上，把她关在我哥看场的那个小屋里的。谁想女人就死了呢，她死了，我哥也进监狱了。警察把我哥带走那天，我听见小同他们家放炮了，心里那个气啊，就想找小同撒撒气。连长啊，你就是那时候出现的。看见你的第一眼，我就喜欢上你了，可是，那时候你偏偏和小同好上了。我没有办法，才和你说了我哥和小同过去的那些事儿……连长，你会怪我吗？会吗……

局促的喘息向着山峰的顶端攀缘，挺进。可以活动的右手被判了死刑，无法协助喘息来完成高难度的攀缘。只有眉毛，像火苗一样跳动着，给局促的喘息助威。不自主的，小童的魂魄被卷入到艰难的攀缘中，气息逐渐加重，逐渐变得疲惫。躯体在椅子上坐着，尽管是观望者，却被魂魄所累，有了倦怠感。一颗心亦升到悬空的位置，为攀缘能否成功而忧虑。

另一张椅子上的男人，睡眠正酣，艰涩的攀缘奈何不了他。也许，这两日，他习惯了这样的攀缘吧。

小童捏着两掌心汗水时，局促的喘息举全力一跃，终于攀上了顶峰。然后，渐渐恢复到平台期。讲述告了一个段落，留下一个大大的省略号。

悬空的心和魂魄归了位，小童举着两掌冰凉的汗水，嘴巴嘟着一个圆圈儿形状，发出一个轻轻的、长长的"噢"——

原来如此。嗯，如此，原来。

老土入狱和另外一个女人的死亡有关系，不是最初想象的那个样子，不是因为传说中的女子小同。

可是，她说"我哥和小同过去的那些事儿"，小同和老土过去一定发生过非常严重的事情，严重到是小同男朋友的连长可以放弃他们的爱情。

老妇人的爱情是建立在别人的痛苦之上的，是算计来的，所以，她一生都在担心失去。怪不得她那样在意小同，是在担心人家来寻仇，拿回属于人家的爱情。

之前对老妇人的歉意，慢慢变得浅了。小童想留住一些，但最后一丝歉意却随着老妇人故事的深入，消亡得无影无踪了。

三十九　爸妈，我想嫁人了

　　成了三队社员的小芳，在婚后的第二天就去生产队干活了。夹在社员中间，等着派活的小芳，神采飞扬地和其他社员打着招呼。她是三队社员的一个分子，她是连长媳妇，这两个原因，让她有足够的底气以主人翁的姿态，粗门大嗓地和其他人谈笑说话。新娘子的羞涩总该是有的，但是没在小芳的身上发现，是嫁在一个村里的原因吗？也许羞涩是存在的，只不过是被某种过于强势的东西给遮盖住了。强势带着明显的张扬，大有虚张声势之嫌。

　　小芳是做给小同看的。

　　她想给小同来个下马威，在气势上震慑住小同。女人啊，不管是生在城里，还是生在乡下，她们骨子里的排他性是共同的。爱，让她们变得痴癫而又狭隘。她们中的她，从情敌的手中夺了所爱的人还不算，步步紧逼，让情敌永世不得翻身。别怪我，谁让你曾经爱过我的那个他呢。

　　女人对女人从来不会手软。

　　我们连长连洗脚水都给我烧好了，我们连长好吃的都紧着我，我们连长这个，我们连长那个……小同在场时，小芳的话题就像纺出来的线一样，总是在连长这个"线坨儿"上缠来绕去。饱胀的幸福感哗

232

哗地流淌，几乎淹没了三队的场，弄得社员们的心都湿答答的，加重了寒冷的感觉。

小芳却是欲罢不能，顾不得怜悯别人瑟缩的表情，继续她幸福的炫耀，在炫耀中获得胜利的满足。

连长大概不喜欢小芳过度炫耀他们私密的幸福，经常躲得远远的，比结婚前更加投入更加沉默地干活。

让小芳郁闷的是，她的炫耀好像没有奈何得了小同。她没有从小同的表情上捕捉到丝毫的或嫉妒、或羡慕、或仇恨等等有关的情绪表达。小同在她一个人的世界里极度地安静着，外界的任何干扰都无法进入到她的安静里。她该是悲怆的、绝望的、哀怜的。

小芳所有的努力都白费了。

这个长着一副狐媚眉眼的女人，真是太可恶了。

队长，我想和我们家连长换换——小芳执意破坏任何一个连长和小同分在同一个组干活的机会。

你是队长，还是我是队长？

三队队长不乐意了。

碰了一鼻子灰的小芳气鼓鼓地抄起家什，心不甘情不愿地去干活了。从小同身边经过时，肩上的榔头"无意识"地一甩，甩到了小同的肩胛处。承受不住榔头无意识一甩的小同，身子向后一个趔趄，撞到一名男性社员的身上，缓冲了一下，才没有跌倒。

小芳没有回头，更别说准备道歉。

场上没有走尽的社员，都看得清清楚楚，小芳有点欺负人了。都在暗中较劲，希望小同有所行动，向小芳施以有力的反击。

捂住肩胛处的小同，显然还没有做好反击的准备。反击，就要从独自的安静里走出来，变成一个凶悍的食烟火的泼辣人。反击的本领，小同已经荒废了很多年，不知道还有没有这个能力。

233

犹豫时，一匹黑马杀了出来——小同的弟弟。

在这一瞬间，小同弟弟不再是那个颓废的，从骨子里往外散发无所谓气息的小子，他是怒不可遏的，是血气方刚的。

没长眼啊，碰着人啦！

他挡住小芳前行的路。

就没长眼，你咋地吧！

我瞅你是鸡巴吃多了撑的，连人话都不会说了。

哗——观望的社员，男男女女的，笑场了。

你——

做了新媳妇不久的小芳，道行尚浅，没能像其他资深老娘儿们那样，赤橙黄绿青蓝紫的句句不离生殖器官，她暂且还放不下身段。

一个"你"字出来，眼里已是汪了委屈的泪水。拿了泪眼去寻连长，想让连长给自己撑撑腰。

连长却不知所踪了。

许多人都想，以小芳的凌厉之势，手指甲该发挥一下功能，就算挠不到对方的脸，也要认认真真地挥舞几下。没想到，只一句骂人的荤话就一败涂地，失去了反抗的力量。

看来，鬼怕恶人，是亘古以来颠扑不破的真理。

弟弟又一次替自己出头了。小同却分明感觉到，和上一次不同的是，弟弟的"拔闯"不再包含着姐弟情分。他在维护整个家的尊严的同时，对小同满含着刻骨的蔑视。

小同的这个感觉很快得到了印证。在午饭的桌子上，埋着头吃饭的弟弟，忽然说了一句话。他的这句话，让咀嚼声有了片刻的集体停顿。

他说的是，给芝麻村的人捎个话，赶紧把人娶走！

"芝麻村的人"指的是大壮，"把人娶走"指的是小同。

他烦了，厌倦了，容不下小同了。小同的存在是一个麻烦，甚至是一份耻辱。所以，他要她走，还他们这个家一份清静。或者，还有一份清白。

谁都以为在一片咀嚼停止后的寂静里，会发出一些不同的声音。母亲以为父亲可能发出一两句的斥责声，父亲以为母亲会发出一两句的斥责声。

没有。一小段寂静后，咀嚼声复又响起。仿佛什么都没有发生过。

有了些许变化的是妹妹——拿了眼睛翻翻母亲，翻翻父亲，又翻翻哥哥。最后翻翻无动于衷的小同。狠狠地咬了一口手里金黄色的玉米饼子，发出高分贝的咀嚼声。

妹妹想让桌子上其他的人注意到她，偏偏，没有人理会她的反常举动。大概父母亲是知道妹妹在故意挑衅的，今天，他们格外地保持了默契，不准备采取任何反挑衅行动。

哼——妹妹终于在一片咀嚼声中爆发了，扔了手里金黄色的玉米饼子：我发誓在家里待一辈子，让你们撵！

原来，妹妹在借题发挥了。她不是在为姐姐小同鸣不平，她想到了她自己。今天哥哥以那样的口气对小同，明天他就会以那样的口气来对自己。她和小同一样，都是要嫁掉的人。

父母亲对妹妹是无可奈何的。小同想，她是家里的老小，又是那么纯粹的一个女孩子，不像自己。那个叫老土的丑男人带给自己的耻辱，如同一块巨大的磨盘，压在她细细的脖子上，让她无法抬头挺胸做人。一个不再纯粹的女子，哪里还有资格任性和耍脾气呢？不过，今天弟弟的话太伤人了。小同借着妹妹的气势，发出了自己微弱却是执拗的声音：

爸、妈，择个日子吧，我想嫁人了。

四十　三去神秘的树林

小童在电话里说，周末陪陪儿子吧，马上就要中考了，帮他复习一下功课。

方远立即就警觉了，宝宝又有采访任务吗？

小童说，没有。

方远说，讨厌见到我？

小童说，不是，我们领导的妈妈病了，我在医院帮着照顾一下。

方远说，哪个领导？

……你不相信我的话，是不是？那好，我告诉你，我们副主编的妈妈病了，我在拍她的马屁替她照顾病人。再不相信的话，就到上次你儿子住院的那个医院，记好了，302病房。欢迎你随时来查！

不再给方远说话的机会。几乎是气急败坏的，小童不仅挂掉了方远的电话，还把手机关掉了。但是很快，小童又把手机打开了。他不就是多打几个电话，不妨就牺牲一下耳朵，多拿出一些耐心。关了手机，说不定倒给了他一个来医院的理由呢。

果然，小童还没有走出医院三楼卫生间的门儿，方远的电话就来了。没事儿，我没生你的气，我会听话，会乖乖的，会照顾好自己。

周末晚上能看到宝宝不？

应该能吧。

小童尽量平和着语调。安抚好了电话里的方远，小童往 302 单间病房里走。在赵站长和赵站长的父亲面前，她留下来的理由，可以是因为负疚——不小心与小同相貌的神似，还可以因为是答谢的延续——偿还自己住院生病时赵家父与子对自己的关照。

只有她自己知道，除了答谢的成分，她坚持留下的重要原因就是倾听植物人"讲故事"。

植物人的讲述是零散的、片段式的。有时是在暂时的安静里发生，更多的是在一片非安静里。当讲述发生在非安静的状态时，小童就尽力将注意力割裂开来，一部分给屋子里的制造非安静状态的人，大部分给讲述故事的病人。片段式的讲述，每隔几个小时就发生一次。一个片段会耗费讲述者的很大精力，中间的几个小时，大概是用来积聚下一个片段讲述的力量的。局促的喘息不断地爬上一个又一个的高峰。

片段式的讲述，只有一个主题：小同、连长、讲述者自己。配角是老土。

小童愕然地发现，尽管老土是配角，但是，他却发挥了巨大的作用。在还是小女孩时候的讲述者的点拨下，引诱了小女孩小同。老土对小女孩小同的引诱，是连长放弃爱情的原因。

讲述者一方面在忏悔，一方面又在替自己辩解。她只是一个有着嫉妒心的小孩子，不曾想过，也想象不出对让小同做哥哥的媳妇，会造成什么样的后果；她只是因为喜欢连长，想得到一份属于自己的爱情，所以，才不惜说出哥哥和小同的过去。这个时候的讲述者，已经明白哥哥当初对小同的引诱，给小同带来的伤害有多么大了。

听懂了。小童完全听懂了。

片段式的讲述，是轮回的。几个片段串在一起，组成一个相对完整的故事，作为一个轮回。下一个轮回的讲述，又是和上一个轮回相同的片段的组合。不断地讲述，不断地重复。讲述者自己浑然不觉，沉醉在每一个片段的讲述里，无论是忏悔，还是辩解，没有丝毫的弱化。攀缘的高峰，绵绵延延，气势雄浑。

小童没有在讲述中寻到方远的影子，也没有雕塑男人。嗯，老土对小同的伤害，讲述者对小同的伤害，连长对小同的伤害，都是发生在绿豆村的。那是小同出嫁前的日子。而，方远和雕塑男人是芝麻村的，他们和她的发生，是在小同出嫁后的岁月里的。没有他们的影子，也是小童意料之中的。

想到过老土入狱，是缘于对小同的伤害。却没有料到，伤害真的发生过，而且还以这样一种方式。

一个小女孩被人猥琐了。一个可爱的小女孩被一个丑到无法形容的男人猥琐了。难怪老土见到自己会失魂落魄，他以为小同的魂魄向他寻仇来了。所以，才去小同的坟前赔罪，希望小同饶恕他。

小童的思维、思绪，每一个可以用来进行记忆、分析活动的细胞，被一只无形的袋子装了，倒进一口大铁锅里。铁锅里盛满着沸腾的水，旧的水泡不断地破裂，新的水泡不停地生长。破裂和生长碰撞在一起，发出噗噗的声音。小童的细胞，就这样一个不剩地被倒进了沸水里，巨大的疼痛在水泡破裂和生长的间隙里，发出绝望的呻吟。

累了吧？

赵站长怜惜的眼神。他无从知晓小童的思和想，无从知晓小童正陷在对传说女子死亡事件真相的追寻里。他所见到的小童，是一个干练的小童，是一个美丽的小童，是一个善解人意的小童。干练和美丽并不缺乏，善解人意在现代女孩的品质里，不说像大熊猫一样奇货可居，至少也是列在一级保护的范畴里的。

回去歇着吧，这儿有我呢。

我好疼，救救我……

哪儿疼？告诉我，我去叫医生。

细胞疼，身上的每一个细胞都在疼，它们正在一锅开水里煮。医生救不了它，我好疼，好疼……爸爸，抱抱我……

爸爸在，爸爸抱着小童……

爸爸，抱紧我，你的小童好痛，好累……

赵站长不知道怀里的小女子突然发生了什么，一下子变得像婴儿般，无助而又脆弱。他什么都不知道，能做的只有应和着怀里的小婴儿，用他坚实的怀抱给她丝丝的安慰。

小婴儿从他的怀里抬起头来，爸爸，一个长得像狗屎一样的男人，猥琐了一个可爱的小女孩，我看见了，你说我该怎么做？

小童……

爸爸，我要是有穿越时空的本领该多好啊，回到几十年前，把小女孩救下来。然后她长大了就不会失去爱情了，然后就不会上吊死了，然后就不会有神秘的树林了，然后就……爸爸……救救你的小童，她好痛，好累……爸爸，你在怪我吗，怪我不回去看你？爸爸，我不是不回去，是不敢回去，怕回去了看不见你。爸爸，这么多年，你去哪儿了……

语言的碎片，像树叶一样在赵站长的眼前旋转、飞舞。他无法弄懂她，但他知道怀里这个女子一个人走了太久的路，走累了，走倦了。她想在他怀里哭一哭，歇一歇。

好了，不哭了，爸爸以后一直在，一直都会陪着小童。

在路上，小童把车停下来，给赵站长发了一条短信息：

不好意思，今天借你的肩膀用了一下。看见你，总是想起我逝去的父亲。

239

欢迎随时使用，反正也不收租金。

赵站长的回复，让小童咧了一下嘴角。算是笑了笑。

自己是怎么了呢，突然就在赵站长的怀里哭得稀里哗啦的，还口口声声喊着爸爸。幸亏人家淡定，没有把她当成精神病交给医生。嗯，想爸爸了。

但是，爸爸，不要笑话你的小童，这一次，无论怎样，小童都不会逃跑了。

启动黑色的沃尔沃，向着芝麻村的方向。她要去看神秘树林里的女人，把她的收获讲给她听。亲口告诉小同，用尽心机的女同学的下场。告诉小同，她的连长其实并没有忘记她。

田野里的矮状物，已经生长得有模有样了。麦穗含在芽苞里，只需一阵熏香的风儿，便马上打开了。田埂上的春苗花，手挽着手，肩并着肩，朴素而又霸气地盛开着。绝美的田园风光，环绕着那片黑魆魆的树林。美好与神秘泾渭分明，各自坚守在自己的领土上。白杨树的叶片长大了，成熟了，从小手掌变成了大手掌。

小童下了车，走近神秘的树林，走近神秘树林里的小同。

没有出现意料之中的欢迎，那些手掌没有为她的到来而鼓动、欢呼。相反，它们发出了低低的呜呜声。白杨树的眼睛，默默低垂着，一副哀哀凄凄的模样。

你们在集体哭泣吗？

当小童走向小同的墓冢时，她找到了白杨树集体哭泣的原因。

赵站长的父亲，哀伤地坐在墓冢旁边，和墓穴里沉睡的人说着话儿——

小同啊，这辈子我都欠了你的，如果不是我，说不定你的命运不会这样儿。那会儿，听说你被游街，后来又听说你上吊死了，他们说的那些话我不信哪。想来瞅瞅你，又一想，我有啥脸来呢。再后来，就骗自个儿说，我把那个叫小同的女人忘了。我骗得了自个儿，却骗不了身边的女人，小芳跟你争了一辈子，想把你从我心里赶走。我到现在才知道，小芳一辈子都没有争得过你，我的心一直在你身边，始终没有回来过……同啊，我负了你，是个罪人，不希望你原谅我。小芳也做了很多对不起你的事儿，可是，我还是求你，能原谅就原谅她吧，好不好？你把所有的恨，所有的怨，都加在连长一个人的身上吧……是连长对不起你啊……

老人涕泪齐下。白杨树释放出来的悲伤气息，浓稠得像是一锅放多了米的粥。在这个悲伤的气场里，小童也忍不住潸然泪下。

有下地劳作的村民，注意到了神秘树林这边的动静，远远地朝着树林张望，却不敢走过来。村民预感到，今年神秘的树林要发生些什么。先是清明时有人来上坟，经过打听，上坟的是绿豆村的老土。今天，又来了一老一少两个。看来，今年林子有点热闹，不知道是好事还是坏事。最关注村北这片神秘树林的，该是芝麻村过去的老队长方万富。七十多岁的老爷子身板儿硬硬朗朗，耳不聋眼不花。若干年前，村里想动那片林子，林子居然发出了呜呜的哭声，从此，村里人怕招来祸事，便无人敢打林子的主意，更无人敢走近林子。但神秘的树林一直是老爷子心头的一块隐忧，一直担心林子说不定哪天就会发生点诡异的事情。好在，隐忧只是以隐忧的形式存在着。林子，与芝麻村的人和平相处了几十年。尽管如此，方老爷子的隐忧并没有消退，它在他心头最敏感的区域安歇着。

今年，隐忧伸了个懒腰，开始活动了。

听到和神秘树林有关的风吹草动时，方老爷子正在大儿子方达开的小超市里下象棋。老爷子磕了手里的棋子，吩咐在柜台后边打盹儿的方达媳妇儿，赶紧给方达打个电话，找人去后洼的林子。啥？方达媳妇懵懵懂懂。老爷子白了儿媳妇一眼，几步过来，抓了柜台上座机的话筒，一通发号施令后，挺拔着腰板出了超市的门，率先向村后的树林奔去。

老爷子与作为芝麻村村支部书记的大儿子方达带领的一行人汇合到一处，浩浩荡荡朝着林子进军。远处的林子，如往日一样，浸在一片浓茂的绿意中。过于浓烈，过于恣意，过于张狂的绿意，使得林子孤独而又苍凉。肉眼看不见的诡异的网，牢牢罩住林子的孤独和苍凉，形成一个强大的吊诡的气场。

人接近林子的速度逐渐慢了下来。尽管是集体的接近，还是感觉到了吊诡的气场对身体的拍击。

崩了个狗日的！

一管长杆猎枪端在村支部书记方达的手上。有人敢进林子，给芝麻村招来不可预知的祸事，任何一个芝麻村人都不会答应。

可不是，逮着崩了狗日的！

村民跟着附和。他们有人，有枪，就算是鬼，也该怕了的。于是，一群人互相鼓舞着，加快朝林子挺进的速度。

离着林子二三十米远时，已经看得非常清楚了。林子跟前，哪里有人的影子呢？

不会是进了林子吧。不是说还有一辆高级小轿车吗？

方老爷子说，还是不要进去吧，派人在外边守着。

众人都看着持着枪械的书记。方达的血往头上涌，咱去找人，又不是砍树，我就不信它还会张嘴把我给吃了！端着枪率先进了林子。

方万富站在小路上，不动。他是老者，又是书记的父亲，当然可以远远地站着看热闹。其实老爷子是不敢走进林子，几十年前他领教过林子的厉害。老爷子在心里说，也许她会对年轻人网开一面吧。毕竟，他们和她没有利害关系啊。

砰——一声枪响。

砰——又是一声枪响。

紧跟着，方老爷子看见大儿子方达率领着众村人，仓仓皇皇地从树林里撤出来。

狗日的，林子真会哭呢，放枪都不怕。癫蛤蟆蹦脚面子上，咬人不咬人的，吓人。

说话的方达，脸的颜色和林子的颜色几乎一致了，深度的浓绿。

——看见人了吗？

——确实有人来过，坟边上的草都给踩倒了。

方达到底还是听从了老子的建议，派了村民守住林子。轮流值班，值班产生的费用由村里出。

小童和连长早在人来之前就离去了。原本值班的村民也不会值出个结果来，可是，偏偏就有了不小的收获。一个年轻的村民值班，该年轻村民正是第一个发现小童和连长的人。当时，该年轻村民开着农用车到外村送液化气回来，经过林子时意外地发现了一老一小两个人。路边停着的黑颜色的车，该年轻人也认识，是一辆沃尔沃。一路上便当成了新鲜事，跟村里人讲了。妈的，没想到被书记抓了差，看起林子来。该年轻人合计了一下，自己白天东奔西跑了一天，晚上还要看林子，值班给那两个钱儿还不够塞牙齿缝儿的。越想越不值得，脑瓜一转，想出一个主意来。

第二天，芝麻村的人都知道北洼的林子又出了奇事儿：一辆长了翅膀的车，大鸟一样从林子深处飞起来，向着天上而去。临飞走时，车里的人探出头来，还和守林子的人挥了挥手。看得清清楚楚，车里是一老一少两个人。让人惊奇的是，那少的，是个女子，梳着两条麻花辫，模样长得非常俊俏。

这是一个足以让芝麻村达到沸点的信息。梳着麻花辫的女子长得啥模样？是不是弯弯的眉毛？该年轻人顺水推舟，是长着弯弯的眉毛。是不是长着黑葡萄珠儿似的眼睛？该年轻人含糊着，是长着黑葡萄珠儿似的眼睛。

那不是大壮媳妇儿吗？四十岁以上的人几乎都能回忆起小同的容貌来。

还坐上小轿车啦，没准儿找了个有钱的老头，把她给带走了。

一时间，惊恐横扫芝麻村，不亚于几十年前树林初现神秘之时。于是，求神拜佛风再度盛起。希望神灵保佑芝麻村，保佑自家人。

四十一　初婚的夜晚

　　还是这个冬天。接新娘的大马车依旧天还没亮就停在了新娘子家的门口。至于趁着天不亮迎娶新娘的原因，村里少有几个人能说上来。可能——也许——大概是怕天亮了不吉利吧，天亮咋就不吉利了呢？人又说不上来了。反正，这个习俗是从上辈子，上上辈子，老祖宗那里传下来的。老祖宗传下来的规矩自然有它的道理，只管遵循就是了。这一回，带喜篷的接新媳妇的马车停在了小同家的门口。

　　屋子里的小同，混混沌沌的木偶似的被几个本家的嫂子摆弄着。那个带喜篷的马车是接自己来的吗？小同有些恍惚。她不想嫁，不想跟一个陌生的男人生活在一起。可是，她有不嫁的权力和资格吗？嫁人，竟然是她唯一的出路了。几个嫂子从小同的脸上看不出是高兴还是不高兴。这门亲事小同没有反对，而且是主动要求嫁了的，那就应该是高兴的吧。

　　母亲眼见小同要踏出家门口了，还没有要哭的意思，便眼泪汪汪地一笤帚打在小同的头上。小同下意识地捂了捂头，脸上依然没有一点儿表情。母亲又举起了笤帚，哽咽着说，死丫头，你甭想家！母亲并没有再落下笤帚，眼泪唰唰地流着。她不明白自己养育了二十年的闺女，咋那么狠心，临走临走也不哭两声。小同还是哭了。经过院子，被寒风折磨得异常憔悴的树们，在朦胧的星光中伫立着，哀伤地呜咽着，为小同送行。分别在即，小同心里说不出的难受。两颗清泪无声地在脸颊上滚落。

像木偶一样被摆弄了一天，比到地里干活还要累，还要乏。小同不晓得结婚原来这么麻烦，乡间的老理儿、老例儿多得叫人头昏脑涨。认"大小"时，大壮家的七大姑八大姨的，不知道从哪里冒出来，由"知客奶奶"一一地介绍。介绍一个，小同就要朝着人家鞠一个躬。受了小同鞠躬礼的人，便笑吟吟地从口袋里摸出事先准备好的一元钱或者两元钱，交给"知客奶奶"。"知客奶奶"一声吆喝：三婶子一块票！然后将钱放进炕上的一只筛面用的筛子里。经过了"认大小"后，新娘子才认你这个亲戚。实际上，那么多的面孔在小同眼前晃来晃去，小同一个都没记住。"大姨""四姑姑"的，不过是停留在嘴巴里。头晕且胀，无法清晰地储存进任何一张面孔。

典礼仪式在院子里的饭棚边上举行，面对着墙壁上挂着的大幅领袖像，再深深地三个鞠躬。鞠第三个躬时，小同的身子差点没收起来，头险些杵到面态慈祥的领袖像上。大壮注意到了这个小细节，伸过来一只手，支撑住小同。里三层外三层的人都看到了大壮伸过来的那只手，对他们来说，那不过是一个简单的支撑动作。没有什么探究的价值，流星般，以极快的速度划过了记忆的天空，了无痕迹。

最后临睡觉还要吃子孙饺子。饺子皮黏黏的，根本没煮熟。醉意醺醺的新郎官大壮嘴里吃着饺子，眼盯着俊俏的媳妇问，生吗？黏乎乎的饺子皮粘在小同的上牙床上，好不是滋味。小同含含糊糊地"嗯"了一声。显然，大壮对小同的"嗯"是不满意的，他又提高了声音：到底生不生？小同费力地将饺子咽下肚子，答：生。门外有人笑了，接着是脚步离去的声音。小同醒过神来，"生"原来是说给门外人听的。

吹灭喜烛，小同开始脱衣服。她的手碰到口袋里的一件东西，整颗心都跟着抽搐了一下。那是母亲交给她的，一块染了鸡血的手帕。小同把口袋里的东西放在枕下，竟自先脱了衣服，钻进了被窝儿。大壮知是小同害羞，也摸着瞎儿脱衣服，脱了衣服一下子溜进小同的被窝儿。小同尽管有所准备，还是吓了一跳。大壮溜光的身子一点一点地向小同靠近。小同知道大壮要做什么。他要做的事就是十多年前她和老土做的事。她被一辆大马车拉进这个院子，就可以和男人放心地做这种事了，不会再有人嘲笑她，羞辱她。小同没动。她静静地躺着，想睡觉。她觉得猪啊、狗啊的那类事没意思透了。怎奈，大壮呼呼地扯了小同的内衣内裤，又呼呼地用两片唇找小同的唇。浓烈的酒气直冲进小同的肺腑，小同想吐，厌恶地将头扭向了一边。大壮的口中发出猪样的哼哼声，一口一口地在小同的身上、脸上乱啃。小同闭着眼，忍耐着。火山终于要喷发了。大壮有些慌乱地忙完了喷发前的准备工作，呼呼地爬上了小同娇巧的身子。啊！小同感到了一阵刺骨、扎心的疼痛，发出了低沉的一声呻吟。大壮犹如一头狮子，疯狂地在小同的这片土地上奔跑着。他在奔跑中得到满足和乐趣，而不管脚下的土地被他踢腾得面目全非。一股热热的东西濡湿了小同，小同伸手摸了一把放在鼻下，腥腥的，是血。疼痛和血使小同想到了一个问题，那就是——她是完整的，老土并不曾根本地破坏了她。小同身上的每一块肌肉都在颤抖，她的牙齿嘚嘚地响着，两只手施了魔法般在大壮的身上乱抓、乱掐。黑暗中，大壮嘿嘿地笑了，他确定是自己弄疼了小同，小同不干了，就让自己的动作平缓了一些。

　　一头汗水的大壮呼噜噜地睡着了。小同用尽了暖瓶里的热水，一遍一遍地洗着下身。她想洗去脏污，她想洗去耻辱。十年啊，十年的耻辱，怎么一下子就可以洗去呢。没有人会来证明自己的清白，没有人。没有人。小同摸索着打开从娘家带来的樟木箱子，将一双大鞋搂在怀里，任泪水扑簌簌而下。

　　每一个晚上，小同都要提醒自己：你是大壮的老婆。这样才不至于大壮爬上小同的身子时，小同去抓他、挠他。小同尽量避免悲剧的发生。十年的时光，即使再锋利的东西，也早已给磨平了，换来的是逆来顺受和忍气吞声。所以，小同努力使自己平静，让自己容忍大壮每晚爬上自己的身体。久之，小同竟可以安然地睡去，剩下大壮一人在小同的身上翻云覆雨。大壮百思不得其解，女人和男人怎么差这么多？自己对此事乐此不疲，小同居然像具活着的死尸。真是扫兴。私下里，大壮问本家的嫂子们，她们是否也像小同。嫂子们知道大壮本来就嘎，就坏，谁也不拿他的话当正经，都朝他吐唾沫，骂他天生的坏肠子，养儿子没屁眼儿。

四十二　你看看我是谁

　　小童拉着赵站长的父亲出了芝麻村。老人靠在椅子上，一言不发，呈现出深度的憔悴。小童也沉默着，不去打搅这个把几十年积攒的感情一下子全部倾泻出去的老人。

　　车子就要经过绿豆村了。忽然，老人睁开眼睛，小童老师，你不是想知道小同的故事吗？

　　小童不知道该如何回答，她担心他没有太大力量支撑完他的讲述，不忍心让一个老人在伤心的沼泽里陷得更深。既然无法回答，就不回答吧。只是让车子减了速度，算是对老人问题的回应。

　　小童老师，你拉我去一个地方。

　　在老人的指点下，小童开着沃尔沃走上了一条乡间小路。小路蜿蜿蜒蜒，寂寂静静，路边几棵槐树上洁白的槐花正旺盛。小路的尽头是一个垃圾坑，一两只流浪狗正在坑边的垃圾里寻找着吃食。一只黄狗找到了一块骨肉，叼在嘴里掉头想跑掉。不想被黑狗发现了，以凌厉之势扑过来，抢夺黄狗嘴巴里的骨头。两只狗在垃圾堆里翻过来、滚过去，惊得蚊蝇乱飞。

　　停下吧。

　　小童踩了刹车。这个垃圾场一定有着一个美丽的过去，她相信。

过去，它不是现在这个样子，坑里的水是清的，坑边还有一排垂柳。那时候，我和小同白天到生产队干活，晚上就到坑边脱坯子。知道脱坯子干啥吗？盖房啊，我一块一块地脱，想脱够了一间房的坯子，把房子盖起来，好把小同娶回来。那时候，一点儿都不觉得累，浑身有的是力气。好像脱的不是泥坯子，是一块又一块的幸福。我脱坯子，小同就在旁边陪着我。那天晚上啊，小同非要脱坯子，结果脱出来一个怪怪的坯子。小同说，把她脱的坯子也盖在房子里。那不是一块普通的坯子，可是啊，那块坯子没有等到那一天，它被雨水浇成了一摊泥巴。我和小同的房子没有盖起来……小同不在了，这个大水坑也变成了垃圾坑。都不在了……

小童递了一张纸巾给赵站长的父亲。这个下午，坐在副驾驶座上的老人，对她没有丝毫的防御，他把他情感里的爱和痛，无遮拦地裸露给她看。他充分地信任了她。也许，他的情感压抑得太久，需要一个人来见证，见证它的真实存在。

不等老人允许，小童自作主张地倒车了。离开这片伤心之地，是她唯一能做的。况且，每一次的见证，对她的精气神都是一次摧残，她要保存剩余的精力，确保将车开回到 D 城。

小童把赵站长的父亲直接送到赵站长家的楼下。医院那边有我和赵站长呢，您好好歇会儿吧。

刚要上车，小童忽然听到从楼上飘飘悠悠地掉下来一个细弱的声音。

大美女……

抬起头，目光爬到九楼的窗口时，见一颗小小的头正探出窗子来。

大美女……

是赵站长的女儿。

您快上去吧，孩子都放学了。

今儿星期六，没上学。

赵站长的父亲摁亮了电梯的按钮，看电梯从三楼的位置滑下来。

噢，周末。原来老爷子把孙女一个人放在家里去的芝麻村。

小美女，再见！

小童把手卷成喇叭状，放在嘴边，回应着小女孩。

直到启动车子，"周末"这个词依旧在小童的嘴巴里咀嚼着，总觉得有什么味道没有咀嚼出来。嚼着嚼着，味道就突然蹿了出来。

周末晚上能看到宝宝不？是方远的一句话。

小童在想，此刻的方远说不定在她的家里了。他在候着她，如果今晚见不到她，说不定又会搞出什么鬼名堂。到医院去找她，完全有可能的。以他心思的细腻程度，也许还会买上一份礼品给病人。说得过去啊，住院的是他所爱女人领导的家属。

还是别了，就让他如愿地见到她吧。她相信自己的智慧，在这个时候，有办法既不答应和他领结婚证，又不让他的种子在自己的体内生根发芽。回家之前，小童做出一个决定，拿出顶多也就二十分钟的时间，去看看赵站长的母亲——小芳。

最后一痕阳光隐退了。小童和她的黑色沃尔沃到了赵站长母亲住院的三甲医院门口。几十年后，曾经的恋人横空出现，倾诉思念的衷肠，祈求坟家里的人饶恕病床上的人。小童想寻求一个结果，看看病床上的人是否有了变化。从懵懂的年纪开始，她接受的就是父亲的无神论教育。父亲之所以把无神论单独拿出来，作为教育小童的重点课程，和小童的奶奶有关。小鬼像爷爷刚从河里网上的小鱼啊，在奶奶讲述的故事里活蹦乱跳的，引诱着扎羊角辫的小童。小女孩小童喜欢着小鬼，又惧怕着小鬼，因为小鬼在奶奶的故事里会吃人呢。一到晚上，小女孩小童就扎进父亲的怀里，不敢看外边的世界，奶奶说小鬼一到晚上就出来呢。父亲意识到了问题的严重性，从那时就开始了对小童无神论的教育，一遍一遍地告诉小童，奶奶故事里的小鬼是不存在的，它们只是活在奶奶的故事里。父亲潜心教育的结果终于显现出来，小童成了一个彻头彻尾的和这个时代相契合的无神论者。

小童甩了一下头，现在她要做的是颠覆父亲的教育成果。会哭泣会愤怒的神秘树林，是无法用无神论的观点来解释的。很多世界性的谜题，现代科学根本奈何不了它们。嗯，说不定神秘树林也是有资格被列为世界级的谜题的。

存好了车，小童拎起包包还没走两步，突然发现了一个人的影子。

老土。

没错，是老土。有谁还会像老土那样丑陋到极致呢。

老土正蹒跚着脚步往住院大楼里走，手里还拎着一只塑料袋，袋子不是很饱胀，放着为数不多的几只水果。看样子，老土是知道了妹妹住院的消息。看着老土的侧影，一股无名的怒火从小童的内心升腾起来，正想着该如何去收拾这只癞蛤蟆，不想在这里碰上了。是的，小童用了"收拾"一词。老土对小同犯下的错，不能用他对雕塑男人的好来抵消。也许小同的死不是老土直接导致的，但是，他绝对脱不了干系的。他的诱惑，他的猥琐，催生了她的死亡。小童确信自己已经愤怒到了极点，觉出了被怒火炙烤的灵魂，像一枚鸡蛋那样，滚到哪里，哪里的肌肤就吱儿的一声，发出一股焦煳的味道。她恨不得立刻冲上去，狠狠地踹上丑男人两脚，把他踹翻在地上，像一只真正的癞蛤蟆那样，仰躺在地上，伸着四条腿儿，露出来鼓鼓的肚皮。哼，再拿一根小棍儿来敲他的肚皮，越敲越鼓，越鼓越敲，最后大肚皮砰地炸开来。内脏如同五颜六色的彩带，把即将入夜的天空点缀得五彩斑斓。呸——小童胃囊内一阵恶心，吐出来一小口唾液。嫌恶着避开落在地上的那一小口唾沫，躲进黑色的沃尔沃里。

候着老土。

大约半个小时后，老土出了住院部的大楼。心情不是很好的缘故，步履更显得蹒跚了。手里的塑料袋也有了变化，变得十分饱满了。看来，血缘关系终归是大于一切的，再怎么不济也是自己的舅舅，定是赵站长让老土的塑料袋鼓胀起来的。手上负了重物的老土，阴沉着两只大到没有极限的眼睛，蹒蹒跚跚走向存车处。他的带有 D 城环卫字样的三轮车隐没在一片车海中，他准确无误地走向他的三轮车。推出来的过程有些艰涩，他需要挪动好几次阻碍他出来的自行车或是电动车。挪动，使老土内心的沉重快速转化为愤怒。狗日的们，瞎了眼珠子，竟然挡了你爷爷的路！不但动了手，还动了脚。医院门口的保安，拎着警棍过来，冷着眉毛训斥老土，这大岁数啦，咋人事儿不懂呢，我瞅你再敢踹一下？

　　在年轻气盛的保安面前，老土不得不将火气憋在两只大眼珠子里，蔫蔫儿地，轻起轻落了脚步。经过年轻的保安身边，趁着保安不注意，回头做了一个无声的啐的动作。出了大门，老土辨别了一下方向，然后蹬上三轮车，屁股扭捏上身摇晃着奔了他立交桥下的帐篷而去。

　　路边草地上的景观灯明明灭灭，散发着绿森森的光芒，制造出来几分鬼魅的气氛。老土的两瓣屁股撅在车座上，屁股上限量的肌肉跟着腿部的力量夸张地起伏与张弛。

　　猛然间，屁股上限量的肌肉就停止了起伏与张弛。

　　一个女子在便道上走着，麻花辫垂肩，眉头轻锁，步履矫捷。小同——

　　老土从车把上腾出一只手，用铁锉般的手背狠狠揉了揉眼睛，定了眼神儿再看，是小同，真的是小同。小同的发型，小同的表情，小同的身材。什么都是小同的。

　　小同——是你吗？

　　女子止了步子，用幽怨的眼神面对着老土：

不是我，还会是谁？

老土想从三轮车上下来，过于激动，一个没下利索，险些栽倒在马路上。稳住了身子的老土，并没有呈现出第一次见到女子时所有的惊惧。除了激动，情绪里的其他种种基本上是淡定的。

他的身子离开了三轮车，向着女子站立的地方挪动。

他的淡定显然出乎女子的意料，女子不自觉地向后退了小半步。

小同啊，你是来索我老命的吧？现在我也想开了，你要是觉得只有把我的贱命拿了去，才能解你的心头恨，你就尽管拿去吧。我光棍一根，怕啥呢？

女子不作声，幽怨的眼神钉子一样，钉在老土的脸上。

唉……老土打了一个长长的咳声，把身子倚在一棵白蜡树树干上。小芳住院了，变成植物人了。她也做过对不起你的事儿，看在她有家有口的分上，你就别和她计较了。坏事儿都是我做下的，你就惩罚我一个人吧。好不好？

老土的目光移向别处，避开女子的眼神。

小同，不怕你笑话，我是个废人，见了女人就疲软。在监狱里，我说犯了强奸罪进来的，那帮比我还坏的人，就当场让我演示。我心里没底，不想当着他们栽面儿，就使劲儿捂着裤裆。他们就合着伙扒了我的裤子，让我趴在地上，做那个动作。好汉不吃眼前亏，我怕挨揍，就顺了他们的意思。谁想到他们不满意，我的那个东西总是蔫头蔫脑的，那伙人不但嘲笑我，还轮着番折腾我。不许我停下来，直到他们满意为止。我就给他们磕头，喊他们爷爷，说我真的不行。为首的那个光头揪着我那个物件，说不行你咋犯的强奸罪啊？啪啪，左右开弓，两个大嘴巴子。

小同，你在听吗？

老土看了一眼对面的女子，见她幽怨的目光依旧钉在自己的脸上，又将两只空旷的眼珠投向夜空深处。

一辈子做不成个男人，我还真是不死心。前几年我去找过干那种行业的女人，模样长得俊的年轻的，都嫌弃我长得寒碜，给多少钱都不乐意让我碰。妈的，后来有一个半大老婆子收了我的钱，结果事儿还是没做成。从那时候开始，我就死心了。谁会信呢，就是这样一个不行的人，把你给害了。那时候你叔把我打了一顿，我还恨你呢，看着大伙儿都喊你"老土"，幸灾乐祸得不得了。从监狱里出来，听说你死了，我心里就忽悠一下子。夜里睡不着觉，我就开始寻思着，是我把你给害惨了。过去一个爱说爱笑的小丫头，变成了闷葫芦不说，好容易搞个对象也像煮熟的鸭子似的飞了。我这心里就空落落的，想着这辈子都没法补救了。唯一能替你做的，就是看着你的疯男人，给他个住的地方，给他口饭吃……

老土的讲述比他扫街还累。他喘息着停下来，将目光从夜空深处拽回来。

女子站立的地方却空了。

四十三　那是谁的鞋子

娶过小同将近半年的光景，小同的公婆就搬走了。两个老的搬到了大儿子处，和大儿子住对屋。三个儿子轮着住，每个儿子住一年，省得在一处住久了，看谁的脸色过日子。三间土坯房子里只剩下大壮和小同两个人。小同在心里巴不得两个老的搬走。老的走了，少了两双盯梢的眼睛。整日的行动坐卧，都要在监视之下，老大的不自在。每天小同收工回来，抱柴火烧火做饭，火大了婆婆说费柴，火小了饭又做不熟，害得小同只得撅着屁股，用火棍一个劲地拨拉灶坑里的灰，让余火充分地燃尽。洗衣服不能用胰子，而是用柴草灰渗下的水。柴草灰怎么渗？用粪箕子装满从灶里扒出的灰，一只手拎起粪箕子，另一只手拿着水瓢往灰上倒水，灰浸湿了后，黑灰色的汁液流向盆子里。小同幡然醒悟了，大壮家的几所房子，是省下的柴火叶和胰子沫堆起来的。小同在心里狠狠地骂他们：狗逼养的狗逼孙儿。

春暖花开的季节，小同在光秃秃的院子里栽满了树。院子里原来的树被大壮的哥哥们伐走了。几十棵树勾销了大壮和哥哥之间的账，几间房子完完全全地属于大壮了。用树来平衡弟兄之间的债务，好像是比较普遍，大家又都一致认可的做法。除了树，也实在找不到其他适合的替代方式。在空白的院子里，小同栽的清一色的白杨树。在小同看来，白杨树是树中的帅哥。"帅哥"这个词，无论是绿豆村，还是芝麻村，都是生疏的，小同也不例外。在那个年代，它还没有被小同他们熟知并使用。所以，帅哥应该换成另外的和小同他们贴近的词语，比如长得顺溜，长得好看，或者长得耐看，等等。在确定栽白杨树时，小同的内心有一丝隐约的歉意。哦，对不起，真的对不起，你们永远在我的心底，永远是我最亲最亲的柳树。当然，在所有村里村外能见的树种中，白杨树绝对不仅仅是因为帅气导致了小同的"见异思迁"，打动小同的，是它们一双双款款深情的眼睛。小同相信，它们的情因她而深，为她而浓。她喜欢沐浴在它们的注视里。她发誓，爱任何一棵任何一个品种的树。只是，经过了一些年头，爱的方向和爱的内质发生了变化。柳树是她的救命恩人，是她初恋的树，如今，感念和亲情更多了些罢了。

　　小同一个人挖坑、培土、浇水。公婆都说白杨树不好，自家的院子还是榆树好，富富有余（榆）不说，春天还有榆钱儿吃。小同又是头一次听到，榆树竟可以富富有余。小同只顾栽树，没接两个老人的话茬子。婆婆顿时沉了脸，多云转阴，大壮回家时，凶恶地告了小同一状。婆婆哭丧着脸说，小同容不下他们了，整天耷拉着眼皮，给他们脸色瞅。说着说着，干瘪的眼里潮湿起来，数落大壮不管媳妇，娶了媳妇忘了娘。大壮一梗脖子，妈，您烦不烦！大壮的一句话不要紧，老婆子"咕咚"一下子坐在了地上，双手啪啪的拍大腿，放开嗓子大号，你个王八羔子，我白疼你了，你跟媳妇一条心，你还我的奶水钱，我活不了了！引得街坊四邻都来看热闹。大壮本来是用这种口气跟父母说惯了的。怎的，娶了媳妇再这样，老娘会翻了脸，是他预先没料到的。

　　到了晚上睡觉的时间，小同坐在炕角上纺线。她专心致志地纺线，以此来拖延时间。等大壮睡着了，她再去睡。大壮在队上的活儿并不累，一向油滑的他跟队长的关系搞得铁铁的，哪样活儿轻省队长就派他干哪样。身子不乏，使他有精力倚着枕头和小同说话。说句实在话，大壮越来越喜欢小同，依他的审美观点，小同绝对是个美人坯子。缺点就是让人有一种看得见、摸不着的感觉。眼帘整天低垂着，不知想些什么，话少得不能再少。像一个什么呢？对，像冰美人。这点让大壮很懊恼。不过，大壮今晚的话头有些邀功的意味。他在向小同暗示：今天，为了你，老娘都跟我翻了，你还不犒劳犒劳我。小同也明确表示：你先睡，我得把剩下的棉纺完了。

没意思透了的大壮，一个人发了会子愣，独自睡了。

纺车吱嘎吱嘎地响，伴着大壮的呼噜。小同发现纺车上的锭杆歪了，纺出的线坨就不是很好看。她想起母亲在她陪嫁的箱子里放了几个锭杆子，于是下了地，打开小樟木箱子，翻找起锭杆来。不经意的，小同的手又触摸到了那双鞋子。一时，小同忘了拿锭杆，目光愣怔怔地盯着鞋子。鞋底儿上的"心"依然鲜艳，握住鞋子的手指隐隐作痛，仿佛刚刚被针刺破过。细看，手指却是完好的，那滴在鞋底上染成心形的血，已经走过了无数个日日夜夜。小同做梦也不会想到，大壮这时候会起来撒尿。起来撒尿的大壮走到了小同的身后，小同却未能发觉。

大壮拿起鞋子，左看右看，看着看着就变了脸色。很显然，手里的鞋不是他大壮的脚能撑起来的。

谁的？大壮低低地向小同吼。

很快镇定下来的小同反问了一句：什么谁的？

鞋子是谁的？

我弟弟的。

我咋没见你做过？

在娘家做的。

你胡说!

没胡说。

你弟弟哪来这么肥的脚!

啪——大壮一个巴掌轮过去,小同一个趔趄,栽在地上。大壮又跟进了一步,哈腰薅住了小同的头发:到底是谁的?鲜血沿着小同的嘴角滚下来,小同抬起头,第一次拿目光对着大壮,坚定地说:我弟弟的。这是怎样的目光啊,冷冷的,冰锥样刺透了大壮的肌肤,直指他的灵魂。大壮冷笑着:我信,我信它是你弟弟的,咱们睡觉好不好?然后像抓小鸡一样拎起小同摔在炕上,三下五除二扒去小同的衣服,饥肠辘辘的饿狼一般,扑向它的美味。

大壮疯了,狂暴地撕扯着蚕食着小同。自始至终,小同没有吭一声。她坚忍着。纹理细腻的瘦弱的小身子被巨大的勇气支撑着,变得无比强悍,同大壮的暴虐顽强地对峙着。快要耗尽灯油的油灯,闪呀闪呀,把大壮发狂的身体弄得摇摇曳曳,如同鬼影。大壮一次一次地软下去,很快又一次一次地勃起,他太愤怒了,他绝对忍受不了小同对他的不忠。他要折磨她,直到她求饶。她在看着他,冷漠的背后躲着嘲笑。多么可恶的女人!小同的身上沾满了大壮的汗水、体液,后来还有小同的血水。对峙的结果是大壮败下阵来。他用尽了身上的力气,竟不能奈何小同。大壮四仰八叉地躺在炕上喘气,几滴泪水混着汗水流了下来。小同凌厉的目光消退了,几丝柔软的东西爬上了眼底,她想伸手去擦大壮的眼泪。然而,大壮一个翻身,对着小同的是一个光光的脊背。小同的手就又缩了回去。

四十四 告诉我你去了哪里

看见小童的装扮，方远心中明白了三四分。

他捉了她，把她当作一只小鸡般夹在腋下，悄然离去。遗留下丑男人老土和他的讲述。

半个小时前，方远接到父亲的电话，说明天想进城，到城里的大寺里烧香拜佛。村里北洼的林子闹鬼了，死人从墓穴里钻出来，驾着一辆带翅膀的黑色小轿车飞走了。

真是无稽之谈。林子安静了几十年，沉默了几十年，怎么突然就闹鬼了呢。方远不相信死去的小同会从坟墓里钻出来，还如父亲描绘的那样，傍了大款，坐上了带翅膀的小轿车。他一点都不相信。肯定是村里哪个人寂寞难耐了，想弄出点动静来。

他甚至都不相信树林会哭泣。小时候，父亲率领着村里人去砍那片树林，斧头还没落在树干上，树就流出了眼泪。从此，再无人敢进那片林子，林子也以它的神秘著称于乡里。方远没有进过那片林子，没有亲眼见证林子哭泣。包括父亲在内的很多村人的见证，并不能让年少的方远信服。但是，他从来没对任何人表达过他的真实想法。虽然心里不信服，却希望村里人的见证是确有其事的。他要一个结果：林子能够有所作为，惩罚把他心爱的女人逼死的人们。当然，包括他

260

的父亲，包括他自己。

林子里的女人是他的全部的爱，更是他深入到骨髓的痛。所以，他不敢走进林子，不敢看它一眼。在家人和村里人看来，他的不敢走近，关乎神秘的传说。没有谁会理解一个少年的心事，日日夜夜的思念，日日夜夜的煎熬，都是缘于一个死去的人。读高中那年的一个暑假，父亲说二叔病了，棒子地里的草都一人高呢，去帮着你婶子薅草吧，你哥也去了呢。方远歪靠在炕上的被垛旁，膝盖上顶着一本书，眼睛粘在打开的书页上，看不见正忙着呢，没空。

他习惯了使用坚硬的语言和父亲对话。自从小同死后，他觉得，父亲不配他尊重。他对叔叔是没有意见的，叔叔病了，去帮个忙也是应该的。可是，叔叔家的那块玉米地离林子太近了。近距离地看到它，他会窒息，会痛到昏厥。

你个杂种操的，让你干点活儿推三阻四的！

父亲骂了他，骂得非常有气势。这个时候的父亲已经不是队长了，而是芝麻村的村长了。

你别拿吓唬别人那套吓唬我！

方远的眼睛依旧粘在书页上，仿佛书页上的文字是蜘蛛，吐出了黏黏的丝，黏住了他的视线，无法挪动。

父亲被激怒了，身体前探，从炕上拎起方远的一只脚腕子，臂上一用力，方远的身子便滑行到了炕沿儿。

啪——

一个大手掌抽打在方远的脸上。顿时，金色的星星、银色的星星，洒满了方远的视觉天空。他大瞪着两只眼睛，视线穿越漫天的星辰，直逼父亲：

你有啥资格打我！

十八九岁的方远，听见了从自己灵魂深处发出的怒吼声。

啪!

又是一记响亮的耳光。看着血从儿子的嘴角渗出来,老子从齿缝中挤出一句话:

我是你老子,这就是资格!

你不配做我的老子!

血沫子和在唾液里,喷在老子的脸上。那一瞬间,方远舒服极了,他喊出了压抑在心底长达十年的一句话。他以一个胜利者的姿态,蔑视着眼前是他老子的那个人。他是老子,可以理屈词穷地暴打儿子一顿。方远的肌体做好了被暴打的准备,但是,在精神的对弈上,他胜利了。这就足够了,不是吗?事实上,是他老子的那个人,并没有如他期待的那样,残暴地对他施以肉体上的刑罚。他清楚地看见,老子的气势、老子的威严,在那句话的棒喝下,发生了一个巨大的颤动。为了不使身子倒下去,老子在努力稳定住自己。老子的努力失败了,失败了的老子弯下身子,用两只手臂撑住炕沿儿,号啕大哭:

你是我老子行不行啊,往后,你就是我亲爹!

方远冷漠地注视着老子的表演。他确定老子是在表演的。他的话打击到了老子的要害处,受了伤的老子又不能把自己的伤口指给儿子看,所以,只好借题发挥了。

他没有办法原谅父亲,故而,也就没有办法同情父亲。当然,还有他自己。如果父亲是杀死小同的主凶,那么,他自己起码也要算作是帮凶。他的爱,他的痛,都在那片林子里。一生不敢走近,一生无法忘却。

他的不敢走近,和传说派生出来的神秘感以及恐惧感无关。

即便林子真的会哭泣,也是出于自我保护的原因。那么善良的一个女子,那么美好的一个小同,怎么会主动兴风作浪,恐吓她的乡亲呢?

方远不相信她会从坟墓里飞出来，一点儿都不相信。在今天看见小童之前，他把这个传说定性为哪个村人的杜撰。

麻花辫，黑色的小轿车。小童有可能是事件的始作俑者。这段时间以来，她对神秘的树林充满了好奇。

他以为她放弃了。他以为这个周末的她，在医院里看护顶头上司的亲属。

她再次撒下谎言，就是为了接近神秘的树林吗？

她到底要干什么，到底知道了什么……怪不得他说先把证领了，她推三阻四的呢。

你认识那个环卫工？

过去不认识，现在认识。

你咋会认识他呢？

他是赵站长的舅舅，碰上了打个招呼不行啊。

你们聊得很好，赵站长的舅舅嘛。

小童听出了弦外之音，方远还在介意上次她生病时，半夜打给赵站长的那个电话。他对她的解释是将信将疑的。他才是她最亲近的人，除了他，在那样一个时刻，不管出于何种原因，打给别的男性的电话都是错误的。他表面上不再追究，并不代表他真正宽容了她的行为。他把它当作一枚武器储藏在心里，在适当的时候，拿出来发挥一下效力。

你弄疼我啦——小童甩开了方远的钳制，并且投去一个轻蔑的眼神，以示对方远狭隘的不屑和鄙视。

在医院看护病人，用得着打扮成这个样子吗？

方远迎着小童的鄙视，勇往直前。他要当面揭穿小童的谎言。

我高兴怎样就怎样。

小童习惯性地一甩头，一条麻花辫飞到脑后。辫梢柔软而又尖利

263

地滑过方远的面颊。

下午，今天下午，是不是开车去芝麻村了？方远在跟进。

你跟踪我？

只这一句，方远就全明白了。小童果然去了芝麻村，果然去了神秘的树林。什么墓穴里飞出来女鬼，都是瞎扯淡。

宝宝，我没有跟踪你，是老爷子打来电话，说村北洼的林子闹鬼了，一个梳着麻花辫的女鬼坐着带翅膀的小轿车飞走了。女鬼飞走了不要紧，村里乱套了，家家户户都在求神拜佛。你知道林子的事儿，又扮成这个样子，我是猜的，没有跟踪你。

方远缓和了口气。他必须要缓和口气，墓穴里的小同不会长了翅膀飞走，而眼前的小童是会长了翅膀飞走的。他已经看见她做好了展翅欲飞的姿势。

跟你说了，你会让我去吗？

小童问了这句蕴含着丰富内质的话。

不过是一个阴森森的林子，不是怕宝宝害怕嘛。

是挺害怕的——小童灵机一动，顺着方远的话儿说，开始我还真有点不相信，不就是一个林子，除了草多点，没看出和其他林子有啥区别。我就往林子里走，走着走着，真是怪了，风丝儿都没有，树叶子忽然哗哗动起来，发出一种呜呜声。真的像是人在哭泣，我吓坏了，转身就跑。跑到远处，再回头看林子，安安静静的，像一个沉默的老人。我一边往回走，一边想，林子为啥会哭呢——方远，你是芝麻村的，你知道那个女人死的原因吗？

小童话锋一转，把问题留给了方远。

听老人说，是作风有问题吧，据说被人发现了，就在林子里吊死了。

方远尽量轻松着语气，他告诫自己，此刻一点儿也不能急躁，千万不要像第一次从小童嘴巴里听到神秘树林时那样。那时的小童是懵懂的，现在不同了，她在暗中接近林子，以及和林子有关的人。自己情绪的变化，会引起小童的怀疑。

真相肯定不是这样的，否则林子不会哭泣。它在替女人鸣冤呢。

过去的事儿谁又能说得清呢，在那个年代，啥事都有可能发生。

方远轻轻叹了一口气，表示对他所说的那个年代的无可奈何。庆幸的是，小童没有跟他提起方万富这个名字。也许，她对林子所掌握的信息，还是停留在浅显的层面的。

但愿这个"也许"是真的。方远深深地吸了一口气。混杂着尘埃的空气经过他的呼吸道，吸入肺部，有一种浑浊感。

夜里。精心的铺垫，美妙的前奏，方远巧妙地取消了。他怕自己重复那个夜晚的失败，没有勇气去尝试。一提到神秘的传说就疲软，就连迟钝的女人也会警觉和猜忌的，更何况是小童这么冰雪聪明呢。

总要有个理由吧？

宝宝，今天态度不好，是因为心情不好。马上就要中考了，儿子在二模中考得非常糟糕。以这个成绩，重点高中是没有希望的。

方远主动谈起了儿子。儿子是一个漫长的话题，也是一个让做老子的深度忧虑的话题。

小童是善解人意的小童，她很快理解了方远的良苦用心。和她同床共枕的这个男人，活得好辛苦，千方百计地守着和林子有关的一个巨大秘密。她确信那是一个巨大的秘密。老土、连长、小芳……参与了小同的死亡过程，却不是直接导致小同死亡的因素。压垮小同生命的最后一根稻草，是什么呢？

方远？还是雕塑男人？

小童的眼睛张开着，做出一副倾听状，心里想着与倾听内容无关的事情。真相，快些来吧。再迟些，怕是要撑不下去了。她累了。

265

嗯，好累啊。

一颗倦怠的心，用尽了最后的力气，拼命地接近睡眠。近了，更近了。于是，拥抱了它。

睡眠是个慈祥的老人，用温暖的手掌轻轻抚慰着小童那颗倦怠的心。忽然，睡眠老人仿佛受到了惊吓，匆匆隐遁了身形。

最先有感觉的，是小童的肢体和耳朵。

她的身子在摇动。伴着一个焦躁的声音：

小同，你听我说，我当时想过要揭露他，还你一个清白。可是，他是我爸爸，我没有这个胆量。我知道你不会原谅我，所以你就派了一个和你长得一模一样的人，让我爱上她，然后再把她从我身边夺走。小同，求求你，不要这样残忍好不好。我爱她，就是爱你的一个延续，我保证会用后半生来爱的，永远都不会改变，我要弥补我对你的亏欠。小同，你说话啊！

你都看到了什么？

小童发出的声音，从地心深处传来，荡着悠远的回声。

我看到……我看到……啊……

路灯射过来的光影下，方远环抱住自己的头颅，一声惨叫，肉质丰满的身子轰然向后，倒在松软的床上。后脑勺碰在了暖气罩上，发出一个匆促而又沉闷的声响。然后，恢复了寂静。

这个男人会死吗？小童慌忙打开了床头的台灯，她要检查一下男人是否还有呼吸，头上是否出了血。

检查的结果是，一头大汗的男人是完好的，也是完整的。只是后脑勺碰撞的部位鼓起了一个包包。

四十五　偶遇连长

　　大壮从此只字不提鞋子的事情，每天吃着小同做的饭，穿着小同洗的衣服，晚上有兴致了，搂搂小同，满足了身体本能的需求之后，独自睡去。不高兴了，在家里摔盘子摔碗，起因都是筐箩斜了、簸箕歪了之类的小事。小同无话可说，心底的一点点柔情或是一点点歉意鸟一样飞走了。小同在心里对自己说：男人是不可以对他们温柔的。这注定了小同和大壮的家即使在夏天，屋子里也是冷冰冰的。小同不愿意更久地留在这个家里。晌午，乏累的人们都在抓紧时间在炕上歪一歪，休息一会儿。小同一个人背着草筐，从每家的后门口走过，一路伴着从敞开的门里传出的香甜的呼噜声，顶着骄阳，小同走着，走着。走着，走着。她走进了一片树林。等到意识清醒时，她发觉自己走进了芝麻村村后的树林。她的筐里是空的，没装一棵草。她的潜意识将她带到了这里。潜意识居然长了眼睛，知道这里有一片白杨树，知道小同会喜欢这里。小同不知道，她的潜意识是有记忆的。未出嫁时，每次到村子北边的田里干活，潜意识都会注意到芝麻村后边那一片朦胧的林子。那时的林子对小同来说，是"遥远"的。因为遥远，所以不用牵挂。因为遥远，所以与喜欢和不喜欢无关。第一次走进林子，近距离地和它们相望，小同一下子就喜欢上了。顿时，她的眼睛灵动起来。灵动的泉潺潺流动，滋润了一颗心。心上的冰寒无法抵御温泉的侵袭，簌簌地融化。小同轻盈着脚步，酣畅淋漓地在林子里转了一大圈，摸摸这棵树，看看那个树——你们好吗？好吗，你们？然后，微喘着在一棵挺拔高大的白杨树下坐定，背靠着树干，深深地吸了几口气。树儿们看小同高兴也都手舞足蹈起来。是的，它们跟着高兴。虽然它们是第一次见到小同，但是它们和她有一种相识已久的亲密感觉。喜欢是彼此的。在它们深情目光的抚摸下，小同突然觉得自己伤感得不行，内心升腾起一股欲望，欲望的名字叫"倾诉"。倾诉多么像一袭华美的锦缎，手指抚触上去，滑滑的，没有一丝儿的不适感。倾诉中，泪水如一串又一串的槐花，在凋零中绽放，在绽放中凋零。白杨树用泪眼对着小同，静静地听小同诉说……

郁积一定是个脓包，或者是一个铅坠儿，被倾诉碎成粉末，排出小同的体内。小同一下子感到轻松了许多，心里舒舒服服的。走了，明儿再来，好不好？

草草地装满了一筐草，小同开始往家的方向走。

小同习惯了低头走路，再加上头上的一顶草帽，使她险些和对面的人撞上。迎面过来的是一辆旧的大白杆自行车，一个汉子骑着车，车架上坐着一个女人，女人怀里抱着一个几个月大的小婴儿。骑车的汉子左右躲闪着背筐的人。偏偏背筐的人不长眼睛，一个劲朝自行车撞，车子没闸，只得用鞋底子当闸，在地上吱吱地磨。车子停了，背筐的人也茫然地抬起了头。瞬间，汉子、背筐人和车后架上的女人都愣了。小同看清楚了，骑车人是连长，后边是小芳抱着孩子。三个人尴尬地站着。连长张张嘴，好半天，才迸出几个字："打草了？"一团雾气袅袅婷婷地将小同环绕住，她搞不清自己为啥会这样。她应该漠视连长。也许是刚刚被泉水浸泡得酥软的一颗心还来不及坚硬的结果。

"咳——"小芳故意咳了一声。小同恢复了原态，目光恢复了离人很近又仿佛很远的模样，背着筐从连长的身边走过，从小芳和孩子的身边走过。

从连长和小芳母子身边走过时，就要走过去了，小同的视线不自觉地转了一个弯儿，瞟了一下小芳怀里的小婴儿。小婴儿和老子那么相像，简直就是缩小版的连长。他在微笑，是的，他居然在朝着小同微笑。那是怎样一种纯净的微笑啊，在他面前，你不得不摈弃所有的杂念，让自己的心灵也变得清澈起来，然后回报以干干净净的笑容。

好可爱的小婴儿。小同发现，自己不但不讨厌褟褓里的那个小婴儿，还对他有了几分的喜欢。他是小芳的孩子，为什么要喜欢他呢？她质问自己。她想让质问变成一件杀伤力很强的武器，来消灭她对小婴儿的喜欢。

——不要喜欢。

——不要喜欢。

可是，一点儿效果都没有。小婴儿纯净的微笑牢牢地霸占着她的喜欢。

喜欢和不喜欢一路对决，到了家里，不喜欢也没占到上风。

刚进院子，小同就听到屋子里有女人很放浪的笑声。小同不奇怪，已经不是第一次了。她几乎没什么反应。在队上干活，见惯了大壮和别的娘儿们打情骂俏。小同想去屋里洗一把脸，就进了屋子。释放出放浪笑声的婆娘见小同进了屋，扭着肥屁股要走，还做出一副进来借东西的嘴脸。大壮用眼斜了一下小同，一把拉住肥婆娘的胳膊，送过脸去让肥婆娘亲他一下。肥婆娘有点磨不开脸，笑骂大壮不正经。大壮一骨碌从炕上爬起来，搂着肥婆娘很响地亲了一下。肥婆娘假装恼了，呸了大壮一口，骂他不要脸。大壮复又躺在炕上，嘿嘿坏笑。小同快速地洗了脸，退出了屋子，拿了锄头，准备上工。走出院子，听

269

见屋子里肥婆娘和大壮混杂在一起的笑，小同一阵反胃，她想吐。

　　大壮见小同并不跟他生气，任他为所欲为，恨得牙痒痒的，便开始在晚上和肥婆娘约会。肥婆娘摸清了小同的底细，慢慢的也不避讳小同了，把小同当块木头，一块只会出气儿的木头。吹了灯，一对狗男女摸摸索索做苟且之事。小同把纺车搬到院子里的小树下，借着天上的月光纺线。纺够了线，进屋，倒在炕角一会儿便睡了过去。她的眼里全没有那对男女。大壮说不出的扫兴，任肥婆娘在他身下乱哼哼，提不起精神来。

四十六　老土死了（一）

又是一个无眠的夜晚。小童的猜测得到了印证，她没有想到印证来得这么快，还是以方远梦呓的一种方式。她相信，这是传说女子引领的结果。传说女子引领着她，近距离地看清方远苦心隐藏的秘密。

原来，男人深爱的是神秘传说中的女子——小同，自己不过是小同的替身。他从来没有爱过小童。所谓的爱情，不过是一个美丽的肥皂泡，一段谎言。

原来，小同的死和方远有着密切的关系。或者说，和他的父亲有着密切的关系。而他，是掌握了父亲秘密的那个人。

爱情的堡垒早已轰然坍塌，一地的砖头瓦砾，尽是满目的苍凉。Rain，这是我不能像我母亲那样坚守我们的爱情，而受到的惩罚吗？还有小同，你也别指望我感激你，如果不是因为你，也许真相永远不会被揭穿。真相，有时候太残酷。

哈，我竟然是你的替身！

小童伸出舌头，又像蛇那样，发出哧儿哧儿声。

马上叫醒身边的这个男人——

告诉他梦呓的内容，逼迫他说出事情的真相。然后，让他滚蛋！

小童就要这样做了。忽然，一双幽怨的眼睛漂浮在朦胧的夜色里。看不见身子，亦然看不见面部其他器官。只有一双被放大了的幽怨的眼睛。小童知道，它们是小同的眼睛。幽怨的眼睛在阻止她的行为。它们要给主人蒙冤的那个人，出来忏悔，还主人一个清白。

不要放弃。不要放弃啊……

见鬼了吗？小童揉了揉眼睛，再看时，两只放大的幽怨的眼睛隐去了，它们存在的位置被朦胧的夜色占据了。

嗯，一个错觉。是小同在关键时刻对她的提醒和阻止。

可是，小童无法再容忍自己躺在这个男人身边。一分钟，哪怕一秒钟，对她都是一种难以承受的折磨。

方远——方远——

小童在方远的耳边叫了两声。方远大概由于梦呓耗损了大量的精气神，此时的他，已经进入了深度睡眠，绝对不是一两声呼唤就能够奈何的。

小童不放心，对这个男人的深度睡眠充满了不信任感。悄悄地爬起来，打开床头的小柜儿，一小阵窸窸窣窣地翻找后，摸出一只小药瓶来。里边盛着几片安眠的小药片，跟踪老土回来的那个纠结的夜晚后，小童去药店买来的，必要的时候可以抵挡一下难挨的夜晚。倒出两片在一只手的掌心里，用另一只手的手指去辨别，确信是两片，便又倒出来一片。然后，托着三片白色的小药片去了客厅，依旧在朦胧的夜色中摸索着，寻到了喝水的杯子。将药片放进杯子里，完成了最后一个环节的摸索，按下饮水机的出水键，估略有了半杯水的样子，松了按住出水键的那根手指。直起腰身，视线在一片朦胧中分辨，探寻，没有发现方远的影子。

端着水杯回到卧室里，第二次拧开了床头的小台灯。

处在深度睡眠中的方远，头上的汗珠儿比小童第一次开灯看时更拥挤了，一颗挨着一颗。屋子里的气温并不高，即便考虑上方远肉质丰富的因素，也不至于到大汗淋漓的地步。看来，这是一个异常辛苦的睡眠。

方远，喝点水吧？

肉质丰富的身子仿佛动了一下，条件反射似的回应了小童。

小童把手里的水杯放在床头柜上，两只手合力扳起方远的头，靠在自己的腿上。再去拿了水杯，喂方远喝水。

大量排汗的结果，方远真的渴了，闭着眼睛咕咕咚咚地喝起水来。喝到一半时，忽然睁开眼睛，看了一眼小童。

小童惊骇得差点扔了手里的杯子。好在，方远只是看了一眼，又合上眼睛，继续咕咕咚咚喝着杯子里的水，并且一鼓作气喝光了。

好了，乖乖地睡吧。

小童说着安抚的话儿，又两手合力将方远的头放平。形成合力的两只手滑过方远的脖颈时，十根手指突然变成了十头发怒的狮子，它们张开血盆大口，龇出来锋利无比的牙齿，对准可以用来充饥的方远……就要扼住方远的咽喉了，小童惊出一身的冷汗来。在这个一瞬间，她才看清潜意识里对方远的深切恨意。是啊，她怎么能一点儿都不恨方远呢？她辛辛苦苦地投入了两年的感情，到头来却是一个玩笑。

不能。不能。不能。不能。

每默念一遍"不能"，十头狮子的兽性就会减弱一分，最终，它们又恢复成了手指的原形。小童把十根手指高高地举起来。

你们伤害的不是他，而是我——她告诫手指。

然后，关了灯，轻着手脚脱下睡衣，套上出行的衣服。回头看了一眼安静的床，小童出了家门。

黑色的沃尔沃绅士地矜持着，随时恭候着女主人。小童开了车门，坐进去，手抚摸着方向盘，忽然就有了淡淡的感伤。也许过不了

273

多久，它就要离开她了。感伤的情绪通过肢体语言传递给了沃尔沃，沃尔沃发出一声嘶哑的低吟。

不小心摁到了沃尔沃的喇叭。小童的手指慌忙跳开了。

去哪儿呢？

去医院找赵站长吗？

她想，很想去。她会从像父亲一样的男人身上获取她要的依偎感，以及所有父亲的感觉。她甚至想把自己的所做都告诉他，寻求他的帮助和支持。在整个过程中，她太孤独了，太孤立无援了。她的继续行走，需要补充能量。她自己的能量快要消耗尽了。

这样想的时候另一个小童从她的身体里分离出来，大声地制止她，你了解那个男人吗？或许他给你的依赖感只是一种假象。就像当初你以为获得了方远的爱情一样，到头来还不是一个不存在的虚无。

他不是方远，不是！

一个伤害刚刚结束，你想让新的伤害马上就开始吗？

……

她和另一个她展开了一场博弈，彼此互相说服。

另一个她最终败下阵来，尽管她的每一个理由都是最有力的。每一个有力的反对理由，不但没有能够打败小童，还激发了小童的斗志。她愿意给那份充满父爱的信赖感一个证明的机会。

于是，小童在午夜十二点时，叫醒小区门房的看门人开了门，驾着黑色的沃尔沃直奔赵站长母亲住院的三甲医院的方向而去。

马路上，昏黄的路灯光在初夏的暖风中摇曳，生长在隔离带上的合欢树，后知后觉刚刚生长出的梳齿样的叶片，又在夜色中含羞地合拢了。稀稀拉拉的车辆不知从何处来，向何处去，显得匆忙而又疲惫。小童的黑色沃尔沃夹在这支队伍中，像是一条孤独的墨斗鱼。

嗯，302病房，就在眼前了。莫名的，小童内心的急切缓和下来。"大风浪来临之前的平静"。她忽然想到了这句话。

站在门口，眼睛透过门上的玻璃，将病房里的部分情况揽在视线里。

一个人背对着门口，守在病床边上。从他的坐姿看，人是清醒着的。不用仔细辨别，小童就可以判断出来，不是赵站长，而是赵站长的父亲。

看情形，赵站长的父亲在和病人说着什么。具体的内容，小童虽然听不清，但是她推测，老人一定在告诉病人去林子看小同的过程，和病人谈着往事，往事里和爱有关的种种。

他支走了儿子，为他和她的交谈创造了一个不被人打扰的空间。

年老的连长，是爱病床上的小芳的。小童想，这种爱，是岁月沉淀出来的。和对小同的爱，是完全不同的两种。

还是不要打扰了他们吧。小童转身，离开了302病房。离开了D城这家最好的三甲医院。

这一天，每一段的经历串起来，戴在小童细细的脖子上，小童听到了颈椎因巨大的负荷而发出的吱嘎声。吱嘎声在提醒她，赶紧卸载吧，说不定下一秒钟就要断掉了。然而，倦怠到极点是兴奋。小童没有丝毫的睡意，她不准备回家。

就开着车闲逛。黑色的沃尔沃又变成了一条墨斗鱼，在D城的街道上游来游去。游到立交桥下时，小童才知道自己其实是有目的的，她想看看雕塑男人。

桥上依然跑着轰轰隆隆的大货车，那些大货车永远是见不得阳光的模样。它们怕阳光看清它们超载的真实面孔。桥下的帐篷也是依然在的。

依然在的，还有靠在桥墩儿上画画儿的雕塑男人，以及老土。雕塑男人的整个人都浸在画儿的境界里，连身上裹着的脏乎乎的棉大衣都沾染了几分艺术气质。老土与雕塑男人靠着同一个桥墩儿，目光投向远处的夜色，保持着数个小时前忏悔的神态。小童发现，这个让人憎恶的男人忽然间老得那么彻底，他的丑陋披上了一件悲怆的外衣。你会忽略他的丑陋，所看到的，不过是那么老的一个老人，老到会让人不再计较他所有的过往。

子夜一点多钟，桥墩儿下的两个男人，在两个不同心境里，独自清醒着。

小媳妇儿——

这一声呼唤像一支利剑，刺穿了浓稠的嘈杂，准确无误地射中小童的耳膜。她清晰地听到了它。

小媳妇儿的车——

他不是在潜心画画儿的吗，怎么就发现了她泊在暗处的沃尔沃呢，而且还认出了它。上次来看他，他记住了她的车。

他的手指向沃尔沃的方向，给身边的老土看。老土无动于衷，"小媳妇儿"不足以使他收回好容易才走远了的目光。老土——小媳妇儿！雕塑男人去摇动老土，坚定地想让他看看小媳妇儿的车。

老土的身子像一根面条，一经触碰，软软地沿着触碰他的力量的方向倒下去。正在把方向盘调转的小童，刚好看到了老土倒下去的瞬间。小童的第一个反应就是，老土睡着了，或者出了其他状况。于是，她就没有着急走，等一下，就等一下，看看情况再决定走还是不走。

叫大壮的雕塑男人，他大概不认为老土是出了其他状况，只是不愿意看小媳妇儿的车。而他，有着超出常人的倔强，非要把老土叫起来，哪怕看上一眼小媳妇儿的车。再不看，小媳妇儿的车就要开走了。因此，雕塑男人对老土的呼唤，是急躁的，动作是大频率的。

老土没有在大频率的摇晃中坐起来，向打扰他睡眠的人发出愤怒的吼声，或粗拉拉地骂上一句，你个狗日的！

没有。

小童脚下一踩油门，沃尔沃蹿到了桥墩下两个男人的身旁。

雕塑男人见小童不但没有走，还把车子开了过来，很是兴奋，老土，小媳妇儿来了！拼了力气去晃动老土。

老土的眼睛是睁开着的，一眨不眨，凝神远眺。上方的桥体不是问题，它的存在丝毫没有阻隔住眼睛远眺的愿望。

别晃了！

小童跳下车子，阻止了雕塑男人。

你是小媳妇儿？雕塑男人丢了老土，好奇地盯着小童看。上回小媳妇儿是戴着眼镜的，没戴眼镜的这个人，开着小媳妇儿的车，是不是小媳妇儿呢？他在努力辨别。短促的辨别后，雕塑男人有了结果：是小媳妇儿，小媳妇儿的头发短短的，亮亮的。忙着拿了膝上的画夹，让小童看他新画的画儿，是不是画得更好了，更像他媳妇儿了。

像你媳妇儿。

那你看见我媳妇儿，让她赶紧来找我啊。

小童边应付着雕塑男人，边给赵站长打电话。

四十七　老土死了（二）

老土被拉到医院，医生只是象征性地做了抢救。人，早就咽气了。

赵站长打电话通知了老土在老家的弟弟，他的小舅舅。小舅舅带着儿子们姗姗来迟，看在赵站长的面子上，他们象征性地问了问老土死亡的原因。看不出任何悲伤的表情，大概他们认为老土早就该死了，他们不过是到医院领走一具尸体，尽管他们不愿意来，但是他们必须来。不但把尸体领走，还要热热闹闹地在绿豆村办一场像样的丧礼。丧礼是办给活人看的，不能让村里人看低了，背后戳他们的脊梁骨，说他们白得了老土的房子，没有兄弟、侄子的情义。当着赵站长的面，赵站长小舅舅的儿子们，检查了老土身上所有的口袋儿，找出几十块钱的人民币，以及一个工资折。满怀希望地打开，却发现折子的数字可怜巴巴到让他们发怒的地步，我大爷真是的，成了电视上说的"月光族"了，吃了今天不管明天。还有更难听的呢，比如"混吃等死"等等。他们没有说出来，让难听的词汇从眉宇间流泻出来。

赶紧把人弄走吧！

赵站长真是烦透了，他的舅舅们、表弟们让他失望透顶。这样的亲戚多了，简直就是一种灾难。何况，小童还在旁边眼巴巴地看着，

278

好一个没面子的工程。

小童懂得了赵站长的心思，便说，我去帮大爷照看阿姨吧。

上午就出院了，没事儿，你回吧。

赵站长的眼睛里颜色鲜艳的血丝，杂乱无章地横陈着。这个男人太疲惫了。小童的内心充满着罪恶感，是她连累到了他。有几次，她想对他说声对不起。最终没有说出口的原因是，她没有足够的力量来说出那三个字。她怕他仇恨她，她怕失去他。他身上父性的魅力，是她最大的留恋。她失去的东西太多了，实在没有再失去的勇气了。

停止吧，小同，不要再让伤害发生了。你是善良的，不妨学会宽恕吧。小芳成了植物人，老土死了，就此打住吧。

打住吧。

夏日的太阳升得老高了，用热辣辣的目光打量着跟跟跄跄的小童。不过是才经过了一个白天和一个夜晚，小童的身子仿佛是被快刀削了，变得薄薄的。幸好夏风软软的，如果是冬天，一阵风就卷走了。

一个煎饼摊儿在小童视线的余光里一闪，像涂抹了磷光的火柴棍儿，擦亮了小童的记忆板。嗯，跟踪老土的那个早上，老土买了一份煎饼。他自己一半，雕塑男人一半。老土不在了，谁还会给疯男人买煎饼吃？

将车子倒回来，开到煎饼摊跟前儿，小童隔着车窗子，买了一份煎饼。

几个鸡蛋的？

两个吧。

两枚黄颜色的蛋黄，在面糊上不安分地颤动，摊煎饼人手里的木质小刮铲准确地拍在蛋黄上。圆月亮一样的蛋黄便碎裂了。被均匀地挂在面糊上，面糊很快半熟了，形成了饼子，再翻个身儿，抹上面酱辣椒酱撒上葱花香菜末的功夫，就彻底熟了。

脆饼还是油条？

脆饼吧。

一张薄得透明的脆饼裹进煎饼里，装在袋里的煎饼被小童用手掌托进车窗里。

立交桥上轰轰隆隆的货车暂时不在了。桥下的帐篷在。桥墩上用锁链拴着的带有 D 城环卫字样的三轮车在。画画儿的雕塑男人在。

雕塑男人一反常态地没有靠在桥墩儿上画画，在朝着老土被拉走的方向张望。他大概饿了，等着老土给他买煎饼回来。

黑色的沃尔沃出现在焦灼的目光里，是小媳妇儿的车，小媳妇儿来了。她把老土送回来了。

老土没有如愿地出现。出现的，是小媳妇儿手里托着的一套煎饼。

小媳妇儿，老土咋没回来？

雕塑男人没有拒绝小童的煎饼，边吃，边拿了期盼的眼神对着小童。老土是和小媳妇儿一起走的，小媳妇儿一定知道老土在哪里，一定知道老土什么时候回来。

老土死了，往后没人管你了！

小童认出来，说话的是曾经和老土一起打过牌的人。那人在桥下游荡着，见小童来给雕塑男人送煎饼，便凑过来，冒了一句话。

你才死了呢！

雕塑男人对"死亡"这个词语异常敏感，他愤怒了，手里的煎饼化身铅制的铁饼，朝着说话的人投掷过去。

那人身子一闪，失去目标的煎饼摔在地上。脆饼从煎饼里散落出来，压住几只无辜的蚂蚁。

疯子，死疯子……人和声音渐行渐远了。

雕塑男人摊开两只手掌，不见了，煎饼不见了。眉头皱起，做了一个思索的表情，噢，他想起来了，刚才把它当成打人的武器了。顺着煎饼飞出去的方向，寻找到煎饼，拾起来，继续吃。这一回，吃下肚的东西内容就丰富了很多：煎饼，煎饼上的尘土，以及沾在上边的小蚂蚁。

趁着雕塑男人专心吃煎饼，小童用手把帐篷撩开一条缝隙，将视线和几缕阳光放进去。两张钢丝床，床上一片杂乱。小煤气罐儿、大塑料桶、小饭桌（几副碗筷连同刀具杂乱地摆放在一只盆子里，盆子放在一块面板上，面板架在小饭桌上）、大大小小的几只袋子（其中有一只肯定是雕塑男人用来装画儿的）。

一股浓重的气味逆着小童的视线，不客气地钻进小童的鼻孔。小童用另一只手的拇指和食指捏住鼻翼的两侧。这时，几口吞完煎饼的雕塑男人也过来了。

他渴了，想喝水了。

从面板上的盆子里拎出一只大白碗，近了塑料桶跟前，倒水。水桶却是空的了，底儿都朝了天，也没倒出几滴水来。

想起沃尔沃的后备厢里还有大半箱矿泉水，小童给雕塑男人取出几瓶来。

这才把坠了千斤分量的身子安置在驾驶座上，准备回家了。被她灌了安眠药的方远，到现在一直安静着，没有打过来一通电话。

方远——小童把这两个字放在嘴巴里咀嚼，品尝着它们的滋味。

小媳妇儿！

她听见雕塑男人在喊她。穿着棉大衣的脏男人茫然地站在反光镜里，手里举着一瓶矿泉水。老土还会不会给他做饭买画纸，小媳妇儿还会不会来看他，他一点儿都不知道。

小童的情绪忽然就激动了。这个疯男人的命运因小同而起，小芳成为植物人因小同而起，老土的死因小同而起。造成这一切的根源不是小同，是方远的老子，还有方远。所以，在医院时，她不该

281

埋怨小同。

就算小芳们的最终命运是一种宿命，是上天的惩戒。"主犯"逍遥在惩戒之外，是不公平的。

小童自己不知道，她找到的这条为小同申冤的理由，其实已经掺杂了替自己"雪耻"的因素。她没有办法原谅方远。

如果"主犯"和方远无关，则完全是另一种心境了。小童之所以在神秘的传说中走了这么久，也许，本意并不是要替小同追寻事实的真相，而是在给她自己一个辨别所拥有的爱情真伪的机会。只不过替小同申冤之路是阳关大道，辨别自己爱情真伪之路是羊肠小路，容易被忽略罢了。但它是存在着的。

也许是这样的。嗯，也许。

泊好了黑色的沃尔沃，上楼。上午八点多钟。

屋子里是安静的。卧室床上，方远胸肌松弛的胸部绵软而有节奏地起伏着，依然沉浸在睡眠中。看来，三片安定发挥了良好的作用。

下一步怎么做，小童还没有想好。愤懑的情绪像一头小兽，在小童的胸腔里撞来撞去。它想寻个出路，可惜身体和精力被严重耗损的小童，实在是失去了为它打通阻碍的力气。体力和精力都需要安歇，需要一个恢复和调整的机会。

小童躺在客厅的沙发上，满足体力和精力的愿望。手按住胸部的小兽，闭上眼睛。什么都不想，什么都不想，什么都不想。数绵羊吧，一只绵羊、两只绵羊、三只绵羊、四只绵羊……绵羊越数越多，它们组成了一支阵容强大的队伍。队伍的最后边，一个身穿破棉袄的小男孩，手里举着一杆长鞭，嘴里唱着小曲。放羊的小男孩有些熟悉，细看，却是父亲，小时候的父亲。是寒冷的冬天，父亲的小脸蛋冻得通红，小手没有戴手套，手背都冻裂了，一条条的血口子，往外浸着血。血渍很快被彻骨的冷凝成了血痂痂……爸爸，你等着，我去给你买棉手套啊……小童举着棉手套跑回来，羊群和是她父亲的那个小男孩已经消逝在天边了。天边的白云朵，一团一团的，多像父亲赶的那群羊啊。父亲的本事真大，居然把羊群赶上了天。羊群上了天，父亲也一定跟着上了天，怪不得总也看不到父亲呢。小童开始奔跑，朝着天边的方向，她要找到父亲，告诉父亲，妈妈一直在家里等他。还有她，也非常非常想念他……

四十八　悲伤的大壮

　　1975 年的春天很快来临了。小同家院子里的树经过将近五个年头的成长期，已经有一拃粗了。在小同看来，它们正在由毛孩向青少年演变，充满了朝气。它们以成长慰藉着小同。小同依旧楚楚动人。农活儿、粗茶淡饭没把小同变成村里其他婆娘那样，衣服邋里邋遢，走路松松垮垮。未经生育过的身子依然灵秀，走起路来飞燕一样轻巧。同样的衣服，上了小同的身子，就显现出了不一样的效果。这样的女人很容易招来嫉恨，然而，小同却是个例外。善于在背后编派别人的芝麻村婆娘们，很少有编派小同的时候。小同是美好的，可是小同的美好对她们任何人都不构成威胁。小同的眼里没有她们的男人，她们的男人脚步再快，也赶不上小同。她对她们来说，是安全的。因为安全，才免去了嫉恨。婆娘们暗自惋惜，这副坯子要是长在自己的身上，说什么也得在芝麻村抖三抖。妈妈的，不用岂不是浪费了。

　　且说大壮，看着别家的孩子满街满炕乱跑，眼馋得直咽唾沫。认下了肥婆娘的瘦崽当干儿还不解渴，口袋里时常装了几粒糖果，在街上拽住一个不放，手里捏着糖块在孩子鼻子底下晃，叫流着黄鼻涕的孩子喊他干爹。馋糖果吃的孩子果真就喊，喊完了拿了糖果跑得比兔子还快，待跑远了，回头喊：大壮不壮，夜里上炕，上炕干啥？上炕——睡婆娘，婆娘不下仔，大壮气得——泪汪汪！

　　大壮晓得这是大人们在借着孩子的口编派他。怪谁？全怪家里的母鸡不下蛋，汤药吃了一筲箩，就是不下崽。下崽的东西算是白长了。大壮狠狠地呸了一口，气鼓鼓地回了家。进家门见小同正在树下编柳筐，一脚踏上去，柳筐便瘪了。小同只当是野狗破坏了她的柳筐，一抬屁股进了屋子。大壮一股邪火冲上头，抄起扫地的笤帚尾随小同进了屋，转身插上门，一把将小同掀在炕上，几下子撕扯掉小同的裤子。等小同反应过来，大壮手里的笤帚已经向她的下身打去。小同挣扎着，她在反抗："你凭啥打我！"五官变了形的大壮吼："你下个蛋给我瞅瞅，我就不打你！"小同用手夺笤帚。大壮的火更大了，他没想到小同会不服打，手里的笤帚更狠地落下去。打着、夺着，突然小同的一句话让大壮停住了手，他听见小同说："是你这个王八蛋不行，还赖在我身上！"大壮不打了。他惊愕地愣怔着。这是他的媳妇小同吗？大壮瞪着充血的眼睛："你再说一遍！"小同的眼里又闪现出两把锋利的刀子，她说："你总赖我这片地长不出庄稼，是你压根就没撒上种，别说庄稼，庄稼毛儿也别想长出来！"哇，大壮一头栽在炕上。

　　小同不想再让大壮给自己的头上扣个屎盆子，让他有借口伸手就打，张口就骂。五年的时间，她的勇气积攒了 1826 天。1826 天积攒的勇气使她终于可以和大壮的邪恶抗衡。大壮染指别的女人她可以不管，她也懒得去管，自己正好落个清闲。而这一次，她要为自己洗脱罪名，看看到底是她不行，还是大壮不行。于是，转天，她拉了大壮搭上进城的车，去了 D 城的医院。起初大壮不同意，但是他看见小同拿出了一把剪刀，威胁大壮，他要是不去，就挑开肚皮死给他看。大壮被小同的阵势吓着了，在小同的威逼之下，极不情愿地答应了。大壮为什么不去？他心虚，他怕万一真是他的毛病。其实，大壮私下里寻思过，小同有毛病怀不上孩子，那跟他有奸情的肥婆，孩子噼里啪啦生了好几个，哪个也不像他大壮，都和肥婆的窝囊爷们儿一个模样，一个个尖嘴猴腮相，孙猴子转世似的。

检查的结果很快下来了。单子上写着什么？白纸黑字，说得明明白白：大壮的精液里没有精子。大壮明白没有精子是怎么一回事，医生给他解释：种子没芽，会长庄稼？

大壮一下子蔫了下去。回村的路上，婆娘们见了他打哈哈，他也懒得去理。婆娘们追着他的背影喊："大壮，让人给阉了，这蔫呀！"他还是不理。一纸化验单还了小同一个明白，看着大壮的熊样子，小同心里解气。小同抬头朝天上望去，她头一回发现，天蓝蓝的，美得炫目。

理所当然地，满院子的树聆听了小同的秘密。它们和小同一起分享难得的快慰。小同当然是快乐的。她的快乐流露在眼里，更流淌在心里。是复仇之后的痛快。她小同没有向任何人复过仇，是上天惩罚了大壮，帮了小同。在小同看来，上天惩罚的不仅是大壮一个人，它惩罚的是所有的男人。小同怎么能不高兴呢！大壮们根本不配有子孙的。眼前这些和她一起驶向快乐岛的尤物们，给予小同的除了精神上的爱恋之外，还焕发出了小同女性的温柔。小同爱它们。像妻子爱丈夫那样爱，像母亲爱孩子那样爱。在今天这个晚上，小同忘掉了所有的不快乐。

大壮沉浸在他的沮丧里，没有心思顾及小同。无论他做什么，她都不支持也不反对。本来，大壮该给小同一个说法，哪怕说上两句软话，哄哄小同，洗去小同蒙受的不白之冤。大壮不过是浅浅地想了想，没有对小同漏一个字。她小同是能用两句话哄好的人吗？表面上看着温顺如羔羊，结婚五年，她心里想些什么，他压根就摸不清。哪个女人忍受得了男人当着面地勾引婆娘，只有她小同。问题的答案很简单，那就是她小同心里没有一点位置是留给大壮的，她的心全在鞋子的主人身上。他将鞋子剪坏了，她一定会恨他一辈子。如今，她知道自己是个压不了绒儿的公鸡，心里不定咋解恨哩。大壮想着想着，不觉骂出了口："这个大刺猬！"刺猬，捧着扎手，弃之又可惜。不育给了大壮致命的打击。按医生的说法，他撒的种没有芽，施再多的肥，灌再多的水也白搭。大壮真真切切地体味到了悲哀的滋味。不孝有三，无后为大。男人的耻辱啊。

在今晚，大壮一个人独自悲伤，并不代表村里所有的男人都悲伤。晚上，是男人们自由活动的时间。他们或忙着干自家的活，或忙着生儿育女，或忙着和老婆孩子吹胡子瞪眼。有一个人忙得很特别。他在忙着窥视别人家的动静。一双馋猫样的眼睛透过寨子的缝隙，借着星光月色，直勾勾地盯了小同好一会儿了。看着小同美好的形态，他欲火中烧，恨不能一下子冲进秫秸夹的寨子，将小同紧紧地搂在怀里，亲个够，玩个够。平日里不言不语的大壮媳妇，还会有这手。别家的婆娘偷汉子，她居然偷树。

这个人就是队长方万富。

方万富垂涎小同，从小同和大壮举行婚礼的那天就开始了。

原来，被请来喝喜酒的方万富，在一片乱哄哄的气氛里，是没有多大的心思非要看到新媳妇的。忽然间，听到知客的吆喝声，说新郎新娘要行礼了，饭棚里吃饭的人都好奇地离了座位，探着头看热闹。方万富没动，他不准备动。他是队长，不能像普通的社员那样闻风而动。端架子是一个原因，另外一个原因是，他不认为大壮的媳妇会俊到让他放下架子的地步。人未动，眼神却不经意地丢了过去。真是巧的很，偏偏棚子的帆布破了一个洞，刚好让他的眼神儿穿越过去，落在往台阶下走的小同身上。方万富的心很突兀地一颤，失去了重心。为了稳住重心，他必须站起来，然后绕过搭饭棚的木桩，加入看热闹的人群中，和新媳妇保持一个最近的距离。因为新媳妇身上有他的重心。

拥挤着看热闹的芝麻村人，倒没觉得队长看热闹就失了身份。相反，对于主人家而言，队长能像普通社员一样，扎在人堆儿看这个热闹，是队长肯赏他们的脸。于是，方队长就看到了大壮的那个充满温情的动作。那只手，那只阻止了小同的头险些抵到伟大领袖头像上的手，不该是大壮的。

该是他方万富的。

四十九　求神灵保佑

方万富打给儿子方远的电话没有打通。今天是星期日，方远休息的日子，他想让他派车来接他进城去大寺烧香拜佛，向神灵祈祷飞走的小同从此过上幸福的生活，断了再回芝麻村的念想。他是代表整个芝麻村去的，祈拜是为了芝麻村全体村民的福祉。

儿子方达说，不行就向上边汇报吧，村里稳定出了问题，怕是会影响到选举呢。

老子一瞪眼，这点小事都压不住，上边会说你无能。你又不是不清楚，上边一直认为林子的事儿是封建迷信，他们要知道是因为林子不稳定了，没准儿会把林子连根儿给端了。那帮狗日的，早就打林子的主意了。要不是我总用肉骨头喂着狗日的，芝麻村还不定出啥祸事呢。

老子的话倒是有些道理，西瓜镇的干部换了一茬又一茬，想动芝麻村林子的人不止一两个。他们知道关于林子的传说，但是，他们认为那只不过就是传说，是芝麻村人自己整出来的传说。在那个特殊的年代，好好的一个人被整死了，芝麻村人心里不踏实，怕死鬼来寻仇，才不敢动那片林子的。还自欺欺人地说林子会哭泣，简直是扯淡。因为作风问题就可以整死人，奶奶的，搁到现在，从上到下，那要死掉多少人啊。20世纪90年代末期，西瓜镇发展设施农业，在全镇搞试点村，芝麻村也被列入其中。芝麻村之所以没有搞起来，就是由于北洼的那片林子碍事，要全部砍伐掉。这个方案当然遭到了芝麻村人的极力反对，林子是有灵气的，不能动。镇长和几个副镇长知道芝麻村的深浅，平时的日子，多多少少也是受了恩惠的。村里搞农田水利开发，等等，每一项工程，都是和镇里的头头脑脑打成一片的。早就煮成了一锅粥，分不清彼此了。那时，方达已经接了老子的班，坐在了芝麻村头一把交椅上，书记和村长一肩挑。江山是老子打下的，他深谙老子打江山的套路。青出于蓝而胜于蓝，方达比老子还多了几分的匪气，谁也不想惹急了这个祸端，给自己招惹麻烦。偏偏镇里的书记是个新来的，定了的事儿，咋能因为一个传说就改变了呢。新官上任的三把火刚要烧起来，就赶上阴雨天气，他不信这个邪。

亲自去芝麻村勘查，每次在去芝麻村的路上，车子走着走着，总是被扎了车胎。书记一生气，弃了车，徒步前进。后边跟着的镇上人，都哑了声音，默默地在后边跟着。谁也不说话，喜怒哀乐的情绪都不泄露，各怀着心腹事，默默地走。偶尔，张三和李四之间，快速地交换一下眼神。他们在暗中观望事态的发展，想看新来书记的一场笑话。

一行人离着林子还有很长一段距离时，看见前方黑压压地站着一堆人。近了前，全是些妇孺老幼，没有一个男性的青壮年。尽管是妇孺老幼，她们的身上却凝聚着一股虎视眈眈的杀气。

毋庸置疑，她们都是芝麻村的人。

给村里的书记打电话！

后边的人很快回了书记，芝麻村的书记方达的手机打不通，关机了。

乡亲们，你们这是何意？

他眼前的乡亲们，就等着"大官"的发问了。他们就像大坝里蓄积的洪水，哗地一下子，开了口子，以雷霆之势涌向书记，一个浪头就将书记吞没了。

这个抱书记的腿，求您放我们一条生路吧。

那个牵书记的衣襟，求您放我们一条生路吧。

抱不着腿也牵不着衣襟的，跪在地上，求您放我们一条生路吧。

哀求声一片，哭声一片。

明显背后有人指使，有人在策划。报警吗？他们老的老，小的小，一折腾，说不定还会闹出几条人命来。

更让书记气愤的是，镇上的大大小小的官员们不哼不哈的态度。他们表面在劝解闹事的老百姓，心里不定怀着什么样的鬼胎。

下午，方达开车去了镇里，给书记负荆请罪，说村民闹事时，他进 D 城到法院找他弟弟了。我弟弟，您认识吗？就是方远副院长。这帮老百姓也真是不给我做脸，前脚刚走，后脚就出了乱子，全是我的领导无方，吓到了书记。

软硬兼施的套路，书记并不陌生。书记悲哀了，一个小小的村支部书记，竟然敢公然兴风作浪，乡镇的这池水真是深不见底啊。

不管是出于何种原因，芝麻村北洼的林子算是又保住了。设施农业绕着芝麻村而行了。

辛辛苦苦地保护着北洼的林子，换来了几十年的平静生活。林子平安，他方万富才平安，他的子孙后代才平安，芝麻村才平安。

要不，我去吧。

你的分量差得远。

遭遇方万富这样的老子，方达是没有脾气的。和弟弟方远不一样，他最大化地继承了老子的脾气秉性。稍有欠缺的是，在智谋上还不及老子，所以，村里的很多事情，都是老子在背后给他出谋划策的。

291

方达当然不会明白他老子亲自出马的真实意图，只知道林子里埋的女人，是被父亲批斗过才吊死的。

还是我去送您吧。方达觉得老爷子有点显摆的意思，让当副院长的儿子派车来接，你以为院长儿子像我一样听你的话？切，人家才是真有架子呢，见了老子连眼皮都懒得抬一下。

昨天晚上就把电话打过去了，到这个钟点了，不但不主动打电话问一下，老子打过去电话还不接。方万富就恼了，妈个逼的，这都几点了！

方达想笑，又不敢。他知道老爷子是怒给身边的人看的，当着副院长儿子的面，老爷子是怒不起来的。

还是我送您吧——方达又给老子铺好了台阶。

方万富骂骂咧咧上了方达的车，边走边让方达继续拨打方远的电话。

爸，有人接了，是个女的。

方万富知道方远离婚的事儿，离的时候他并不知情，春节回来儿媳没跟着，才知晓儿子已经离婚多时了。背后偷偷向孙子打听，孙子又说不清楚，说您还是问我爸吧。方远不主动告诉他的事情，老爷子是不敢多问的，怕碰了铁钉子回来。那可不是一般的铁钉子，和鱼钩一样，是带了回钩儿的，碰上了，不勾上二两肉不罢休。老爷子对方远的怕，是从方远说出"你不配做我的老子"开始的。不管是在村里，还是在家里，谁都不敢蔑视方万富，只有他的二儿子方远敢。方远的蔑视是从灵魂最深处发出来的。灵魂看不见摸不着，但是它的确是存在着的，而且，人的两只眼睛和灵魂是联通着的。方万富在和少年方远怒目相对时，狠狠被方远灵魂深处的轻蔑震慑了。这样的轻蔑似曾相识，以前好像在哪里看到过。噢，方万富想起来了，那个女人，那个叫小同的女人，也向他发出过相似的轻蔑。纯净到极致的轻蔑，化成一柄柔韧的利器，把他的霸气击得粉碎。

方万富怕，从骨子里怕。这么多年，他都是怕着过来的。

方远为什么离婚，以后打算怎么办，等等问题，方万富静观其变。接电话的女人，老爷子推测，莫不是方远没过门的新媳妇？

问问她是谁？

小童听到了两个男人的对话。她猜测，这通显示"方达"号码的电话，该是方远的家人打来的。他听方远说过，他上边有一个哥哥。

您是？小童抢先反问。

我是方远大哥。

果然，小童猜对了。

您有事需要转告吗，方远在睡觉。

手机里传出来的声音很响，耳朵不聋的老爷子很清楚地捕捉到了。能和儿子一起睡觉的，除了媳妇，还能是谁呢？这个杂种操的！

有事儿，让他赶紧起来，就说他老子找他来了！

方达赶紧用眼神制止方万富，麻烦您转告一下方远，老爷子进城了，在路上呢。

挂了手机，小童看了一下时间：九点四十。自己睡了一个多小时。方远放在客厅茶几上的手机，响起第二遍铃声时，负荷着小童沉重思念的睡眠蹒跚而去了。本来，她是打算把手机拿进卧室叫醒方远来接的。可是，她看了看来电显示，改变主意了。小童把自己当成了福尔摩斯，一个看似不经意的"线头儿"抓住了，说不定会成为接近真相的重要线索。于是，她在客厅里按下了接听键。

接完电话的小童，从容地呼唤方远——

起来啦，太阳把屁股都烤熟了。

尽量松弛着语气，乍听上去绝对不缺乏亲密的特质。方远在小童的呼唤中，张大了嘴巴，打了一个超长的哈欠，直到眼角挤出了些许浑浊的泪液。

几点了？

快中午了。

瞎说。

自己看。

小童将手机扔过去，砸在方远裸露的白肚皮上。

不会吧？

小童明显感到方远警觉起来。嗨，你不会以为我给你下蒙汗药了吧？睡得像头猪，叫了几次都不醒。

方远不吭气了，身子依旧和床做着亲密接触。他借着醒盹儿，回忆昨晚的经历，检查这个漫长的睡眠是否有破绽。

宝宝，我睡得好吗？

扑哧——可笑的问题，你睡得好不好，自己不知道啊？

我是说，有没有说梦话之类的，感觉特累。

说了啊。

说啥了？

不告诉你——小童将食指压在唇上，做了一个俏皮的拒绝动作。

从小童的言行上，看不出哪里不对劲。然而，方远的第六感觉告诉他，一定是有哪里不对劲的。

眼圈儿是黑的，没睡好觉吗？

你爸来电话了，说一会儿来找你。

小童赶紧转移方远的注意力。

你接的电话？

我叫你了，你没醒，响第二遍的时候我就接了，怕有急事。

方远抄起肚皮上的手机，翻看通话记录。果然，未接来电和已接来电里躺着父兄的号码。

说来干啥了吗？

没有，他们又不认识我，干吗跟我说。

这个觉睡的，真是邪性了。方远动作麻利地起床穿衣洗漱。

我去买菜，中午让老爷子在这儿吃。

咕嘟，方远将一口漱口水吞下肚皮，噎出一个响亮的水嗝。还是别了，老爷子还不知道你的存在呢，有一个缓冲的过程。

一步到位，缓冲就免了，你不是想把证领了嘛，今儿就先过了老爷子这一关。

小童看见洗脸的方远，手上有了一个不易察觉的小抖动。

宝宝——

小童直视着方远的眼睛，看他如何接自己的话茬儿。

宝宝——

方远又唤了一声，制造出一副欲言又止、很为难的样子。

我给你顺顺，憋着多难受。小童近了方远，用手摩挲男人的胸部。

那我说了，可不许生气啊。

保证。

知道我为啥回老家不带你吗？

小童摇摇头，继续摩挲男人的胸部。

你长得和林子里的女人有点像，林子里的女人是因为作风不好死的，农村人思想保守，我怕老爷子看见你反对。

呸——

小童将一口唾液吐在方远挂着水珠儿的脸上。唾液和水珠儿亲吻，交融。

说了不许生气的，你看你。方远再次把脸伸到水龙头下，哗啦哗啦地冲洗。手颤动的频率加大了。方远以为小童的愤怒，是由于和一个作风不好的人长得相像引起的。所以，他更多的精力陷在自己的情绪里。

此刻的小童，下唇深深地嵌进齿间。愤怒的咆哮在喉头滚动着，她怕它们会从嘴巴里喷薄而出。唇是堤坝，所以，她不敢溃堤。

五十　队长的阴谋

　　小同在生产队经常分到一些轻省的活，她和社员们都认为她是沾了大壮的光。小同是大壮的媳妇儿，大壮专拍队长的马屁，小同不干重活是情理之中的事情。大壮当然也看在眼里，看在眼里的大壮免不了有几分得意。最先觉得不正常的是小同。队里在一块叫"拉呱"的地里种了一片菜瓜，到了分瓜时节，每家一堆，瓜堆上贴着一张纸条，纸条上写着户主的名字。分瓜的社员按名字装瓜。小同背了一个小竹筐去分瓜，小心翼翼地将瓜码在筐里，一手抓住筐的背带，腰里一别劲，正准备背上瓜筐。这时，一只手搭过来，宽大的手掌正好触摸着小同的手。小同的手想抽回去，而那只男人的手明显加了力。小同转过头，目光正巧对着男人的目光。男人是队长方万富。平日里一本正经的队长，此刻，目光里隐藏了一股慑人的能量，它能够融化掉小同。小同的目光一抖，眼神快速地闪在了别处。多么正常的一幕：一个娇小的女人要背起沉重的一筐东西，作为队长的他搭了一把手，筐轻松地背在了女人的身上。简单的情节，蕴涵了复杂的内容。队长朝小同放电，下面就要看小同识不识时务，适时地接上火。

　　在小同和大壮的婚礼上，小同以她的特别吸引了队长。渐渐的，方队长发现，这个闷葫芦身上有一种说不出的东西，像蜜糖一样能粘住男人的心。但葫芦对人，尤其对男人不苟言笑，对这样的人是需要费点心思的。她凭啥白嫩了一张脸，还不是队长的一次次关照。令队长扫兴的是，无论怎样的关照，都没能让小同多看他一眼，真是让他恼怒。队长何等聪明，比原来更多地关照大壮，制造出小同因是大壮的人才有如此待遇的假象。通过对小同的直接放电，队长猜想小同，这次定能有所表现。队长错了。小同依然我行我素，依旧吝啬地不多看队长一眼。不能称心如意的队长，心里像是吊了一个大铅坠，不舒服极了。不舒服并不意味他放弃了。

小同不是一个普通的女人，方队长也不是一个寻常的队长。他不是一个轻易放弃的人，想要得到的东西，就一定要把它夹在筷子上，送进嘴巴里尝一尝。所费的一些周折，更能让他的味蕾精神焕发。几年的寻寻觅觅，猎人最终捕捉到了猎物的行踪。队长发现了小同和树的秘密。他为找到了可以击伤小同的武器而洋洋自得。

这几天，社员们一律到地里掰玉米，每人分到两垄。人们齐整整地站在地头，两只手左右开弓，一时间，地里响满了噼啪之声。噼啪声里夹杂着大声的说笑。噼啪声和人的说笑声使一大片土地变得异常混乱，像毫无节律的一首曲子，乱得没有章法。时间不是很长，掰玉米的人逐渐拉开了距离，不再是齐头并进，手快的走在了前边。小同被甩在了后边。倒不是小同手慢，这片土地的玉米秆出奇高，玉米全在高出小同头部一大截的地方长着。每掰一个玉米，小同都要使劲地扬起脚。还有一个人落在了后边，这个人在小同的左侧，是队长。队长落在后边的原因当然因为他是队长。他完全不用干活儿，指导好全生产队的生产才是他的责任，他是统揽大局的人。偶尔干上点活儿，那是他队长不脱离群众，干多干少，干快干慢谁敢和他计较。看着小同一头的汗水，方队长掐算着只要他不大声喊，前边的人就听不到他的说话声。他扭过头对小同说："他婶。"小同正在够一个玉米棒子，许是没听见，没言声。"他婶!"队长提高了声音。这次小同听到了，掰下玉米棒子的同时，"啊"了一声。见小同的注意力转移到了自己身上，方队长心里恶毒地笑了，嘴上说："他婶，大壮咋的了?""没咋。""我是说你们咋不要个孩子?""没有。""是大壮有病吧?""没有。""不对吧?""……"小同心里嘀咕，肯定是大壮跟队长说了他有病的事，她想躲开队长，抹了一把脸上的汗，加快了速度。队长不费吹灰之力，就牢牢地跟定了小同。"小同?"小同听到队长在叫她小同。"小同，是大壮不行，办不了两个人的事吧?"小同回过头，用盯一堆臭狗屎的眼神盯了队长一眼。方队长不急不恼，缓缓地说："大壮满足不了你，还有我呢，用不着在树上蹭痒痒。"小同"扑"地一下跌在地上，身下压倒了一棵玉米秆。队长没有去扶小同，他要的就是这个效果。他要让小同倒下去，然后，小同哭着求他，求他扶她起来，求他不要说出她的事。再然后，上赶着奉迎他，跟他约时间，并且主动脱掉自己的裤子，求他成全她。

小同咬着牙坚持到了傍晚收工。她的头轰轰响着，里边好像开着五六架飞机。回到家里，小同给大壮做熟了饭，早早地躺在炕上歇息了。幸亏有炕支撑着，使她可以暂时静一静，理一理混乱的思维。队长会罢休吗? 他自以为抓住了她的把柄，怎么会轻易放弃呢? 为了封住队长的嘴，去向他求饶吗? 小同的胃一阵翻动，"哇"地吐出了一口黏黏的液体。正在吃饭的大壮放下碗筷，探头看了看小同，问："不舒服?"人真是奇怪，小同原来没打算把这事告诉大壮，她和大壮一个是火，一个是水，是不相容的。忽然间大壮的一句话改变了现状，他们变成水和乳的关系了，某时某刻他们交融了。小同止不住抽泣起来，抽泣得越来越厉害，一口气憋在小同的喉间，差点背过了气。大壮觉得事态不妙，小同她绝不是小鸟依人的女人，不逼急了她，不会这样的。大壮扶小同坐起来，顺过小同的气。小同呼噜噜地喘着气，哭泣着告诉大壮说队长摸她的手。小同以为大壮一定会怒目圆睁，大发脾气，接着抄起一根棍子去找队长拼命。大壮没有。但是大壮确实是愤怒的。人模狗样的队长，竟欺负到他大壮的头上，他焉能咽下这口气！平息他怒火的是他正在酝酿的一个计划。队长家的两个小子能证明，他队长绝对是颗有芽的种子。这次不妨借他的种子用一用，好长出个苗苗来。神不知鬼不觉，别人知道咋回事？这是一，还有一点，现在不能得罪了那个狗东西，得罪了他，自个儿也没好日子过。这就是大壮酝酿的计划。所以，他象征性地安慰了小同几句，说小同想得多了，队长不会是那样的人。

转天小同没有去队上干活。本来小同想去，大壮劝她在家歇一天，说替她请假。小同便怀着忐忑不安的心情在家里歇息。小同的忐忑缘自大壮，她不知道大壮将会以怎样的态度面对队长。大壮和队长撕破了脸的结局会是怎样一番情景，小同不敢想象，她甚至后悔昨天自己的所作所为了。自己不把事情告诉大壮，也许结果更好些。

方队长派活儿的时候，一眼发现小同没上工。他的心微微颤了一下，目光不自觉地瞄了瞄大壮。大壮很坦然的样子，同往常一样和婆娘们说笑着等队长派活儿。队长麻利地派完了活儿，社员们纷纷拿着家什上地里干活儿去了。大壮磨磨蹭蹭地留在了最后。队长问他咋还不去干活儿，大壮嬉笑着凑上来，说给小同请个假，小同昨天把脚崴了一下，想歇一天，不知队长准不准假。方队长眉峰一挑，说咋这不小心，不准谁也得准你媳妇的假。大壮嘴上说队长够意思，伸手拍了拍方队长的肩，拍肩的同时，极快地递给队长一个眼神。方队长何等聪明，他马上领会了大壮眼神里的含义。鬼精的大壮居然会把媳妇主动让给他，这里边肯定有文章。捉奸？量他不敢。脑袋转了几个弯，队长幽幽地笑了，他明白大壮的小算盘是怎样的一个打法了。不过，队长不满意的地方是，他想不到小同会在大壮跟前说他的不是。换了别的娘儿们，裤子脱了他都不多看一眼。

　　事情的结局大壮没料到，方队长更没料到。当小同手里举着菜刀把队长追出来时，街上光屁溜的孩子都看见了。他们拉成长长的一个队伍，远远地追着看热闹。披散着头发的小同鞋子跑掉了一只，光着脚跑在街上。街上的砖头瓦块硌破了脚，跑过的地方，留下一串血印。

　　少年方远将身子靠在小同家的秫秸寨子上。此刻的少年，身体里狂舞着一条叫作惊愕的巨蟒。少年既看不到它，也抓不到它，但它确实存在着。少年感觉到巨蟒在张着血盆大口，一会儿吞掉他的心，一会儿又吞掉他的肝。少年唯一能做的就是绝望。

　　然后在绝望中慢慢地闭上眼睛，等待死亡的来临。

五十一 "辣椒炒肉"餐馆

方远没有跟父兄说起小童去林子的事情。为什么要说呢,他就要他的老子不安,要他的老子为当年犯下的错误买单。他深爱的小同,假如不是老爷子的缘故,不会在生命最灿烂的时刻香消玉殒。她会渐渐老去,美丽的生命像一片娇嫩的桑叶,被岁月这只蚕啃噬得斑斑驳驳。他对她的热爱也会一点一点变得模糊不清。她不再美丽的过程,他对她的爱渐次远去的过程,这才是生活正常的顺序。然而,正常的秩序被打乱了,正常的秩序好比人体的细胞,一旦乱了,就开始疯长,长成一个巨大的瘤体。曾经有很多年,方远假装忽略瘤体的存在。然而,存在的病灶,并不会因为你忽略就不存在了。

导致他精神细胞疯长的那个人,他一生都不能谅解。

进了大寺,买了香烛,方万富嘱咐两个儿子在门外不要进来,免得人多打扰了神灵。方远和方达弟兄两个便远远地站着,看他们共同的老子跪在蒲团上,对着慈眉善目的菩萨像念念有声地絮叨着。

昨天——

方达想跟方远说他进林子的事儿,但是这两个字如同两块坚硬的石头,突然哽在嗓子眼儿,让下边的话出不来。他看到了什么?弟弟方远变成了一个模糊的影子,影子在闪烁,然后碎成大小不等的片片。仿佛水里的月亮，被一颗不知从哪里飞来的石子弄乱了。闪烁的碎片开始重新组合，渐渐形成一个整体。闪烁停止了，恢复了清晰。怎么，竟然是一只狼？它的眼睛里发射出绿幽幽的狼性的光芒，注视着前方的猎物——跪在蒲团上拜佛的老者，而且强健有力的四条腿做好了冲刺的准备，随时都有可能扑过去。

妈的，老子撕了你！

手抄空了，狼灵巧地闪到了一边，干啥你？

狼还会说话？方达闭上眼睛，摇晃了一下头颅。稳住头，再打开眼睛时，面前的却是弟弟方远。不见了凶恶的狼。

方达才知道是自己出现了幻觉。弟弟和狼是两种不同的动物，他和它怎么可能相像呢！但是，方达就是感觉他们两个是有相似的地方。哪里呢？

是眼神。

弟弟竟然有狼一样的眼神。刚才他用那样的眼神注视着拜佛的父亲，所以自己才产生了错觉的。一定是了。这个弟弟是方达弄不懂的，半辈子，一直没有懂过他。小时，他们就是两个世界里的人，是兄弟，却因了性格的迥异有着明显的疏离感。血缘的纽带，从来没有把他们拉近过。尽管方达横行乡里，有时也会像父亲一样，拿着弟弟说事儿，但是在内心并没有以弟弟为荣的意思。这一点是和父亲有区别的，他不过是在需要时，借弟弟一用。他甚至想，该当副院长的，不是弟弟，而是他方达。一个继承了老子的破书记，活在老子威严的阴影里，实在是委屈了自己。

方达收回了想说的和林子有关的话题，和方远说了会儿侄子的情况，直等到挂着一脸凝重的老爷子出来。

咱爷仨去饭店吃。

还是回吧，一沾酒肉，菩萨就白拜了。再说了，你那边也有事。

吃饭的点儿上，您回去合适吗？方远并不理会老子的话外之音。他知道，老子想从他嘴里探听接电话的小童的信息。

车屁股一冒烟就到家了，有啥不合适的，老大，咱们走！

老爷子一挥手，指挥着大儿子方达，从后备厢里拎出一捆叶了繁茂的大葱，几把绿意盎然的生菜。

家院子里长的，没打药儿。话儿还没送到方远的耳朵里，老爷子已经泥鳅一样钻进了车。

一个眨眼，车子蹿出去了老远。

杂种操的，慢点！

就这样回去啦，空着肚子？

你请老子吃一顿呗。

方远请您吃饭，咋不去呢？

你脑子缺弦啊，你没见人家早就着急了，家里有人等着呢。

老爷子真善解人意。

父和子就在街上转悠。这家行不？不行，再往前瞅瞅。那家行不？快行了。这老爷子，啥叫快行了？

停，就这家。

辣椒炒肉？这也算是饭店的名字啊。

停了车子，父和子进了饭店。进了饭店的父和子视觉上受到了冲击，脚步和神色上便带出迟疑来。一个十八九的小女孩，面颊上一左一右飞着两片高原红，她看见了进来的两个男人，也捕捉到了他们脚步下的迟疑。这个刚来 D 城不久的小女孩，觉得这两个男人有趣极了，尤其是年老的那个，头上还戴着一顶电视里赵本山那样的蓝帽子。她一下就猜到了，他们肯定是乡下人，从乡下进城来赶集的。只有乡下人才会戴这样的蓝帽子，只有乡下人进来才会以为走错了地方。

就是饭店呢，真是少见多怪。

303

颇有了几分城里人心态的小女孩，用一种居高临下的姿态，看着进来的父和子。

吃饭的地儿？方万富问小女孩。

你长着眼睛看不见啊。小女孩觉得乡下老头的话问得太可笑了。绿色植物围成的小房子里的人们正在吃饭，他们看不见吗？

妈个臭逼的咋说话呢?!

这个时候的方万富不用说话，身边的儿子方达自然会有所表现的。

本来是要去给一桌刚来的客人点菜的小女孩，被突发的情况震慑住了，失去了任何进攻和防御的能力。哇的一声，哭了个落花流水。

"辣椒炒肉"老板是个小个子圆脑袋的四川人，听见一楼大厅里的动静，惶急地跑过来，忙着给客人道歉。说了一大堆服务员不懂事，今天这餐饭给您二位打五折之类的好话，还亲自把父和子让进了楼上的单间。

都说你们小南蛮子精明，就雇这水平的服务员，赶紧让她烙饼卷蚂蚱——家（夹）吃去！

是是，您说得对，是我用人不当，回头我就把她给解雇了。

阅人无数的小四川第一眼就看出来，这对穿戴不起眼的父和子身上是长了刺儿的。摸了，准扎手。小四川亲自给父和子安排了几道包括辣椒炒肉在内的酒店特色菜，上了茶水，敬了烟。方达头顶燃着的火苗，渐渐弱了，大手掌一挥，算你识抬举，忙你的去吧，别打扰我们爷儿俩喝酒啦。

小四川出去，带上了门。

刚刚端上来的一道凉菜，在餐桌上显得有些孤独。

一个菜，也可以动筷子啦。来，给老子倒满喽！

两只玻璃杯子亲密地排列在一起，方达手里的酒瓶子屁股朝着房顶，瓶子嘴儿对着玻璃杯子，咕嘟咕嘟一阵液体奔涌的声音，两只玻璃杯子就满满登登的了。透明的液体在杯子沿儿担着，一副欲流不流的样子。一只手的几根手指稳稳地捏住杯子，将杯子移动到老子跟前儿，滴酒未洒。

四两吧？

嗯，四两。

你就别喝了，开着车呢。

老爷子，您小瞧我了不是，准给您全须全影地拉回去。

父和子的对饮就开始了。

方达看出来，老爷子喝的是闷酒，看来还是把弟弟的冷落放在心上了。

咱就一人一杯啊，喝完了回家。

还管起你老子来啦，反了你狗日的。

方万富便不再说话，把精力投注在杯子里的酒上。吱儿——唇贴在杯沿上，发出一记绵长的吻后，一口酒就浸润在舌尖儿上了。细细地品，慢慢地咂。酒的味道，往事的味道，在舌尖上交锋。融汇成陈杂的五味，顺着衰老、松弛的喉管蹒跚而下，在一副同样失去活力的胃囊中汹涌、澎湃。老爷子伸长脖子，使劲儿瞪大了两只眼珠子，把眼底薄薄的一层泪液硬是瞪了回去。

我弟没死乞白赖留您吃饭，生气啦？

方万富又一口五味的杂陈吞下肚，你知道个屁！

为林子的事儿怄？佛也拜了，香也烧了，再闹鬼儿我放把火把林子烧了！

吱儿—— 一大口酒进了方达的嗓子眼儿。这是他一贯的喝酒作风，他的老子不喜欢，太猛，缺乏当干部该有的深沉。

儿啊，还记得林子里的人长啥模样不？

咋不记得呢，是咱村长得最好看的女人。

好看是好看，可就是脾气太倔了。要不是太倔了，也不至于……

吱儿——

不知道是受了儿子的传染，还是想把没有说出口的话给顶回去，方老爷子模仿起方达的喝法。

一个破鞋，能倔到哪去呢？方达一脸的不以为然，这辣椒炒肉还真不错，老爷子多吃点。

方老爷子半醉了，蒙眬着一副醉眼儿，又说了那句：你知道个屁！

这一会儿您都放俩屁了，您不说我咋知道呢，我又不是您肚里的蛔虫。

那个女人哪，那个叫小同的女人哪……来，给老子倒上，老子和小同喝一杯！

我来了，等你这一天，我等了几十年……

父和子的两双眼睛，相约着朝门口的方向望去。门儿一开，闪进来一个年轻的女子：两条麻花辫儿垂在肩头，两痕弯弯的月牙挂在眉峰，两洼幽怨在水波中粼粼闪烁。

父和子的两条身子，从餐桌后边僵直地站起来。你——

别人不认识也就罢了，你不会不认识吧？女子用手指了老者。

你真的是大壮媳妇儿？

方万富头上的热汗顷刻间坠入到零下几百度的极寒里，凝结成一把把小冰锥，往他的头皮里扎。

确定了眼前是小同的方达，出于本能做了一个动作，弯腰拎起屁股底下的凳子。

女子冲痴愣的方万富莞尔一笑，管管你的儿子吧，我不过是来叙叙旧，不会夺了你的老命的。

方万富大梦初醒，忙着冲方达摆手，递眼神，意思是，千万别冲动，人可是惹不起鬼的。又亲自摆好了一副碗筷，倒好了杯中的酒，毕恭毕敬地请"小同"坐下来。

女子就座了，迷离了幽怨的眼儿，说，岁月无情，儿子都这么一把年纪了，你可是彻底老了啊。

只这一句，方万富已是老泪纵横，同啊，这么多年，你是不是一直在恨我啊？

你该怪，也该恨。我也的确怪了你这么多年，恨了你这么多年。我是个冤死鬼，生活的所有就是怪和恨。

你该恨，该怪。

你说我死得冤吗？

冤。

谁制造了我的冤屈呢？

方万富看了一眼儿子方达，你出去一会儿，我们两个说会儿话。又把哀怜的目光投向对面的女子，祈盼她不会反对他的要求。

有些话儿你不方便听，给你老子留一张脸皮吧，放心，我不会伤害他。我此行，只是来化解仇恨的。

方达已从他们的对话中，隐约觉出了什么。他头一次看见自己威风八面的父亲，还有着如此一副堪怜的面孔。当年的父亲，一定是做了什么亏心事，害怕女鬼来寻仇。怪不得非要亲自进城来求神灵的保佑呢。

事情发生得太突然了，方达想，女鬼不是人，他不能轻易采取行动，回头女鬼没赶走，还把自个和老爷子的命都搭上了。不如先听了他们的，出去再慢慢想办法。

方万富见儿子出去了，赶紧移动了自己的身子，到了女子跟前，扑通——两条老腿一弯，跪在地上：

大壮媳妇儿，当年的老队长给你赔不是啦，希望您能高抬贵手，饶了我这条贱命。

老队长，你知错了吗？

知错了，知错了。

好吧，我可以饶恕你，但是我有一个要求。

你说，只要我能做到，肝脑涂地在所不辞。

你也知道，本来我已经决定要走了的，可是我的树朋友们没有我这么宽容，它们希望你能亲口告诉它们，当年你是如何陷害我，然后求得它们的谅解。否则，它们闹起事儿来，我也拦不住。

听你的，都听你的。

那好，你起来，随我来。

五十二　小同啊小同

　　时间是 1975 年 10 月 8 日。晴朗朗的天，空气中夹带了秋天的凉意。村子里空前地热闹，这一天，全村社员停止了上工，都来参加一个活动。人们的情绪都有些激动。村里从来都是有大事发生才如此的。在村人的骨子里，他们是盼望着这种场面的，怀着事不关己的态度去看热闹，看别人的热闹，未尝不是一件快事。在观赏"快事"的过程中，他们会同情，会流泪，会欣慰。不同的事件他们会配上不同的心情，一哭、一笑了事。要不咋叫作看热闹呢。

　　将近九点钟，事件的中心人物出现了。小同的头低垂着，头发被剪得乱七八糟，脖子上挂着一串破鞋，两只手背在身后，和几根树枝绑在一起。人们想起方队长被小同追得满街跑的一幕，平日里低眉顺眼的小同还有一套勾男人的本领。可又不太对呀，既然勾引男人，完全不必拿刀砍呀。里边大有内容。人们跟着小同从村西头走到村东头，一直来到一个大场上。公社里来的人手里拿着一个扩音器，跳上一个高台处，大声向群众宣布小同的罪行。人们听得明明白白，他在说，小同是个破鞋，是个彻头彻尾的流氓，她勾引男人还不算，还勾引树，和树偷情，奸情被本队队长发现，恼羞成怒，追杀共产党员，无耻到了极点，让广大社员同志们，都来认清这个女人的丑陋面目。

社员们都哑了口，干瞪着两只眼，想了半天，也没弄清楚怎么回事。连孩子们都觉得蹊跷。少有的安静！打破沉闷气氛的是一个女人，她走到小同身边，朝小同身上"扑扑"地吐了两口浓痰，骂了一声"不要脸"！大家看清了，女人是方队长的娘儿们。没有人应和。空气越发地沉闷了，每个社员都明显感到了自己呼吸的不顺畅。一会儿，人们开始散去，鱼贯有序，没人冲撞，没人拥挤，每个人都客客气气。人退尽了。日头底下，小同衣服上的两块痰渍默默地晒着太阳。

　　小同和大壮的两条身子顺在炕上，如两条即将进入冬眠期的蛇，安静地蛰伏着，不吃，不喝，不动。连呼吸都很轻，轻得只有自己才听得见。大壮的那条身子是仰躺的姿态，一张脸面对着房顶。脸上的两只眼睛圆圆的，瞪视着房顶上裸露的檩条，许久许久，都不眨动一下。一根又一根的血丝在眼的晶体上跑动着，有的做经线，有的做纬线。越来越多的血丝加入编织的行列，织啊织啊，织走了太阳，织来了星星。血红的织锦和黑暗合谋，模糊了大壮的视线，模糊了大壮的神智。
　　小同听见大壮的鼻息循序渐进地粗重起来，到后来，鼾声也加入进来了。是时候了，小同用手臂将自己的身子慢慢地撑起来，光着脚下了地，用手摸到了柜子上的木质梳妆台，拉开梳妆台中间的小抽屉，从里边摸出一把梳子。梳齿在小同一头乱蓬蓬的发丝上艰涩地行走，直到顺滑了。小同把长短不齐的它们分成两束，每一束又分成三股。三股发丝在指尖缠缠绕绕，一忽悠的工夫，就成了一根麻花辫。只是，麻花辫不再像过去那样顺畅，偶有短发丝崭露头角，使得整条麻花辫摸上去毛毛糙糙的。已经尽力了，小同想。于是，对着镜子里一团黑影笑了笑，给了自己一个小小的鼓励。然后，摸索着打开跟她一起陪嫁过来的箱子，一阵轻微的有选择的翻检后，连长送给她的红头巾便在手上了。

炕上的大壮正在沉沉的睡梦之中，从喉咙间滚出来的鼾声，仿若一声声痛苦的叹息声。小同转头，认真而又仔细地看了一眼做了她五年男人的大壮。自从认识他，她第一次这么投入地看他，尽管他的五官是含糊不清的。此刻，这个男人在他的梦里，在他的疼痛里，对他深爱的女人第一次也是最后一次的注视，没有丝毫的感觉。

该走了——

小同收了目光，往门外走。她抚摸了院子里的每棵树，她向它们说对不起，是她使它们蒙羞，她要还它们一个清白，还自己一个清白。树叶借助凉风的吹拂，拼命摇摆着手臂，向小同表达它们的挽留之情。

留下吧——留下吧——

不再回头。小同噙着两眼惜别的泪水，往村外走。好静的夜，好静的村子，一两片落叶在风儿的推搡下，打了几个滚儿，在小同脚下发出轻微的筋骨碎裂的声音。窝里的狗儿极不情愿地动了一下耳朵，随后又融入一片安静里，舒舒服服地睡去了。

向着村北树林的方向。一痕弯弯的月步履蹒跚，努力接近前方一颗亮晶晶的星斗，存了心想要暗淡它的光芒。星斗早就猜测出了月儿的动机，集中全部的力量，准备投入一场战争中。这时，一片乌云飘来，遮住了月儿和星斗。于是，它们便在乌云的背后对决、厮杀，全然不去理会大地上在黑暗中行走的年轻女子。黑暗算得了什么，它不能阻止小同前进的步伐。她的小身子像一柄利剑，将黑暗从中间劈开，劈出一个通道来。她在通道中穿行，走向生命的终结。不，那不是生命的终结。是另一个开始——全新的，没有耻辱，没有丑恶，没有压抑的生活。那个开始里一片光明，一片希望，噢，她看见了，光明和希望挂在亲亲的树丫上，在向她招手。

我来了，你们的小同来了。

她走进了它们，融入了它们。

是你吗？是你吗？是你吗……噢，是你，这个是你呢。

她拥住那棵又高又帅的白杨树，用两片冰凉的唇亲吻着白杨挺拔的身子，以后我们再也不分离了，好不好？

白杨树的表情深埋在夜色里，女人看不见。她也不想看见，她知道它喜欢她，但是它不会欢迎她加入它们。她是人，不是一棵树。

你拒绝不了我的。小同开始往树干上爬，很多年没有爬过树了，动作和速度都迟滞了很多。两条血带子随着身体一起，缓慢地上升，在树干上逶迤地攀缘。它们是双脚留下的痕迹。裸露的两只脚掌，早已是血肉模糊。它们两个痛吗？小同不知道，她感觉不到它们的存在。此刻，她所有的精力都在即将发生的快乐融入上。什么力量都无法分散和瓦解。

双脚的痛不能。和林子遥遥相望的绿豆村亦不能。

从始至终，她的目光没有朝着绿豆村的方向瞥一下，连一个遗漏都没有。也许她太明白，哪怕一个遗漏都会削弱她快乐的奔赴。那个方向，有她身子永远摇晃在宽大衣服里的母亲，有她永远一副沉默样子的父亲，有她已经娶妻生子的弟弟，有她到了婚嫁年龄的妹妹。更有，是的，更有，那个大水坑，以及让她生命延续十五年之久的坑边柳。它们中的任何一个都会让她的脚步变得迟疑，所以，她必须顽强地忽略它们，不给自己脚步迟疑的机会。

那个快乐的奔赴啊，马上就要达到高潮了。来吧——进入吧，拥抱我吧……

幸福的高潮，需要一截绳索和一段粗壮枝杈的辅助。

一截绳索和一段枝杈被执意要幸福高潮的人绑架了，它们被动地合谋，把小同推向她想要的那个境界。

唰唰，唰唰，唰唰……白杨树的眼泪飞溅，停止啊，快停止啊……

五十三　咆哮的神秘树林

　　早上没吃饭，马上又近了午饭的钟点，方远一点儿饥饿的感觉都没有。相反，胃囊里鼓鼓涨涨的，塞满它的，是糟到不能再糟的情绪。他多么想同情父亲那衰老的后背，可是，父亲把他所爱的女人强行压在身下的画面，总是带给他无穷尽的力量，这种力量是蔑视和愤怒的综合。既是对父亲的蔑视和愤怒，也是对自己的蔑视和愤怒。和这股强大的力量相比较，同情总是显得弱弱的。

　　他是不放心小童的，居然背着他偷偷去了林子，努力接近他苦心包裹着那枚疼痛的核。他恨不得时时刻刻让她在自己的视线之内，但是这一刻，他需要在路上释放一下情绪，太饱胀了，担心会影响到小童，引发小童的疑虑。

　　方远相信这一时刻的小童是在家里的，从大寺往外走时，他是给小童打过一通电话的，告诉她一会儿就到家里，想吃啥他在街上买了带回去。她在电话里还批评他，说不好好陪着老子吃顿饭，一点儿都不孝顺。批评完了没忘让他买几样她爱吃的小菜回去。

　　小童那边显示出来的是一切正常的信号。方远开的是单位的一辆带有"法院"标志的车，车子的后备厢里装着父兄带来的大葱和生菜。在城北一条略显僻静的马路上，方远的车速达到了八十迈。陈旧

313

的车子发出咣咣的响声，随时要散掉的样子。马路上的车，纷纷避让着疯狂的"法院"。在颠簸中，方远胃囊中的烦躁像被风吹乱了的波涛，翻滚，沸腾。

好难受，想要呕吐的感觉。方远停下车子，蹲在马路边上的草地上，一阵干呕，吐出来几口酸涩的液体。

一个年轻的警察，不知道从哪里冒出来，将一张罚款条贴在"法院"挡风玻璃上，转身欲离去。

往哪儿贴呢！

这是停车的地方吗？

年轻的警察口气硬得很，方远嗖地挺直了身子。比呕吐还要有效的释放方式就在眼前，他要紧紧抓住。

傻逼啊，法院的车你也敢贴条？

法院的车咋了，不是人开的？

幸亏方远的头上没有戴帽子，否则肯定会被火气给顶掉了。一个箭步冲上去，小兔崽子，会不会说人话?!

这真不是方副院长的惯有风格。

警察敢给法院的车贴条，在 D 城绝对是一条新闻。然后，贴条的和被贴条的，要打起来，又绝对是一场好戏。哪个路人肯放过呢？都慢下来，看贴条的年轻人和被贴条的中年人，如何战斗下去。

年轻的警察今天心情也不好，和方远一样，正在寻找一个释放坏情绪的突破口。

挺大岁数的，不和你一般见识！

看来，年轻的警察并不是真的无所畏惧的，关键时刻撤退了。给违规车辆贴条，是职责所在，就算是局长也没有理由让他下岗，顶多骂他一个二百五。要是发生了冲突，就不好说了。他明白着呢，你知道对方是哪个大爷啊。赶紧溜吧。

年轻的警察倏忽间就不见了踪影，来也匆匆，去也匆匆，像是从地里钻出来的土地爷爷。站在原地，方远觉得自己正一点一点被太阳融化，他不敢动，怕一动，自己就化成了一摊水。

　　让他动起来的，是骤然响起来的手机。这个钟点，该是小童打来的，问他何时到家里。她着急了。然而，方远的预感告诉他，这通电话不是小童打来的。它过于急促，过于张皇。果然不是小童。

　　方远，女鬼找咱爸来了。

　　哪儿来的女鬼？

　　就是咱村北洼林子里的女鬼，大壮媳妇儿，叫小同的那个。

　　咱爸呢？

　　女鬼跟他谈话呢，把我给撵出来了。

　　在哪儿谈话？

　　一个叫"辣椒炒肉"的饭店，你说咱要不要报警啊，让警察把女鬼给抓起来。

　　别报警，你等着，我马上过去。

　　好，不跟你说了，我在厕所里给你打的，女鬼说不定是顺风耳呢。

　　方远抓着电话，已经发动了车子，在最短促的时间内，连着换了几个挡位。车子画着不规则的曲线，超过一辆又一辆的交通工具。这个小童，疯了，一定是疯了，她到底要干什么？

　　方远确信"辣椒炒肉"里的女鬼就是小童。这个死女子，伪装的真好！

　　手机又响。

　　方远，麻利儿的，老爷子让女鬼给抓走了！

　　你说啥？

　　我从厕所出来，老爷子和女鬼谈话的那个门儿敞着，我一瞅，人没了。

315

别着急，我马上到。

"法院"像一头受了惊的公牛，哞哞叫着向前冲，连着闯了几个红灯。一个交通警对着车屁股，小声嘀咕了一句，妈的，赶着上火葬场啊。

到了"辣椒炒肉"餐馆门前，方达正晃着一颗头左右张望着。

上车！

上哪儿？

那么多废话，上车！

我的车咋办？

喝点子猫尿，还惦记你的破车，丢了我给你赔！

方达从来没见过深沉的方远发过这么大的脾气，乖乖地打开车门，屁股撅进去，放在副驾驶的座位上。最后一只脚刚要收进去，"辣椒炒肉"的老板出来了。

先生，您还没买单呢。

还没吃完呢，买你妈啥单。

指着自己那辆老爷车似的普桑，又说，给我看着点车，弄丢了把脖子给你拧下来……

方达的话如同一条从嘴巴里生长出来的尾巴，被车门子切断了，留给餐厅门口站着发愣的四川小老板。

副驾驶座上的方达不敢再多问，根据车子的去向，暗自猜测着他们的最终目的。

车子出了 D 城，向东。而且，一直向东。向着芝麻村的方向。

黑色沃尔沃的车窗半敞开着，两股温热的风从半敞开着的车窗灌进来，在车子里相遇，互不相让，相互撕扯，如两个蓬头垢面的疯婆子。方万富处在两股风撕扯的漩涡中，脸颊被拍击得呜呜响。老爷子产生了一种幻觉，车子生出了翅膀，在天空中飞翔。鬼开着的一定不是普通的车子。老爷子不敢睁开眼睛，他怕睁开眼睛会看到迎面撞过来的白云。

方万富只顾着害怕，他忘了"鬼"的作息时间。坊间里传说的鬼，是怕阳光的，只在夜晚才出来。

小童专注地开着车，把车子开到最大速度。车子里的电子狗，让她提前关掉了。顾不了超速，顾不了缴多少罚单。只有一个目的，尽快接近林子。尽快。尽快。在老爷子反应过来之前，在方远追上来之前。

她相信方远很快就会追上来。

才一天多的工夫，田野里的麦穗已经从芽苞里顽强地甩了出来。麦穗的坚强，被余光收进小童的瞳孔里。它们的精神鼓舞了她：亲们，谢谢！

林子就在眼前了——

到了，下车吧。

小童朝方万富伸出手去，此刻，她需要帮助他，来完成下车、行走一系列动作。这一时刻的方万富，不过是一个醉意微醺而又如惊弓之鸟的七十多岁的老者。他是那么衰老的老人了，他的衰老给了小童向他伸出手臂的动力。

空气中有流动的气流，缓慢而又温热。随着一老一少两条影子向林子的贴近，风速渐渐发生了变化，由缓慢变得急促。每一棵白杨树都睁开了眼睛，从眼睛里喷发出愤怒的火焰，两片邻近的手掌相互击拍，摇曳出声势浩大的悲愤的鸣叫声。

林子的威力远远大于当年了，方万富记得，他带人砍林子，进了林子根本感觉不出异常来，只是要砍了，白杨树才流出泪水来。看来，经过几十年的修炼，林子的能量远非当年的林子可比了。天神，它们会不会要了自己的这条老命啊？

方万富惊骇得几乎要晕厥过去，两条老腿根本不听使唤。裤裆间的物件阀门失灵，一泡浑黄色的尿水顺着裤管儿往下淌。

罪人，赶紧和我的朋友们谢罪吧，有我在，它们不会伤害你。

好，好，我谢罪……

我的树朋友说，要你跪在我的坟冢前谢罪。

我跪，我跪……

不是跪，方万副像一堆稀泥巴瘫在小同的坟前——我有罪啊，有罪啊，对不起大壮媳妇儿啊……

告诉我的朋友们，你对我做了什么？

我是个流氓，对大壮媳妇儿图谋不轨，趁着她一个人在家的工夫，跑到她家里耍流氓。大壮媳妇儿不干，拿着菜刀把我给追出来。街上好多人都看见了，我面子上过不去，就反咬一口，说大壮媳妇儿跟树耍流氓，被我发现了，才恼羞成怒的。后来还游街，搞批斗，谁想着她就想不开上吊呢。都是我的错，这么多年我都不敢进林子啊。我前晌到大寺祈祷去了，保佑大壮媳妇儿平安，你们都听见了吧？我向祖宗保证，向观音菩萨保证，我的心是真诚的。你们大量，还望放过我这条烂命。饶恕我吧……

树咆哮起来，声如嘶鸣的野马，地上的黄土飞扬，弥漫在林子的上空。

小同，不，大壮媳妇儿，我这样说行不？

地上的那摊烂泥蠕动了一下，将目光对着小童。

这是一摊不值得同情的烂泥。小童从鼻孔中发出一个重重的蔑视，方老爷子，让我来告诉你一件悲惨的事情，当初你耍流氓的时候，刚好被你的二儿子方远看到了。

报应啊——方万富想起十七八岁时的方远对他说的那句"你不配

318

做我的老子"，如梦初醒。

被风旋起来的泥沙，灌进方万富的嘴巴里，喑哑了他的呼号。

林子披散着头发，愤怒成一个失去理智的疯婆子。面对老土时，林子也是愤怒的，但小童明显感觉到，那时的林子还没有完全失去理性，它还可以掌控自己的情绪。现在，它失控了，把自己抛到疯狂的极限。在疯狂的极限中，宣泄着存储了几十年的哀怨。

林子出事了！

芝麻村的人听见了从北洼传来的咆哮声，青壮年男人手里拎着家什，组成浩荡的团队奔赴林子而来。妇孺们慌慌张张地尾随着。

是离开的时候了。此时的林子已经平静下来，很彻底的那种平静。如果不是亲眼见证了之前的种种，小童会质疑它神秘树林的身份。它看上去，除了丛生的杂草，横生的枝叶，稍稍有别于其他的树林，再看不出异常之处了。罩住树林的那张诡异的网，也无踪无迹了。它们都累了，坚守了几十年，终于有机会歇歇了。每一片树叶，在平静的意境里，独自安抚着倦怠的身心，不去理会即将发生在人类之间的一场冲突。

小童转身时，那场即将发生的冲突就在眼前。而且，她是冲突的主要角色。而且，这注定是一场毫无悬念的冲突。

手里拿着各种武器的芝麻村人，黑压压得像一片黑云压住小童的视线，黑云的最前方，有一张小童再熟悉不过的面孔。

方远。和方远并列站在一起的还有方达，方达的手上端着一管长杆猎枪。乌黑的枪口正对着小童。

儿子，她是女鬼，千万别把她放走了！小同坟前的那摊烂泥蠕动了，发现了对他有利的局面。

方达脸上的肌肉簌簌抖动，扣住扳机的食指，开始加力。

319

慢着！

方远一声大喝，用手拨开方达的枪管。然后，奔跑到小童跟前，用身子护住小童的同时，将小童头上的假发套揪下来。扬起手臂，让每一朵黑云都能看清手上的假发套。

乡亲们，她不是女鬼，是我的女朋友，也是咱们 D 城报纸的编辑，只不过长得和死去的人有几分相似。一个偶然的机会，她收到一封邮件，邮件里讲了一个神秘的传说。从那时，她就开始接近这片林子，想弄明白传说的真相。大家看到会飞的小汽车，纯属无稽之谈，千万不要相信。给大家造成的误会，我代表我的女朋友，向大家道歉。但是还请乡亲们给我一个面子，不要伤害她，放她走，好不好？

黑云朵移动起来，一阵无序的移动过后，让出来一条规整的通道，刚好可以容纳一个人穿行。

甩了一下短发，小童昂首跨进了通道。她没有看一眼方远。

身后的凌乱，该如何收拾。不再和她有关。

五十四　告别

妈，想家了，想回去看看。

小童，发生了什么事吗？

没有，就是想家了。不欢迎？

小童尽量拿出一副无赖相，怕碰到母亲敏锐的触觉。

什么时候回来？

明天。

明天是星期一，你不用上班吗？

人家不许请假啊？

告诉妈妈，是不是真的出事了？

你烦不烦哪，那我不回去啦。

这孩子，不是担心你嘛。一个人回来？

连影子，两个。

自己开车还是坐车？

您甭管了，明天保证让您看见人不得了嘛。

这就是当妈妈的，可以把絮叨缠绵到底。头一次，小童感觉母亲的絮叨特别悦耳，像是一曲曼妙的钢琴曲在耳边弹奏。所以，她就举着电话，让母亲着实唠叨了一次。听着母亲嘱咐她，要是自己开车，

321

千万别开快车，别超车。要是坐车，要坐在哪个位置，车上不要睡着了，把包包搂在自己的怀里，等等。

终于挂了母亲的电话，打了一辆三轮车，小童到了报社，去办公室收拾一下自己的东西。此次一走，她不想再回来。当初，留在这座城里的理由，是因为爱情。现在，爱情没了，她失去了留下来的借口。必须回去面对生养她的土地了。那片土地上的母亲，那片土地上的父亲——她的依恋，她的疼痛。

它们不曾因为距离而远离她，不曾因为逃避而责怪她，默默地守候着她，期盼着她归家的身影。

回了，爸，你的小童就回了。

小童脚上的李宁运动鞋，踩在走廊光滑的地面上，发出扑儿扑儿轻微的摩擦声。报社空无一人，就连值班室里都没有人的气息，空荡仿佛一只巨大的嘴巴，不费力就吞噬了小童薄薄的小身子。

没人正好，省得废话。经过副主编的办公室时，静默的门冷不防地打开了，小鱼的头从里边探出来。这颗头想看看外边有没有人，不想就看到了小童。小鱼的头一定以为外边不会有人的，之所以探出来，不过是下意识的谨慎。身子不出来，头先探出来，是不符合常规的。小鱼的头马上想到了这一点，它想装作若无其事，可是来不及了，神色已经露出了几分慌张和不自然。

今儿，该我值班。

小鱼的那颗头根本没在小童的视线里，小鱼的话语也没收进小童的耳朵里。小童只管漠然地行走，进了她的办公室，一个人独自收拾东西。

终于可以公然地去蔑视不喜欢的人，终于可以不用再担心遭遇排挤和打压，终于可以不用再夹着尾巴做人。小童觉得心里痛快极了，并且，她把心里的痛快以歌唱的形式表现了出来。尽管吟唱的歌子基本都不在调儿上。

不在调儿上的歌，从敞开的办公室飞出去，像一个顽皮的小男孩，伸手拍两下副主编那扇关闭着的门，跑了。跑出去一段距离，停下来，回头看刚才拍过的那扇门的反应。期盼着那扇门会突然打开来，从里边探出来绵羊一样的卷卷头。那扇门始终静止着不动。顽皮孩子期待的场景没有出现。那孩子真是顽劣得无药可救，跑回来，重复了一遍刚才的拍打后，又跑远了。坏孩子，真是个坏透了的坏孩子呢。坏孩子看着依旧静止的门，想，门里的人为什么不出来骂她呢？一定是不敢出来了，怕了她了。以为自己胜利了的顽皮孩子就咯咯地笑，笑得心花都怒放了。

沉甸甸的一只牛仔背包，背在小童的双肩上。哼着不知道重复了几遍的歌，迈着轻盈的步子，掠过报社走廊一间又一间的办公室。

所有的门，只有值班室的那扇是敞开着的。门里的空荡已经被小鱼填充了。他坐在办公桌后边，眼睛盯着电脑屏幕，左手拖动着电脑鼠标。小童才发现，这个男人居然是用左手操作鼠标的。小童的脚步和小童嘴巴里的歌，在经过洞开的那扇门的将近两秒钟的时间里，小鱼的眼睛不曾挪动一下。那条遇到大大小小的得意便快速掀动的眉毛，从显示器的上方裸露出来，一动不动地静卧着。

他在用忽略抵抗小童的冷漠。

小童甩了一下头，继续她流畅的行走，以及流畅的哼唱。

就要下楼梯了。迎面出现的一个人，让小童所有的流畅戛然而止。

副主编——粉红色的唇，新染过的散发着墨黑色泽的卷卷头。

今天该你值班吗？

同样感到意外的，还有副主编。

副主编的问话，给了小童一个把柄。拿着这个把柄的小童，找到了修复流畅的方式。这个方式是面对面的，比刚才的哼唱更具有打击力。这是上帝的安排，在她离开 D 城之前，给她一个扬眉吐气的好机会。

如果我没记错，今天也不该您值班吧？

小童的语气和眼神充满着挑衅和轻蔑。

主编，您过来啦——

小鱼鬼影一般出现在楼梯口，笑盈盈地和副主编打招呼。卷卷头副主编见了小鱼，将细密的鱼尾纹堆积在眼角，过来看看，值班可得谨慎点，最近入室盗窃的特别多。

副主编经过了小童，和小鱼说笑着，隐没在报社走廊的深处。

靠——小童向着前方的虚空做了一个踢腿的动作。用力过猛，身子一个趔趄，险些摔下楼梯。

最后的潇洒没有实现。或者报社里的一对男女已经感觉到了小童的反常，预感到了小童在以无所畏惧的形式和他们告别。只是当着小童的面，他们故意忽略了他们的发现。背着沉甸甸双肩包的小童，缓着步子出了报社的大门。站在报社的门口，小童有了一个停顿，但是，她没有回头。

她怕会生出不舍来。走吧，就这样决绝地走吧。就像当初，Rain走时那样。

最后去看看那个可怜的男人吧。嗯，去看看。

立交桥下的帐篷还在。不在了的，是雕塑男人。雕塑男人靠着画画的那个桥墩空空的。

小童卸下肩上的背包，缓缓地蹲下来，让上半个身子依偎着桥墩儿。吸了吸鼻子，一股残旧的混合味道俏皮地扑过来。小童的鼻翼一阵酸涩，喷嚏不可阻止地发生了。

就这样靠着，听桥上车来车往，看桥下人来人往。

明天，这个叫 D 城的地方就没有了自己的存在。明天的雕塑男人，明天的报社，明天的芝麻村，明天的方远，明天的连长……他们和它们会有怎样的发生，会有怎样的故事，和她再没有任何关系了。隐在神秘传说背后的小同娘家人，她从来没有走近过他们，至于他们会如何看待小同的死亡真相，更是她鞭长莫及的了。

完成了洗刷冤屈的使命，同时也完成了爱情的使命。好在，都结束了。是她该离去的时候了。

直到路灯亮了，雕塑男人依旧没有回来。不等了，走吧。小童站起身子，背起双肩包。这时，一辆白色的捷达车唰地停在她的脚边，阻止了小童行走的欲念。

是赵站长的车子。

看见白色捷达车的一刹那，小童才发现自己故意遗漏了他。这个给了她父爱感觉的男人，她不知道该如何和他道别，所以，故意把他藏在了最隐秘的地方，不让自己发现他。

看着他打开车门，从车上走下来。他会对她说什么呢？

北岳爱情小说书目

长篇小说

李骏虎	《婚姻之痒》	28.00 元
孙 频	《绣楼里的女人》	25.00 元
田文海	《三十里桃花流水》	36.00 元
昂旺文章	《嘛呢石》	29.80 元
冰可人	《爱你若如初相见》	36.00 元
小 岸	《在蓝色的天空跳舞》	28.00 元
朱文颖	《戴女士与蓝》	24.00 元
符利群 许绘宇	《纸婚》	30.00 元
鲍 贝	《独自缠绵》	29.80 元
李骏虎	《奋斗期的爱情》	26.80 元
鲍 贝	《空阁楼》	29.80 元
于晓丹	《1980 的情人》	39.80 元
鲍 贝	《观我生》	49.80 元
鲍 贝	《书房》	39.80 元
鲍 贝	《空花》	39.80 元
吴新奇	《胭脂河》	36.00 元
霍 君	《亲爱的树》	48.00 元

中短篇小说

李骏虎	《此案无关风月》	28.00 元
鲍 贝	《松开》	28.00 元
王秀梅	《浮世筑》	28.00 元
杨 遥	《我们迅速老去》	28.00 元
手 指	《鸽子飞过城墙》	28.00 元
孙 频	《无极之痛》	29.80 元
畀 愚	《欢乐颂》	29.80 元
林 森	《捧一个冰椰子度过漫长夏日》	29.80 元
墨 白	《记忆是蓝色的》	29.80 元
霍 君	《我什么也没看见》	29.80 元
刘 芬	《写给艾米莉的情书》	29.80 元
郭海燕	《单双》	42.00 元

······

欢迎荐稿欢迎赐稿

邮箱 274135851@qq.com